陈维崧诗歌研究

郭超 著

中国社会科学出版社

图书在版编目（CIP）数据

陈维崧诗歌研究／郭超著. —北京：中国社会科学出版社，2023.5
ISBN 978-7-5227-1275-8

Ⅰ.①陈… Ⅱ.①郭… Ⅲ.①古典诗歌—诗歌研究—中国—清代 Ⅳ.①I207.22

中国国家版本馆 CIP 数据核字（2023）第 031927 号

出 版 人	赵剑英
责任编辑	王丽媛
责任校对	刘　娟
责任印制	王　超

出　　版	中国社会科学出版社
社　　址	北京鼓楼西大街甲 158 号
邮　　编	100720
网　　址	http://www.csspw.cn
发 行 部	010-84083685
门 市 部	010-84029450
经　　销	新华书店及其他书店
印　　刷	北京君升印刷有限公司
装　　订	廊坊市广阳区广增装订厂
版　　次	2023 年 5 月第 1 版
印　　次	2023 年 5 月第 1 次印刷
开　　本	650×960　1/16
印　　张	15.25
插　　页	2
字　　数	206 千字
定　　价	85.00 元

凡购买中国社会科学出版社图书，如有质量问题请与本社营销中心联系调换
电话：010-84083683
版权所有　侵权必究

目 录

绪　论　陈维崧诗歌研究现状考述　001

第一章　阳羡的地域人文与陈氏家族　012
第一节　阳羡的地域人文传统及人文环境　013
第二节　陈维崧的家世背景及文化养成　017

第二章　陈维崧交游考述　027
第一节　陈维崧与冒襄　027
第二节　陈维崧与王士禛　032
第三节　陈维崧与龚鼎孳　041
第四节　陈维崧与冯溥　049
附　陈维崧文学交游表　058

第三章　陈维崧诗歌的思想内容　074
第一节　陈维崧的风土民情诗　076
第二节　陈维崧的咏怀诗　085
第三节　陈维崧的题画诗　111
第四节　陈维崧的写景咏物诗　128

第四章　陈维崧的乐府诗和古近体诗　142
第一节　陈维崧的乐府诗创作　142
第二节　陈维崧的古近体诗　153

第五章　陈维崧诗歌的唐风宋调　　170
第一节　沉郁顿挫，典秀精工　　171
第二节　转益多师，瓣香宋调　　187

第六章　陈维崧的诗学理论与批评　　201
第一节　坚持儒家传统的诗学、诗教观　　201
第二节　重视真性情的风格兼容论　　206
第三节　"穷而后工"论　　215
第四节　"诗以代降"，重视文学与时代之间的关系　　219
第五节　对清初诗风的批评　　223
第六节　探源别流，转益多师　　228

结　语　　231
主要参考文献　　234

绪 论

陈维崧诗歌研究现状考述

陈维崧（1625—1682），字其年，号迦陵，江苏宜兴人，为清初诗、文、词创作大家。陈维崧少有才名，与彭师度、吴兆骞一起被吴伟业誉为"江左三凤凰"。陈维崧出身明臣世家，祖父陈于廷与父亲陈贞慧皆为明臣，以气节著称。陈维崧少时家世显贵，入清后，家道中落。他曾"七试省闱"[①]而不遇，直至康熙乙巳年间清廷开特科，举博学宏词特科考试，才得以授检讨一职，与修《明史》。四年后，即卒于京师。

一 陈维崧诗版本及存诗情况

陈维崧天才横溢，平生著有《两晋南北集珍》《湖海楼诗集》《迦陵文集》《迦陵词》等。王士禛《古夫于亭杂录》卷六"陈其年"条记载云："及殁，而其乡人蒋京少景祁刻其遗集，无支字轶失，皖人程叔才师恭又注释其四六文字以行于世。此世人不能得之于子孙者，而一以桑梓后进，一以生平未尝觌面之人，而收拾获惜其文章如此，亦奇矣哉。"[②]清人缪荃孙《云自在龛随笔》卷四记载云："《陈迦陵集》有两刻，一其弟子万，一其后人望之方伯，已在乾隆末年矣。子万刻诗，多被征以后之作。闻有《射雉

[①] （清）陈维崧著，陈振鹏标点，李学颖校补：《陈维崧集》，上海古籍出版社2010年版，第1653页。

[②] （清）王士禛：《古夫于亭杂录》，清代史料笔记丛刊，中华书局1988年版，第128—129页。

集》，又有《湖海楼集》，均与后刻不同。子万刻词三十卷，望之刻十八卷耳。"① 由此可见，王士禛、缪荃孙都曾亲见陈维崧作品集，并且分别将自己所见情况记录下来。从后世存集来看，两人所言皆可信，只是其中缪荃孙所提《射雉集》原貌今已不存。

宜兴人储欣《在陆草堂文集》卷三代蒋永修所作《陈检讨传》云："髯疾时，景祁适在京师，问疾拜床下，髯悉出所著诗古文词手授祁。癸亥，祁归，与曹子南耕编次校雠而锓诸版。"② 康熙二十二年（1683），蒋景祁将陈维崧晚年的诗古文词诸作从京师带回宜兴，随后与乡人曹亮武编次、校雠并印刷出版。这便是今人所见康熙二十二年序刻本《陈检讨诗集》四卷，今有无锡图书馆、日本国会藏本③。康熙二十三年（1684），蒋景祁在苏州增益并合刻陈维崧存世诗文，由徐喈凤作序。今存两种版本：一为康熙二十三年（1684）天慕阁刻本，包括《陈检讨诗钞》八卷、《文集》十二卷，今有广东中山图书馆藏本；一为国家图书馆所藏康熙刻本，包括《陈检讨诗钞》十卷、《词钞》十二卷。④ 康熙二十六年（1687），陈维崧三弟陈维岏与任源祥等人辑《陈迦陵文集》六卷、《俪体文集》十卷、《湖海楼诗集》八卷、《迦陵词》三十卷为一集，为康熙二十八年（1689）陈宗石患立堂刻本，今存国家图书馆及民族文化宫等。民国年间，上海商务印书馆将此本辑入《四部丛刊》，其中《湖海楼诗集》所载为陈维崧顺治十八年（1661）至康熙二十一年（1682）所作诗歌，共778首。

如皋人李仙源曾选《湖海楼诗稿》十二卷，所载为陈维崧顺治十八年（1661）以前所作诗篇。该本今有国家图书馆藏康熙六十年（1721）刻本，上海图书馆、四川图书馆藏光绪二年（1876）江宁春生堂刻本。此外，清乾隆年间，陈维崧从孙陈准曾编《湖

---

① （清）缪荃孙：《云自在龛随笔》，商务印书馆1958年版，第104页。
② （清）储欣：《在陆草堂文集》，近代中国史料丛刊第三十八辑，文海出版社1969年版，第329页。
③ 李灵年等：《清人别集总目》，安徽教育出版社2000年版，第1315页。
④ 中国古籍总目编纂委员会编：《中国古籍总目》，中华书局2009年版，第1114页。

海楼全集》，为乾隆六十年（1795）浩然堂刻本，共五十一卷，包括《湖海楼文集》六卷、《骈体文集》十二卷、《湖海楼诗集》十二卷、《湖海楼诗补遗》一卷、《迦陵词集》二十卷，今国家图书馆藏有清人杨伦校本，首都图书馆藏有光绪十七年（1891）任光奇重刻本①。

今人整理出版的陈维崧诗歌的专著有：

1. 广陵书社江庆柏校点《陈维崧诗》②。该集分别以康熙二十八年（1689）陈宗石患立堂刻本《湖海楼诗集》、康熙六十年（1721）陈履端等重刻李仙源刻本《湖海楼诗稿》、乾隆六十年（1795）陈淮浩然堂刻本《湖海楼诗集》为底本，辑得陈维崧诗歌千余首。这应该是今人整理出版的有关陈维崧诗歌作品最全的印本。

2. 上海古籍出版社陈振鹏标点，李学颖校补《陈维崧集》（共三册）③。该集以康熙二十八年（1689）陈宗石患立堂刻本为底本，辑得陈维崧诗歌共 1182 首：一为《湖海楼诗集》八卷，所收诗篇为陈维崧顺治十八年（1661）至康熙二十一年（1682）所作，按编年排列，共 778 首；二为《陈维崧补遗诗》一卷，按体分类，辑得乐府 16 题 25 首，五古 55 首，七古 60 首，五律 62 首，七律 116 首，五言排律 4 首，五绝 12 首，七绝 70 首，共 404 首。

3. 台湾商务印书馆股份有限公司 2011 年出版的四部丛刊正编《湖海楼诗集》，八卷，共 778 首。

综合以上所述可见，陈维崧诗歌作品主要分为前后两期。其中，《湖海楼诗稿》所收多为前期作品，系陈维崧顺治十八年（1661）之前所作。陈维崧四弟陈宗石《湖海楼诗集》跋云："丙申五月，遘先大人之变，兄弟饥驱，糊口四方。如皋诸君子为伯兄重刻《湖海楼稿》，其板在中表曹渭公处。又刻《射雉

---

① 中国古籍总目编纂委员会编：《中国古籍总目》，中华书局 2009 年版，第 1115 页。
② （清）陈维崧著，江庆柏点校：《陈维崧诗》，广陵书社 2006 年版。后文此书略去点校者。
③ （清）陈维崧著，陈振鹏标点，李学颖校补：《陈维崧集》，上海古籍出版社 2010 年版。后文此书略去点校者。

集》于维扬，属予师王宫詹阮亭先生手定，今二十余年，其存否亦不得问。"① 按，陈宗石所言《湖海楼稿》即《湖海楼诗稿》，系以李仙源刻本为底本重刻本。该集按体分类，十二卷，共 835 首。卷一为乐府诗，共 193 首；卷二至卷三为五言古体诗，共 93 首；卷四至卷五为七言古体诗，共 97 首；卷六至卷七为五言律诗，共 149 首；卷八至卷九为七言律诗，共 209 首；卷十为五言排律，共 12 首；卷十一为五绝，共 9 首；卷十二为七绝，共 73 首。《湖海楼诗集》八卷所收为后期作品，系陈维崧顺治十八年（1661）至康熙二十一年（1682）所作诗歌，共 778 首。再结合现存《陈维崧补遗诗》的 404 首，去其重复，可得现存陈维崧诗歌包括：七律 445 首，七绝 314 首，七古 278 首，五律 237 首，五古 213 首，乐府 193 首，五排 23 首，五绝 15 首，七排 2 首，共计 1720 首。

二 陈维崧诗歌研究现状综述

目前，关于陈维崧的年谱有三种，分别是：陆勇强《陈维崧年谱》②、马祖熙《陈维崧年谱》③、周绚隆《陈维崧年谱》④。关于选集，周韶九选注的《陈维崧选集》⑤ 可以说是迄今为止对陈维崧诗词文及其特色进行选注的经典本。此外还有一些诗歌选本，选录陈诗的代表作，并简要分析其艺术特色。如清人沈德潜《清诗别裁集》⑥ 卷十一选陈维崧诗歌 16 首；邓之诚《清诗纪事初编》⑦ 选陈诗一首《开河》，并高度点评陈维崧诗艺，称其"文多表章旧事，骈体尤擅盛名。清中叶以后，骈文规摹六朝，填词取途南宋，作者辈出，跨越前代，然皆不如维崧之为大家"。徐世昌《晚晴簃

---

① （清）陈维崧：《陈维崧集》，上海古籍出版社 2010 年版，第 1820 页。
② 陆勇强：《陈维崧年谱》，中国社会科学出版社 2006 年版。
③ 马祖熙：《陈维崧年谱》，上海古籍出版社 2007 年版。
④ 周绚隆：《陈维崧年谱》，人民出版社 2012 年版。
⑤ （清）陈维崧著，周韶九选注：《陈维崧选集》，上海古籍出版社 1994 年版。
⑥ （清）沈德潜：《清诗别裁集》，中华书局 1975 年版。
⑦ （清）邓之诚：《清诗纪事初编》，上海古籍出版社 1984 年版。

诗汇》选陈维崧诗歌53首①，今人钱仲联主编《清诗纪事》②"康熙朝"卷共选陈维崧诗歌31首。

现有研究专著中，涉及陈维崧及其诗歌研究的首推严迪昌先生《清诗史》。严迪昌先生在讨论吴伟业时论及陈维崧，梳理了陈维崧的诗学对象及所取得的文学成就，"陈维崧早年学诗师从过多人，有李雯，有姜垓，也问诗学于吴伟业"③，"《湖海楼诗》中年以后转多东坡雄气，'湖海楼高揖子瞻'，清初以来大抵都把握了这一认识。陈维崧的诗与骈文均为一时高手，但其于长短句的成就和影响尤大，作为阳羡词派的宗主，词史地位已尊"④。此外，刘世南先生在专著《清诗流派史》一书中列专节，把陈维崧作为"梅村体"的传人之一进行讨论。刘世南先生颇为详细地论述了陈维崧的七言古体诗对"梅村体"诗的继承与发展⑤，对陈维崧的生平、诗学源流及诗歌特色等方面也进行了深入的探讨，可谓是较早地对陈维崧诗歌进行整体研究的重要成果。

现有研究成果中，共有3篇硕士学位论文、2篇学术期刊论文是专门探讨陈维崧诗歌的，分别是：刘飞的硕士论文《陈维崧诗歌研究》⑥、王亚峰的硕士论文《陈维崧诗歌艺术论》⑦、姜鹏的硕士论文《如皋八年与陈维崧文风转变》⑧；期刊论文有：刘世南《陈维崧及其诗》⑨及李剑波《陈维崧诗歌对词与散文手法的融汇》⑩。其他还有涉及陈维崧生平家世及诗学、交游等。论者主要

---

① 徐世昌：《晚晴簃诗汇》，中国书店1988年版。
② 钱仲联主编：《清诗纪事》，凤凰出版社2004年版。
③ 严迪昌：《清诗史》，浙江古籍出版社2002年版，第416页。
④ 严迪昌：《清诗史》，浙江古籍出版社2002年版，第416页。
⑤ 刘世南：《清诗流派史》，人民文学出版社2004年版，第126页。
⑥ 刘飞：《陈维崧诗歌研究》，硕士学位论文，湘潭大学，2010年。
⑦ 王亚峰：《陈维崧诗歌艺术论》，硕士学位论文，湘潭大学，2011年。
⑧ 姜鹏：《如皋八年与陈维崧文风转变》，硕士学位论文，吉林大学，2009年。
⑨ 刘世南：《陈维崧及其诗》，《江西师范大学学报》（哲学社会科学版）1990年第4期。
⑩ 李剑波：《陈维崧诗歌对词与散文手法的融汇》，《湖南科技大学学报》（社会科学版）2013第4期。

从以下几点进行讨论：

第一，陈维崧生平家世及思想研究。刘世南先生从阶级分析的角度，对陈维崧的生平经历作了说明，认为：陈维崧对清廷由对抗到合作的态度的转变是由其地主阶级知识分子的本质所决定的。陆勇强《陈维崧家世考述》[①] 一文分别介绍了陈氏家族诸位重要成员的基本信息。严迪昌先生《清诗史》考辨了陈维崧在"如皋八年"及"京华四载"两期的生平事迹[②]。以上研究，给我们提供了关于陈维崧较为详细且完整的生长背景。

第二，陈维崧诗歌的渊源研究。陈维崧早期的诗歌创作受到云间诗派以及吴伟业等人的影响较大。在学法上，是以陈子龙与吴伟业为主要师学对象而有所发展的。刘世南、刘飞、王亚峰等研究者皆是在此论调的基础上展开讨论，并进一步触及陈维崧自身独特诗学思想的形成与发展理路。

第三，陈维崧诗歌的内容研究。刘飞及刘世南先生分别讨论了陈维崧诗歌的内容，总体而言，陈维崧诗歌的思想内容主要表现在以下三个方面：一是怆怀故国之作，抒发兴亡之感；二是关心民瘼之作，表现民生疾苦；三是感伤身世之作，抒发一己漂泊之情。

就现存诗集来看，陈维崧诗歌的内容颇为丰富，现有研究成果虽多有论述，但不够精深。而且，对于陈维崧诗歌中重要体裁与重大题材的关注与深入挖掘也是不够的。以下几类诗，笔者认为值得予以研读：

（一）陈维崧的乐府诗创作

到目前为止，没有文章研讨陈维崧的乐府诗创作。就陈维崧自身而言，其诗歌创作实践与其所倡文学主张是高度一致的。我们知道，关于乐府诗，清初时人多不看好，而陈维崧的态度则是

---

① 陆勇强：《陈维崧家世考述》，《暨南学报》（哲学社会科学版）2002年第1期。
② 严迪昌：《阳羡词派研究》，齐鲁书社1993年版，第158—175页。

"仆以为才情之士，不妨模范，用见倩眄耳"（《与宋尚木论诗书》）①。陈维崧强调乐府诗创作应与其他诗体一样，需要作者发挥才情的主观效用，以求展现出内心的真性情。这种观念的提出，是陈维崧总结自身经验的结果。最初，陈维崧是在陈子龙的教导下从事乐府诗写作的，陈维崧《酬许元锡》中记载："忆昔我生十四五，初生黄犊健如虎。华亭叹我骨格奇，教我歌诗作乐府。"②陈维崧乐府诗篇存于《湖海楼诗稿》中，共193首。郭麐《灵芬馆诗话》评价云："陈迦陵……集中拟古乐府，神似黄门。"③姜垓评价陈维崧《湖海楼集》时也曾言及："陈黄门后一人也"（《祭姜如须文》）④。由此可见，陈子龙对陈维崧诗歌特别是七言律诗及古乐府创作的影响是显而易见的。在师从陈子龙的复古道路上，陈维崧的乐府诗创作从最初的亦步亦趋，墨守格局，到摆脱原作，自由地抒发自我情感，表现出了活泼的生气。检点现存诗篇，其中不乏佳作。不仅如此，陈维崧在创作实践中还总结出理论观点，如《胡二斋拟古乐府序》中，他提出了"别裁伪体，直举天怀"⑤的具体观点，说明乐府诗创作是"模范古人"之举，而非拟古不化，突出强调诗歌创作的创新性特点。

（二）陈维崧的风土民情诗

现有研究中并未对陈维崧该类诗作专门讨论。陈维崧对故乡怀有极为深沉的热爱之情。宜兴古地景色秀美，成为诗人创作的重要源泉。陈维崧不少诗篇用来描绘家乡的名山胜川，赞颂家乡陶瓷艺术及茶艺。通过诗人之笔，我们不仅能够领略到宜兴古地美妙的自然景观，而且能够直观地感受到此地由古至今所涵养的深厚人文素养。陈维崧描写故乡的风土民情，无论是游历山水、探

---

① （清）陈维崧：《陈维崧集》，上海古籍出版社2010年版，第91页。
② （清）陈维崧：《陈维崧集》，上海古籍出版社2010年版，第1704页。
③ （清）郭麐著，杜松柏主编：《灵芬馆诗话、诗话续》，新文丰出版公司1987年版，第41页。
④ （清）陈维崧：《陈维崧集》，上海古籍出版社2010年版，第145页。
⑤ （清）陈维崧：《陈维崧集》，上海古籍出版社2010年版，第400页。

访古迹，畅想古人，亦或介绍家乡美食、名产、风物，无不深刻感人，透露出诗人浓浓的故乡情意。

（三）陈维崧的咏怀诗

现有研究中，论者大都会关注到陈维崧诗歌所蕴含的故国情怀及感伤身世情愫，但论者往往就其早期几首耳熟能详的作品进行反复讨论，并未真正发掘与梳理这种怀古情感的心路历程。经过细读文本，笔者发现，陈维崧的诗思是极为阔大而深沉的。陈维崧不同阶段的身世沉浮经历的变化，造成了不同阶段相关类别诗情感内涵具象的不同。以怀古咏史类诗为例，陈维崧前期的作品中述古成分明显地体现了诗人的故国之思，在抒发广泛的历史兴亡沧桑感之际，国破家亡的黍离之感尤其浓重，其中不仅有大国之思，更有小家之念。陈维崧后期的怀古之作，纯粹的怀古成分显著增加。特别是湖海飘零的中年生涯开启后，诗人足迹踏遍中原，登高涉深，心思从怀旧逐渐转入了现实。随着阅历的增加，诗人的思想与心胸也比之前更加成熟和宽广，所关注的视点也逐渐转移到现实当中的人与事，遂以情怀寓于现实，表达对民生以及社会现象的感慨。在这类民生诗中，诗人尤其蹈扬出湖海般广博的英雄气概，以至于呈现出如杜甫般深邃的忧国忧民情怀。在这个过程中，陈维崧对于民生的关怀随着其自身思想的转变而加以显露，他的身份也从最初的地主阶级转变为具有普通民众意识的布衣。正是从布衣之身落笔，诗人毫不避讳地将自己的穷寒凄惨状一一写入诗中，触物感时，抒发深沉的忧思，从而扩大了咏怀类诗的内涵与表现。

（四）陈维崧的题画诗

现有研究中并未涉及该类诗。在陈维崧的生命历程中，扬州与京城是其中年至老年生涯的两个主要生活地。其间的诗文创作颇多，比较突出的一类便是题画诗，现存共60首，包括"与扬州秦淮旧梦主题有关的作品""京师以画会友的唱和作品""品画酬赠诗"等。其中，"与扬州秦淮旧梦主题有关的作品"主要是参加王士禛扬州唱和所作步韵唱和诗词,通过咏叹青溪遗事画册上所绘故明秦淮女子的旖旎情态,由旧事寄托追念旧朝之风骚怀抱。组诗在依题唱和的群体创作中,极为明显地表达了诗人自己的怀旧心绪。清初顺、康年间文人画像趋于繁盛,文士之间经常以此为题展开题咏活动。入京师期间,陈维崧亦加入京官文学圈,作了一些题文人画像诗,而其本人为图主的《迦陵填词图》更是成为当时的主要题咏对象之一。陈维崧的此类诗篇,从内容而言,主要就画面及画主作精细的描绘与歌颂,表现自己对于画主情志的赞赏态度,有的牵合自己的身世,来表达相同志趣之所在。陈维崧的品画赠酬类诗歌主要是体现了陈维崧受到良好的家教熏染所在。陈维崧自言"我家画扇百余轴,乃是仇沈文唐之妙笔"(《赠阶六叔》)①,对于"仇沈文唐"四大家的画作,陈维崧皆有述评,足见其绘画艺术的鉴赏水平及画理的认知程度之高。

(五)陈维崧的写景咏物诗

现有专著研究中并未涉及此类诗歌。陈维崧的咏物诗多采用短章近体形式,尤其是七律与七绝中,不乏写景状物佳作,有的达到了情景交融、妙合无垠的上乘境界。比如,陈维崧写有一组禽鸟类诗,赋予鸟类以人性,将其人格化,通过借物言志手法,传达出丰富的思想意义。值得一提的是,除了花、鸟等普通物象外,在五言古体诗和七言古体诗中,陈维崧还有数篇描写旧朝物品的"歌"类作品。其描写对象有陆游砚台、藏剑、宣铜炉、前朝御香、齐景公墓中食器、司马相如古碧玉小印等,这些物品在清初一些小品杂文里面多有记录,而陈维崧也根据自己的亲身经历及亲眼所见,以写实的笔法,诗意地展现了原物之貌。尤其是,追述物品的沉浮经历,以物品牵合古今人物命运的曲折变化,洋溢着诗人浓浓的吊古之情,十分感人。

第四,陈维崧诗歌的风格研究。现有研究中,王亚峰的硕士论

---

① (清)陈维崧:《陈维崧集》,上海古籍出版社2010年版,第652页。

文《陈维崧诗歌艺术论》从宏观角度论述了陈维崧"诗文词诸体融合"的艺术特色，表现在"散文章法""议论说理""词采华丽""悲沉刚健"四个方面。姜鹏《如皋八年与陈维崧文风转变》选取"如皋八年"为限，概述其文风特点为"哀艳激昂、慷慨沉郁"，但是未对此期的诗歌作品及艺术风格特点进行深入探究。刘飞从诗歌体裁角度，简要分析了陈维崧七古、七律、七绝及五绝诗的艺术风格与语言特色，但是其论述不够深入透彻，有的以偏概全，也不尽恰当。刘世南先生在《清诗流派史》的一节中提到陈维崧。刘先生重点分析了陈维崧七言古诗的艺术特点，认为其歌行既具有典型的"梅村体"特点，又有新的发展，表现为以气为主，结构上以散文章法入诗，手法上议论、抒情、叙事三者结合的特点。

第五，陈维崧交游研究。主要研究成果有：承剑芬《陈维崧的师友交游与其词风分期》一文[1]，以师友交游为切入点，以时间为脉络，梳理陈维崧词风在不同时期因受交游活动影响而呈现出的不同特点。该文重点在于梳理陈维崧交游活动对词创作影响的结果，所以对于具体的交游对象及其情形只是进行相关点的概括介绍。王业强《范国禄陈维崧交游考》[2]一文以明季遗民后裔的共同身份为切入点，概述陈维崧与范国禄二人的相识相交过程。国文科《陈维崧的交游》[3]一文按照地域划分，详细列出了陈维崧在宜兴、江浙地区、河南、京城四个主要游历地区的交往人物，介绍了每个人的生平，对我们进一步精深考察陈维崧在重要地域内的重点交游对象提供了较为丰富的资料支撑。姜鹏《"如皋八年"与陈维崧文风转变》第一章第二节述及"陈维崧如皋交游"，从两方面展开：一是以人物缩影的形式，简述遗民隐士、故人子弟、贰臣显贵及新朝文人中的代表人物，进而说明陈维崧"如皋八年"

---

[1] 承剑芬：《陈维崧的师友交游与其词风分期》，《学术交流》2012年第12期。
[2] 王业强：《范国禄陈维崧交游考》，《文教资料》2013年第25期。
[3] 丁惠英：《陈维崧的交游》，《文藻学报》1992年第6期。

的交游可堪清初文人活动风貌的一个缩影；二是通过勾勒陈维崧在"水绘园唱和"和"广陵唱和"两大群体活动中的诗文创作概况，说明陈维崧在如皋期间所经历的特殊生活环境，是造成其文风发生转变的重要原因。总体而言，陈维崧大半生漂泊湖海，结交四方人士，与众多豪杰结下了深厚的情谊，不同时、境的交游进而影响到诗人不同阶段的诗歌创作，使得诗人的作品呈现出可圈可点的艺术价值和特色。因此，详细考察其平生典型的交游活动，对廓清其诗歌创作面貌大有裨益。

基于以上综述，笔者拟在梳理现有研究成果的基础上，进一步深入地探讨陈维崧诗歌创作风貌，力求全面而精深地论述陈维崧诗歌创作所取得的重要成就，进而彰显其文学价值、时代影响及其应有的时代地位。第一、二章从地域文化与文学及师友交游为切入点，研讨陈维崧从事诗歌创作活动的地缘、人文背景。第三、四两章，从诗歌的主题思想与诗歌的题材分类角度，以陈维崧现存诗歌文本的全貌为研究对象。第五章研究陈维崧诗歌所表现出的唐宋诗风融合的特点，本章的论述角度不同于现有研究，思路在于：以具体诗歌文本及相关的诗学评论为佐证，研究陈维崧对杜甫、韩愈及苏轼、陆游等的历时性宗法轨迹，论述陈维崧诗歌在明末清初所具有的独特艺术价值。第六章在前述章节内容的基础上，探讨陈维崧的诗学观点与理论批评。应该说，陈维崧的诗歌创作活动是在有清一代文学正统思想观念的规范下进行的有效创作，归于雅正，但不墨守成规，终能显示出自家面貌。

第一章
阳羡的地域人文与陈氏家族

所谓"一方水土，养一方人"，人类社会，无论个人或群体，都生长于一定的土壤环境中。这种固定下来的土壤环境即成为具有某些固定传统因素的地域，作为文学创作主体的作家而言，更是离不开"生于斯，长于斯"的一方水土。相应地，文学作品作为一种精神文化产物，其所植根的物质文化土壤，也与创作者的现实生活及环境密切相关。法国19世纪杰出的文学批评家、美学家丹纳曾说过："要了解一件艺术品，一个艺术家，一群艺术家，必须正确地设想他们所属的时代的精神和风俗概况。这是艺术品最后的解释，也是决定一切的基本原因。""因为风俗习惯与时代精神对于群众和对于艺术家是相同的，艺术家不是孤立的人。"[1] 这种特定的"风俗习惯与时代精神"共同构成了文化生成土壤，为作家提供了艺术灵感的最早来源。就陈维崧而言，他的文学创作取得为后世瞩目的成就，与他成长的地域环境以及所受的家庭学养等有极大的关系。严迪昌先生在研究阳羡词派时，曾设专章概述阳羡人文历史，其侧重点在于，通过简述政治历史发展过程中具有代表性的数位阳羡籍仕进人物，来追溯孕育并形成阳羡词人心态结构的历史性渊源[2]。本章拟从古地阳羡的地域人文传统、环境因素与陈氏家族的文化生成背景两端，从深层渊

---

[1] [法] 丹纳：《艺术哲学》，傅雷译，人民文学出版社1983年版，第7页。
[2] 严迪昌：《阳羡词派研究》，齐鲁书社1993年版，第10—20页。

源上阐述陈维崧从事文学创作的地缘、人文背景以及文化养成的便利条件。

第一节　阳羡的地域人文传统及人文环境

陈维崧的故乡宜兴，古称阳羡，《宜兴县志·沿革》载，"秦并楚，置会稽郡，始为阳羡县以属之"①，"晋惠帝永兴元年，以周玘'三兴义兵'讨贼有功"，"立'义兴郡'以表玘之功，属扬州"②，"宋太宗太平兴国元年，避讳改义兴县为宜兴县"③，自此，"宜兴"之名沿用至今，隶属常州府。宜兴又称荆邑、荆溪，属太湖流域，就地理位置而言，恰好处于江、浙、皖三地交汇地带，《宜兴县志武备志·阨塞》记载云：

> 宜邑山川之险，东北分水堰，西北涌子湖，南阻铜官、离墨诸峰，东南由湖诸山达长兴界，西南由张渚诸山达长兴、广德界，其东面则自上百渎，自下百渎，俱滨太湖，惟西面路稍平夷，直达溧阳界，然长荡湖、大坯山阻其西北，戴埠、白塔诸山阻其西南，诚所谓四塞之地也。④

正是这一"四塞之地"，形成了古地阳羡"地偏俗俭"（苏轼《卜居记》）的地域人文性格。乐史《太平寰宇记》卷九十二"风俗"条记载："承太伯之高踪，由季子之遗烈。盖英贤之旧壤，杂

---

① （清）阮升基修，（清）宁楷纂：《重刊宜兴县旧志》，清嘉庆二年刊本影印，成文出版社1970年版，第20页。
② （清）阮升基修，（清）宁楷纂：《重刊宜兴县旧志》，清嘉庆二年刊本影印，成文出版社1970年版，第20页。
③ （清）阮升基修，（清）宁楷纂：《重刊宜兴县旧志》，清嘉庆二年刊本影印，成文出版社1970年版，第20页。
④ （清）阮升基修，（清）宁楷纂：《重刊宜兴县旧志》，清嘉庆二年刊本影印，成文出版社1970年版，第184页。

吴夏之语音。人性质直，黎庶淳让。"①《光绪宜兴荆溪县新志》卷一记载："宜兴风俗偶于古者屡矣。地偏而俭也，性佶直而淳逊也，士好儒术而不好远游，民重耕稼而罕为商贾也。盖其山水劲厚而迥秀故成风俗，愈朴愈美。"②恰如严迪昌先生所言："以宜兴而言，历史上的'地僻'而远隔通都大邑，渐益养成'俗俭'和山地丘陵型'佶直'心性，是一种事实。"③词人蒋景祁在《荆溪词初集序》中论述阳羡词风特点时也描述道：

> 荆溪故僻地，无冠盖文绣为往来之冲也，无富商大舶移耳目之诱也，农民服田力穑，终岁勤动。子弟稍俊爽者，皆欲令之通诗书，以不文为耻。其文人率多斗智角艺，闭户著书，盖其所好然也，好之专，故其气常聚。而山川秀杰之致，面挹铜峰之翠，胸涤双溪之流，宜其赋质淳逊，尘滓消融也。④

由此可见，阳羡深厚的地域人文传统，便植根于这种"敏于习文""以不文为耻"的文化背景，又有"山川秀杰之致"的自然风景怡其情致，而不为呆滞。

关于阳羡的奇秀风景，陈维崧在《蒋京少梧月词序》有详尽的描述：

> 铜官绮丽，将军射虎之乡；玉女峥泓，才子雕龙之薮。城边水榭，迹擅樊川；郭外钓台，名标任昉。虽沟塍芜没，难询坡老之田；而陇树苍茫，尚志方回之墓。一城菱舫，吹来水调

---

① （宋）乐史：《太平寰宇记》，《文津阁四库全书》第160册，商务印书馆2005年版，第253页。
② （清）施惠、吴景墙等纂修：《光绪宜兴荆溪县新志》，清光绪八年刻本。
③ 严迪昌：《阳羡词派研究》，齐鲁书社1993年版，第14页。
④ （清）曹亮武、陈维崧选：《荆溪词初集》，清康熙刻本，国图善本，01383。笔者在国图南区善本阅览室得阅胶卷，但前三卷已残，未能亲见。此处参看严迪昌先生的《清词史》著作。

歌头；十里茶山，行去祝英台近。鹅笙象板，户习倚声；苔网花笺，家精协律。居斯地也，大有人焉。①

"居斯地也，大有人焉"，恰切地说明阳羡自古以来就成为众多文人所向往的地方。山水清嘉的偏僻地方往往成为人们理想的安居之处，李泽厚先生曾考察这种心理因素，"经由考试出身的士大夫，常常由野而朝，由农（富农、地主）而仕，由地方而京城，由乡村而城市。这样，丘山溪壑，野店村居倒成了他们的荣华富贵、楼台亭阁的一种心理需要的补充和替换，一种情感上的回忆和追求，从而对这个阶级具有某种普遍的意义"②。强调的正是自然美对于人的吸引力所在，而阳羡这样一个拥有青山秀水的地方自然也被历代士人所喜爱，以至慕名探访。明人唐顺之在《重修宜兴县学记》有这样的记载："宜兴溪深而谷窈，石峭而泉冽，自古宦游之士，多欲徙而家焉。盖隐然有舞雩沂水之风，而地僻以简冠。盖文绣之所不冲，大贾重装之所不辏，故其俗鲜见纷华盛丽之习。然则有点也之乐，而无子夏之诱，宜莫如此地者。"③这是一处"求古人之所可乐以自足"的绝佳地方。早在唐宋之时就有大量北方士人南迁，其中，有许多文人学士慕名来到阳羡，建别业、置田庄。如中唐诗人刘长卿《酬滁州李十六使君见赠》诗序记载云："李公与予俱于阳羡山中新营别墅，以其同志，因有此作。"④皇甫冉曾避乱寓居宜兴，后在宜兴营建别墅，《归阳羡兼送刘八长卿》云："湖上孤帆别，江南谪宦归。前程愁更远，临水泪沾衣。云梦春山遍，潇湘过客稀。武陵招我隐，岁晚闭柴扉。"⑤顾况也曾居住宜兴，有《赠僧诗》曰："家住义兴东舍溪，溪边莎

---

① （清）陈维崧：《陈维崧集》，上海古籍出版社 2010 年版，第 390 页。
② 李泽厚：《美学三书》，安徽文艺出版社 1999 年版，第 166 页。
③ （明）唐顺之：《荆川集》，《文津阁四库全书》第 426 册，商务印书馆 2005 年版，第 648 页。
④ （清）彭定求等编：《全唐诗》，中华书局 2008 年版，第 1525 页。
⑤ （清）彭定求等编：《全唐诗》，中华书局 2008 年版，第 2832 页。

草雨无泥。上人一向心入定，春鸟年年空自啼。"① 直至晚唐，诗人杜牧更是在阳羡置有薄产②，"于义兴县近有水榭"③，他还写诗专门描述自己希冀终老阳羡的打算，《正初奉酬歙州刺史邢群》云："翠岩千尺倚溪斜，曾得严光作钓家。越嶂远分丁字水，腊梅迟见二年花。明时刀尺君须用，幽处田园我有涯。一壑风烟阳羡里，解龟休去路非赊。"④ 杜牧当年的水榭遗迹留存至今，为后人所吟咏。

到了宋代，苏轼"买田阳羡"的事迹堪称佳话。苏轼曾高唱"买田阳羡吾将老，从初只为溪山好"（《菩萨蛮·买田阳羡吾将老》）⑤，虽然"解佩投簪，求田问舍"的"阳羡梦"没有最终实现，但是苏轼曾经筹措在阳羡隐退终老的举动，以及他在复杂的人物世态中形成的有关出处进退、安身立命的人生观和哲学思想，在这块土地上播撒下了延绵世代的种子。如今，现存的"东坡书院"遗迹，便是"惹溪山千载，姓氏犹香"（《满庭芳·蜀山谒东坡书院》）⑥ 的最好证明。我们也可以说，这是自然地理环境与人文精神世界完美契合的典范。秀丽怡人的阳羡悄然处于深奥之地，它以超然物外、内敛自束的闲静韵味带给人们心灵的慰藉。对此，明人唐顺之的体会也颇为深刻，他在《与王尧衢书》中称："春来卜居阳羡，此中山水绝清，无车马迎送之烦。出门则从二三子登山临水，归来闭门食饮寝梦，尚有余闲，复稍从事于问学。"⑦

---

① （宋）洪迈：《万首唐人绝句》，文学古辑刊行社 1955 年版，第 934—935 页。
② 杜牧在《李侍郎于阳羡里富有泉石，牧亦于阳羡粗有薄产。叙旧述怀因献长句四韵》中有"终南山下抛泉洞，阳羡溪中买钓船"之句，《全唐诗》，中华书局 2008 年版，第 5956 页。
③ 杜牧在《许七侍御弃官东归潇洒江南颇闻自适，高秋企望题诗寄赠十韵》最末两句云："他年雪中棹，阳羡访吾庐。"自注"于义兴县近有水榭"。《全唐诗》，中华书局 2008 年版，第 5952 页。
④ （清）彭定求等编：《全唐诗》，中华书局 2008 年版，第 5987 页。
⑤ （宋）苏轼：《苏轼集》，上海古籍出版社 1979 年版，第 42 页。
⑥ （清）陈维崧：《陈维崧集》，上海古籍出版社 2010 年版，第 1233 页。
⑦ （明）唐顺之著，马美信、黄毅点校：《唐顺之集》，浙江古籍出版社 2014 年版，第 213 页。

如以上所述，古地阳羡独特的地域地缘及人文特性又必然孕育出具有同质性格特点的文化群落，瞿源洙《鸣鹤堂文集序》曾论及清初阳羡地域的文化族群特点：

> 盖古未有以穷而在下者操文柄也。……独至昭代而文章之命主之布衣，侯（方域）虽豪公子，然未通仕籍；……其年（陈维崧）五十余充鸿词之选，不数年而卒；……然闾巷之士不附青云而自着，此亦一时之风声好尚使然乎！①

宜兴在清初以来始终呈现出一种在野状态的文化群族的境遇。诸子以学为尚，大都是通过自身的勤奋刻苦而显露才名，而陈氏家族也就在这样广大的地域人文环境中生长起来。

第二节　陈维崧的家世背景及文化养成

陈氏家族在宜兴经历了一个漫长的发展过程。陈氏自南宋灭亡以后迁往宜兴，陈维崧在《敕赠征士郎翰林院检讨先府君行略》中自述家世说："自宋大儒止斋公居永嘉，由永嘉迁义兴，生仓四公。仓四公生四子，五传生卫辉丞弘甫公。由湖南徙亳村，……耕隐生思堂公邦，为桐庐丞。思堂生古愚公宪章。古愚生怀古公一经。自古愚以下，皆以少保贵，赠如其官。怀古生少保公。少保公四子：长贞贻，邑文学，有才名……季即府君。"②关于陈氏家族的家世考述及迁徙分流的现象已有学者进行了详细梳理③，兹从略。宜兴储欣之孙储掌文在《新修亳村陈氏宗谱叙》中记载："陈氏夙称吾宜华望，与东海延陵诸巨室相颉颃"，"顾陈氏在吾宜不惟以科名爵秩重，特以人重。盖自邵太君苦节迈其，姜怀古先

---

① （清）任源祥：《鸣鹤堂文集》，卷首序，国家图书馆古籍阅览室，24508。
② （清）陈维崧：《陈维崧集》，上海古籍出版社2010年版，第101—102页。
③ 陆勇强：《陈维崧家世考述》，《暨南学报》（哲学社会科学版）2002年第1期。

生纯孝齐曾闵,……端毅公用克以名德硕望执东林牛耳,立朝梗概具载史书"①。可以说,正是家族世代传承的道德教养、价值准则,使得陈氏家族得以称望于当地,并且扬名朝廷,重受君恩。陈维崧早期的一首五言古诗《丁酉元日述哀诗》其四记载云:"生民厥有初,瓜瓞被陵畛。曰氏始敬仲,凤(遥系)胄佳胤。南宋徙亳里,奕叶肆勉黾。柏舟女宗矢,端毅名卿允。卓哉处士公,道为斯世准。孝积家屡危,忠构志逾慜。"②陈维崧兄弟辈更为直接和深刻地受到祖、父辈的凛然气节的熏染。对此,陈维崧曾自言:"吾家节孝江东重,勋名少保君恩宠。"(《文杏斋五友歌·白定炉》)③陈维崧兄弟的祖父陈于廷是晚明政坛的重要人物,"天启间,逆奄窃国,是时有《百官图》《邪党录》《天鉴录》《同志录》《点将录》,依之以尽杀朝廷之士,所谓东林党人也。其间侍从之臣,杨(涟)、左(光斗)以外,宜兴少保陈公为之魁"(《陈定生先生墓志铭》)④。陈于廷"正色立朝,为时名卿,所交游相议论多忧国奉公之臣",尝自告人曰"于廷平生好言天下事,官御史时,则其职也。熹皇帝拱默,中人有窃政者,于廷即去言路,亦当言"(《明都察院左都御史太子少保赠少保陈公墓志铭》)⑤。如此这般直言敢谏的耿直气性真实而大胆,不仅得到时人的广泛赞誉,也深刻影响了陈维崧成人之后的为人处世。

陈维崧父亲陈贞慧,是陈于廷四子,与桐城方以智、如皋冒辟疆、商丘侯方域合称"明末四公子",一生以节义为重。陈贞慧一生的出处行迹对陈维崧一辈影响巨大,"(陈贞慧)以贵公子用节概推重搢绅间,中罹党祸,遭乱后,凿坏肥遁,著书自娱,诸常

---

① (清)储掌文:《储越渔先生文集》,《清代诗文集汇编》第263册,上海古籍出版社2010年版,第392—393页。
② (清)陈维崧:《陈维崧诗》,广陵书社2006年版,第53页。
③ (清)陈维崧:《陈维崧集》,上海古籍出版社2010年版,第1708页。
④ (清)黄宗羲:《黄梨洲文集》,中华书局1959年版,第184页。
⑤ 何法周主编:《侯方域集校笺》,中州古籍出版社1992年版,第472页。

所踪迹往还者,皆海内逋臣遗老,蔚然典型。故君(陈维崧)自束发以来,耳濡目染,已不坠俗下儇薄气"。可见,受到陈贞慧隐迹行为的影响,少年时代的陈维崧便已拥有超尘脱俗之姿。而陈贞慧对陈维崧兄弟的家教也是很严格的,陈维崧《敕赠征仕郎翰林院检讨先府君行略》中记载:"岁时伏腊,张少保公像于堂上,立维崧兄弟辈于阶下而语之曰:'若知祖父之所来乎?读书明大义,幸无忘若祖父为也。'言罢泪浪浪下。"① 读书明大义,一方面追忆先辈,另一方面传达志愿,由此可见陈氏严谨的日常庭训和家风。《文杏斋记》中也记载一个细节:"一日,大人呼崧而命之曰:'尔小子亦知斯斋之所自乎?自尔祖少保之构此斋也,三十年矣。自尔祖之弃世,而尔父之险阻艰难以处此地,又廿余年矣。念平昔踪迹所之,燕赵吴越之间,名山胜境,历历在吾目焉。然自甲申、乙酉以来,余不复出矣。'"② 通过耳提面命的教诲,陈贞慧将祖辈及自己的志向传达给下一代,希望诸子能心有所守,继承并发扬陈氏优良的德行传统。

的确,严谨的家风与良好的学风不仅造就了陈维崧兄弟优秀的品格,而且成就了一代大家。陈氏兄弟在清代皆以文学著称,陈维崧为清初公认的诗词文大家,创作丰赡。陈维嵋、陈维岳擅词创作,陈宗石作诗为佳。陈氏兄弟出众的文学才华尤其得益于家庭传统文化的濡染,受到父亲陈贞慧的熏陶教诲最为深刻,"迦陵兄弟行,莫不含宫咀商,埙箎迭奏。盖定生先生为党人魁首,名在三公子之列,文采炳蔚,贻为渊源"(《赌棋山庄词话》卷四)③。陈贞慧一生著述甚富,所著有《皇明语林》《山阳录》《雪岑集》《交游录》《秋园杂佩》《八大家文选》等,以记载故明掌故和纪念明末"清流"殉难人士为主,思旧怀贤,表沧桑之慨。国破后,陈贞慧读书文杏斋,斋之中"杂置《雅实堂制艺》《楼山

---

① (清)陈维崧:《陈维崧集》,上海古籍出版社2010年版,第108页。
② (清)陈维崧:《陈维崧集》,上海古籍出版社2010年版,第137—138页。
③ 唐圭璋编:《词话丛编》,中华书局1986年版,第3380页。

集》《壮悔堂集》《陈黄门诗》《娄东吴太史乐府》焉"(《文杏斋记》)①。其前半生可谓义薄云天，积极参与反清斗争，与诸风流人物酬酢往来；后半生则闭门读书，以实际行动表达不渝的民族气节。此种为人之气节与治学之态度皆成为陈维崧兄弟学习的榜样。

对于后辈子弟而言，陈贞慧在文学上的影响并不在于具体的文学创作技巧的探讨与启发，也不在于文学体式的继承与发展，而更多的是文化心理方面的精神影响。陈维崧曾作《文杏斋五友歌》，序中云："先君曾命崧作《五友歌》，卒卒未果。今先君见背，物亦飘散，苫块之次，追惟先命。言不成文，览者亮其情，闵其志可也。"②组诗作于顺治十四年（1657），时陈贞慧去世一年。"五友"实为五件物品：白定垆、宋拓黄庭经、书砚、仇十洲雪舫图、白定百折杯。陈维崧睹物思人，追述先世，颂扬父亲的诸多品行。如《白定垆》云：

……吾家节孝江东重，勋名少保君恩宠。赐第斜连杜牧陂，薄田恰对周侯冢。……父也君公称海内，杨家累业清名在。欲取风霜示后人，只将皎洁酬前代。十年患难心可怜，此炉清白殊亦然。月夜自依高馆左，花朝相向画帘前。神物沉沦莫怨嗟，古来失意吾与汝。③

诗中首先叙述陈氏一族的兴衰始末。先人虽已离世，但祖父辈遗留下了优秀品质，累业清名"欲取风霜示后人，只将皎洁酬前代"，正如这清白炉一样，先人的高洁品格必将警醒后人。写物实为思人，表达了陈维崧内心对父亲的深刻悼念之情。

又如《书砚》诗云：

---

① （清）陈维崧：《陈维崧集》，上海古籍出版社2010年版，第138页。
② （清）陈维崧：《陈维崧集》，上海古籍出版社2010年版，第1707页。
③ （清）陈维崧：《陈维崧集》，上海古籍出版社2010年版，第1709页。

文人之砚美人镜，相需不离若性命。眉公先生为此言，至今流传见吟咏。犹忆前明甲戌年，先生避暑栖畲山。我父青鞋特相访，绿阴之下浮觥船。因出藏砚共相赏，举一以赠志息壤。……砚旁镌镂共十字，古雅绝肖秦汉隶。元佑年间多正人，端溪片石比君子。持归安置文杏斋，自获此砚兴倍佳。

无何沧桑忽焉换，九峰三泖连天远。我父凿坏誓不出，穷年矻矻守书案。髀裹肉销可奈何，星辰旧雨何其多。君苗此时欲焚却，维翰是日无心磨。然就摩挲不忍释，空斋作伴永朝夕。今日孤儿辈手泽，砚乎砚乎果神物，飞去公然生羽翼。①

诗中首先叙述砚台的由来，此砚台原是元佑年间物品。写砚台实为写人，以砚比人，赞扬正直君子的高尚品行，透露出父辈同道之人同气相求的惺惺相惜。"持归安置文杏斋，自获此砚兴倍佳"，使用细节描写手法，将陈贞慧对砚台爱不释手之状貌淋漓尽致地刻画出来，"持归""兴倍佳"表明了自己一心倾倒于与砚台有相似品行的前代人。陈维崧对前代贤人的古雅风流追慕不已，想到先父在国亡家破后便埋身土室，一心闭门读书，以至身体消弱也不在乎；如今独立于空空的书斋之中，看着先父曾日夜欣赏的旧物，陈维崧的心思也飘然远去。再如陈维崧家藏的白定百折杯是宋神宗时代流传下来的，在紫丁花开的温暖时节里，陈维崧兄弟曾静静聆听父亲讲述这茶杯的来历。话古及今，父亲将茶杯的清白历史转入自家的精神传承，"尔曹生长乱离者，侧闻旧事亦沾缨。即如此杯何足惜，应识家风在清白"（《白定百折杯》）②。"我闻庭训心感伤，只今风木更沾裳"，那日耳提面命式的训导至今仍萦绕在陈维崧的脑海里，挥之不去，倍增感伤。可以说，陈维崧生长在一个重德行、讲节义的传统儒式家庭里，祖父与父亲的言行从小便深入其心灵，"门阀清素，为人恂恂谦抑，襟怀坦

---

① （清）陈维崧：《陈维崧集》，上海古籍出版社2010年版，第1709页。
② （清）陈维崧：《陈维崧集》，上海古籍出版社2010年版，第1711页。

率，不知人世有险巇事。口塞讷，不善持论"（《陈检讨维崧志铭》）①，"自束发以来，耳濡目染，已不坠俗下儇薄气"。陈维崧一身充满正气，对弟弟们也是爱护有加，《清史列传》卷七十一《文苑传》二记载云："（维崧）视诸弟甚友爱，遇亲朋温温若讷，生平无疾言遽色。"可见其性情主温和，与人为善，不与人争。即使在晚年无奈为官后，陈维崧也是"居官勤慎称职"，以至"频蒙宴赍"，京城诸贵多喜与之往来。

陈维崧兄弟生逢家族兴旺时期，少年时代过着鲜衣怒马的豪奢生活，身染晚明社会的浮夸习气，这一点也深受陈贞慧的影响。一方面，身为明臣后代，陈贞慧一向以东林后辈自命，后加入复社，积极参加讨伐党阉阮大铖的斗争，在清流中极负声望；另一方面，受晚明社会思潮主流王学思想的影响，陈贞慧性喜结交，且交游者多是一些狂怪傲世或风流倜傥之人。对此，陈维崧曾回忆：

（先府君）倜傥任节概，喜宾客好士，日者尝遇一客也，以扇障日而行于市中，视扇款识，则勒悠先生也。府君曰："余知有周先生久矣。"趋而揖，即与定交。又一日金阊道中，遇一偻而蹩者，府君曰："此偻而蹩者，必南昌邓左之中履也。"而邓先生亦言："髯之超群绝伦者，得非阳羡陈公子乎？"两人皆大笑，纳交去。②

陈维崧十五岁左右便数次陪伴陈贞慧赴南京参加会考，目睹了众多风流人士的言行举止。对于彼时的生活，陈维崧《徐唐山诗序》自谓："余时肠肥脑满，着高屐于市上，作谢镇西鸜鹆舞，意盖扬扬甚自得也。"③《吴湛传》中也有记载："盖余年十五六，而

---

① （清）钱仪吉：《碑传集》，中华书局1993年版，第1275页。
② （清）陈维崧：《陈维崧集》，上海古籍出版社2010年版，第103页。
③ （清）陈维崧：《陈维崧集》，上海古籍出版社2010年版，第28页。

为贤豪长者游已四五年矣。肥肠满脑,辄大骂里中儿,戒阍者勿与通。"① 陈维崧早期的诗作中颇多此类描写,如《杂诗四首》之二云"十岁慕书史,挥霍恣游刃。二十尚节侠,寄托傲千仞"②,"余年十八九,狷性喜跳跃。出语每排奡,作人鄙文弱"(《哭故友周文夏侍御五言古一百韵》)③。陈维崧曾作《古诗十首》④,自谓"叙生平"之作,追述了自己好辞赋、着歌辞,学仙学估、追求功名,居家又冶游,最后因"人言可畏"而不得不回归读书治学的曲折道路。陈维崧少年好学,"忆余八九岁,熟读史汉编","勉强事长生,学之三四年。学仙既不成,不如学为估"(其三)⑤,"又闻倚市门,不若慕权位。莫事陶朱公,且随霍骠骑。余心以为然,日至京华地"(其五)⑥,但见"丞相坐蛮语,宾客告阴事。驾车速言归,我田久不治"。于是返乡家居,"家居意不怿,郁郁弥自悲。拂衣别里干,去交轻薄儿"(其七)⑦。诗人途中偶遇佳人,意识到"人生能几何,及时且鸣豫",短暂逗留后,"策马舍之去"。诗人来到繁华之地冶游,虽然纵情欢快,但无奈"人言亦可畏","城市薄清狂,骨肉憎意气。不如仍读书,古人以相慰。经史并坟索,散佚手自汇。秦汉迄六朝,栉比分经纬。南朝慕徐庾,北朝重邢魏"(其九)⑧。诗人转了一圈无奈回到了起点,这其中既有慕佳人而不得的失望,又有经商、求仙的一事无成,而以上种种皆是少年陈维崧的心路历程与性情的表现。他曾在《与陈际叔书》中总结:

仆才质疏放,姿制诞逸。颇致蓝田狷忿之讥,时丛平子轻

---

① (清)陈维崧:《陈维崧集》,上海古籍出版社2010年版,第112页。
② (清)陈维崧:《陈维崧集》,上海古籍出版社2010年版,第1680页。
③ (清)陈维崧:《陈维崧集》,上海古籍出版社2010年版,第665页。
④ (清)陈维崧:《陈维崧诗》,广陵书社2006年版,第45页。
⑤ (清)陈维崧:《陈维崧诗》,广陵书社2006年版,第46页。
⑥ (清)陈维崧:《陈维崧诗》,广陵书社2006年版,第46页。
⑦ (清)陈维崧:《陈维崧诗》,广陵书社2006年版,第46页。
⑧ (清)陈维崧:《陈维崧诗》,广陵书社2006年版,第47页。

狂之诮；间有侯芭嗜奇之癖，时多吴质好伎之累。每当四节之会，风日闲丽，亲懿稠密，丹轮徐动，华轩遂盈。当斯时也，宾徒迭进则神思转给，箫笳互激则酬应弥妙。昔大梁侯方域常作文章必须声伎，仆不幸遂似之。至于别崇台，入曲房，驰华裳，跕利屣，银灯乍灭，文缨已绝，臣心最欢，才能一石，何论八斗。①

身负"蓝田狷忿之讥""侯芭嗜奇之癖"，高呼"才能一石，何论八斗"，足见少年陈维崧任才使性的自负。他"个性勇猛"，自谓"猛性何曾改"，"叹朱门酒肉，谁容卿傲；梨园子弟，总妒君才。牢落关河，聊萧身世，迸入空亭小忽雷。癫狂甚，骂人间食客，大半驽骀"（《沁园春·秋夜听梁溪陈四丈弹琵琶》）②。这种耿直气性延续到他青年时期也很明显，"暇与嵇阮流，贩贩嬉闾阎。脱略睨侯王，鄙秽杂鱼盐。世事已横流，举国忧心惔。而我四五人，狂态殊沾沾。自除博士籍，不受文章箝。或访蓼花陂，或过桃花帘；或学季主卜，或习京房占"（《追昔游仿长庆体》）③。24 岁的陈维崧依然是青年不知愁滋味，他欣羡并有意效仿魏晋竹林七贤，"狂"或"清狂"类的词语就经常出现在这时期的作品中。

陈维崧的人生转折是随着明清易代而开始的，国破家亦遭难。顺治十三年（1656），陈贞慧去世，陈维崧 32 岁。自此，陈氏兄弟处境日益艰难，"家益落，且有视予兄弟以为釜中鱼、几上肉者，各散而之四方"（宗石跋语）。当时，陈维崧二弟维嵋独守村居，三弟维岳游荡京师，四弟宗石携五弟入赘商丘侯家，陈维崧自己则前往如皋依附冒襄。陈氏兄弟骨肉分离的漫漫人生路就此开启。陈维崧现存《湖海楼诗稿》皆为顺治十八年（1661）之前

---

① （清）陈维崧：《陈维崧集》，上海古籍出版社 2010 年版，第 204 页。
② （清）陈维崧：《陈维崧集》，上海古籍出版社 2010 年版，第 1509 页。
③ （清）陈维崧：《陈维崧集》，上海古籍出版社 2010 年版，第 1672 页。

的作品，便集中反映了彼时心境的一端。诗歌中，陈维崧常常发出对人生的一些感慨，如"人生坠落如树花，感时范缜曾咨嗟。愁亦不可极，年亦不能久"（《赠际叔》）①。人生苦短，如花树般容易凋谢，诗人以范缜自比，发出对生命的感叹。寒冬到来时，诗人自称"纥干山头栖冻雀"，一个"冻"字可见其缺庐少衣的贫寒状态。顺治十一年（1654）陈维崧旅居江南之际，偶遇潘生。彼时的潘生落魄江南已十载，陈维崧《赠潘生》云："潘生潘生慎莫忧，老翁五十何所求。君不见颍川陈生三十尚落魄，眼看长安道上轻薄皆诸侯。"②他一面劝慰老友不要过分忧愁，一方面也是宽慰自己要看得开。曾经的轻薄儿郎如今都已官衔在身，而自己却老大落魄不堪。宽慰老友，实则暗含对自己穷困潦倒状态的无奈之情。值得一提的是，因为常年在外游荡，陈维崧并没有固定的收入来源，家计极为贫穷，经常是为了"区区细事常悲嗟"（《江上晤吴门袁重其长歌志喜》）③。陈维崧曾作《行路难六首》，自述"沦落殊苦辛"之种种。如其一云：

  握手复悲歌，生年三十当奈何。人生如树花之开谢，又如白日之经过。徐庾潘陆不称意，金张赵马何其多。巨鹿公主青牛车，秭阳小侯红兕靴。我今不乐见此物，脱身直上城南陂。歌夜黄，舞来罗，生年三十当奈何。④

"人生天地之间，若白驹之过隙，忽然而已"（《庄子·知北游》），诗中再以花树之开谢比喻人生之短暂易逝，哀叹无法把控时间。相形之下，才学之士心意难遂，而追逐富贵的人却非常多。是啊，曾经红靴锦裤的奢华生活已经远去，诗人现在担忧的是他

---

① （清）陈维崧：《陈维崧诗》，广陵书社2006年版，第190页。
② （清）陈维崧：《陈维崧诗》，广陵书社2006年版，第194页。
③ （清）陈维崧：《陈维崧集》，上海古籍出版社2010年版，第1692页。
④ （清）陈维崧：《陈维崧集》，上海古籍出版社2010年版，第1702页。

的人生价值能否实现。从艺术手法上,陈维崧还有意使用重复,首尾互为照应,增强了意绪的表达。少年陈维崧也曾"勉强事长生,学之三四年。学仙既不成,不如学为估"(《古诗十首》其三)①,如今,诗人谓:

> 仙人王子乔,遗我一丸药。令我服之大笑乐,下骑赤鲤上黄鹤。矫首语神仙,天上亦可怜。姬人空捣寄生草,纤手何须姹女钱。秦皇汉武谁复在,少君栾大死道边。若云天上果有埋愁处,奚事吹箫之女反下天。②

诗人曾经汲汲于求仙,希冀长生不老,如今果如己愿,却看清了实质。诗人的思想心志变得成熟起来,虽然有家、国之悲愁,但却不能一味逃避,也无法逃避。到了后期,随着游历生涯的展开,陈维崧的诗文创作内容趋于丰富,格调趋于平和,正是其成熟沉稳心态的深刻反映。

---

① (清)陈维崧:《陈维崧诗》,广陵书社2006年版,第46页。
② (清)陈维崧:《陈维崧集》,上海古籍出版社2010年版,第1703页。

第 二 章

陈维崧交游考述

陈维崧少年时随父应试，结交四方长者，成年后寄食如皋、漫游中州，交游不断。他曾自述，"老子半生事，慷慨喜交游"（《水调歌头·被酒与客语》）①，《清史列传·文苑传二》卷七十一载述："维崧资禀颖异，比长，或燕会，援笔记为序，顷刻千言，瑰玮无比。皆惊叹，折辈行与交。嗣偕王士禄、士禛、宋实颖、计东等倡和，名益大噪。"② 概括出陈维崧前半生的人事交往一端。陈维崧一生交游广泛，在不同时期、不同地点，都结识了大量志同道合者。其现存诗集中，友人间往来唱酬的诗篇占了很大一部分。现有关于陈维崧交游的研究，多陈述其交游事实本身，极少从个体生命状态及具体时段的诗歌创作角度作深入的讨论，故而本章拟从文学交游角度出发，选取与之交往频繁、对其产生重要影响的人物，以诗文创作为线进行文学交游活动考述。

第一节 陈维崧与冒襄

冒襄（1611—1693），字辟疆，别号巢民，江苏如皋人。明副贡生。冒襄是一位至性至情之人，坚守正义，嫉恶如仇，《清史列传·文苑传》记载："（冒襄）性至孝，时流寇纵横，父起宗以吏

---

① （清）陈维崧：《陈维崧集》，上海古籍出版社2010年版，第1242页。
② 王钟翰：《清史列传》，中华书局1987年版，第5774页。

部郎出历官副使，犯权贵忌，抑陷襄阳监军，置必死地。襄走京师，泣血上书，乃得调宝庆，于是孝子之名闻天下。""襄负盛气，高才飚勇，尤能倾动人。尝置酒桃叶渡，会东林六君子诸孤，酒酣，辄狂以悲，诃詈奄党也。"① 冒襄又是一位极具民族气节的忠明遗民，决不为利益所诱，《清史稿·列传》记载："甲申党狱兴，襄赖救仅免。家故有园池亭馆之胜，归益喜客，招致无虚日，家自此中落，怡然不悔也。襄既隐居不出，名益盛。督抚以监军荐，御史以人才荐，皆以亲老辞。康熙中，复以山林隐逸及博学鸿词荐，亦不就。"② 陈维崧与冒襄之间的渊源始于冒襄与陈父贞慧的交往。冒襄与陈贞慧皆为清流之士，时并列"明末四公子"。因陈贞慧东林党人的身份，又因意气相投所致，二人关系极为亲密，并一起参加反阉活动。如崇祯十一年（1638），陈贞慧曾与复社名士吴应箕、顾杲一同草拟《留都防乱公檄》一文，声讨阮大铖党等罪状，以挫败其东山再起之阴谋，列名者有冒襄、陈子龙、黄宗羲等一百四十多人。

  冒襄最初见到陈维崧是在崇祯十二年（1639）。这一年，陈贞慧前往南京应乡试，陈维崧陪伴其左右。当时诸多名士集聚南京，冒襄亦在其间。关于两人订交的情形，《同人集》卷九《往昔行》记载："己卯，陈定生应制来金陵，携发覆额之才子其年在寓，其年方负笈从吴次尾。侯朝宗入雍，以万金治装求友，才名踔厉。与顾子方、梅朗三、方密之、张尔公、李舒章及余订交，气谊非复恒情。"③ 彼时，陈维崧这位家境殷实、才名奋发的豪阔少年，给冒襄留下了深刻的第一印象。后来陈维崧再见冒襄时，也忆及此事，《赠冒巢民先生》云："秦淮之上好楼阁，忆昔十五学轻薄。一脚只跳王郎虎，两手苦牵剧孟博。作人不歌歌不休，绛衫丸髻

---

① 王钟翰：《清史列传》，中华书局1987年版，第5683页。
② （清）赵尔巽等：《清史稿》，中华书局1976年版，第4473页。
③ （清）冒襄：《同人集》，清咸丰九年水绘庵藏版，国家图书馆古籍馆藏XD3269，第4页。

弹筝篌。或向屏间窥父客,辟疆先生坐上头。"① 可以说,崇祯十二年的这次相交实为二十年后的救难埋下了深深的伏笔。

顺治十三年(1656)陈贞慧去世,亳村陈氏故居发生了剧烈变化,陈维崧兄弟四处分散,找寻出路。顺治十四年(1657)八月,听闻冒襄寓居南京,陈维崧便前往拜见。他在《赠冒巢民先生》诗中首先回顾了冒襄与父亲的义气过往:"谁何老公称短狐,公然开府鸡笼隅。杀人但自趁身手,钩党直欲连根株。此间江左谁夷吾,群公痛饮黄公垆。当筵便骂王敦伎,斫案拟缚梁家奴。黄门锻炼清流狱,榜掠更番被五毒。我父锒铛出国门,先生广柳归乡曲。"② 此段当是叙述戊寅年《留都防乱公揭》之事。关于该事件,陈维崧在《敕赠征仕郎翰林检讨先府君行略》记载道:"防乱公揭者,盖为怀宁阮大铖发也。怀宁,魏阉干儿,思宗皇帝镌之九鼎,比于魑魅魍魉,然犹横踞南都,以酣歌声妓奔走四方无识之士,辇金十万至阙下,朝中多阴为羽翼者,势且叵测。"③ 诗中"此间江左谁夷吾"句化用自晋代温峤典事,《晋书·温峤传》记载:"于时江左草创,纲维未举,峤殊以为忧。及见王导共谈,欢然曰:'江左自有管夷吾,吾复何虑!'"陈维崧以"夷吾"借指当时参加反魏阉运动的清流人士。《敕赠征仕郎翰林检讨先府君行略》还记载了己卯年众人清议事件:"己卯,秋浦吴先生主持清议于南中,一时名德如芑山张尔公、吴门钱吉士、龙眠方密之、归德侯朝宗、如皋冒辟疆、嘉善魏子一诸先生,无不云集石城。府君顾盼其间,每当命酒征歌,辄呼怀宁乐部。仰天耳热,复与诸先生戟手骂怀宁不止。灌夫之祸,始于膝席矣。"④ 这里,"灌夫之祸"即指诗中"黄门锻炼清流狱,榜掠更番被五毒。我父锒铛出国门,先生广柳归乡曲"之史实。

---

① (清)陈维崧:《陈维崧集》,上海古籍出版社 2010 年版,第 1718 页。
② (清)陈维崧:《陈维崧集》,上海古籍出版社 2010 年版,第 1718 页。
③ (清)陈维崧:《陈维崧集》,上海古籍出版社 2010 年版,第 104 页。
④ (清)陈维崧:《陈维崧集》,上海古籍出版社 2010 年版,第 104—105 页。

此次晤面后，冒襄便回到如皋等待陈维崧。而经过一番曲折，陈维崧终于在顺治十五年（1658）冬日到达冒家。陈维崧在《小三吾唱和诗序》中记载："戊午十一月，陈子自娄江挐舟访先生，先生馆于小三吾，而日与赋诗饮酒焉……"① 小三吾，是冒家水绘庵里的一处亭名。作为父执，冒襄对陈维崧有着天生的亲切感，他首先为陈维崧讲述了水绘庵的来历："始吾与若先人及贵池、吴县、华亭、桐城、历阳、嘉善、归德、莱阳、豫章、东粤诸君子游，风节铮铮，一时有太学党人之目。无何遘世乱，诸贤零落略尽，若先人之悲宿草者，亦三年于兹矣。"（《小三吾倡和诗序》）② 可见，水绘庵本是冒襄与友人时常聚会的地方。而聚会的人物因着"风节铮铮"便被视为反清复明的清流人士，以致遭到迫害。面对陈维崧，冒襄忍不住叹息。三年了，面对老友们的纷纷离世，他自己也决计终老于此。作为晚辈，陈维崧深深懂得冒襄，也感激冒襄对自己的照拂，所以他信誓旦旦地保证："皋虽远非吾乡，然余所极难忘也，余安能不客游于皋哉"（《小三吾倡和诗序》）③。自此，陈维崧生涯中的重要历程开启了。

寄居如皋期间，陈维崧躬逢盛事之一便是水绘庵的文人集会活动，其中为时人及后辈广泛称扬的便是康熙四年（1665）的上巳水绘庵修禊活动。此次修禊共有八人参加，陈维崧在《水绘园修禊诗序》中记载："水绘园修禊诗一卷，共八人：王阮亭士禛、邵潜夫潜、冒巢民襄、縠梁禾书、青若丹书、毛亦史师柱、许山涛嗣隆、陈其年维崧。"④ 这次集会因为王士禛的参与而倍受世人瞩目。王士禛逗留如皋数日，其间，众人六集水绘园，良辰美景，赏心乐事，可谓文坛盛事，令人企羡。《水绘庵乙巳上巳修禊诗序》记载："三吾修禊，王贻上首倡。试问有一人诗不成者否？无

---

① （清）陈维崧：《陈维崧集》，上海古籍出版社 2010 年版，第 33 页。
② （清）陈维崧：《陈维崧集》，上海古籍出版社 2010 年版，第 33 页。
③ （清）陈维崧：《陈维崧集》，上海古籍出版社 2010 年版，第 33 页。
④ （清）陈维崧：《陈维崧集》，上海古籍出版社 2010 年版，第 30 页。

有也。且其诗又皆甚工。王贻上兴酣落笔,笑傲沧州不必言矣。一时和者若冒巢民之工力悉敌,邵潜夫子老笔纷披,陈其年之璧合珠联,毛亦史之云霞散采……"① 此次雅集,诗人们尽情描绘着明媚的春光和如画的园景,畅意抒怀。"诗则有五言古、七言古、五言律、七言律、五言绝、七言绝,为体有六,共诗三十有八首。"(《水绘园修禊诗序》)② 这些诗篇辑以"乙巳上巳修禊倡和"之名,今存冒襄所辑《同人集》之卷七。此次集会创作的意图也很明朗,正如陈维崧所言,"夫人哀乐之交乘,而友朋聚散之难,必也",存诗以"使千秋万载后,知吾与汝今日之乐"。

康熙四年的这次修禊活动结束后,陈维崧在如皋的生活也告一段落,不久便返回了宜兴故居。直至康熙十七年(1678),清廷诏令博学鸿词特科考试,陈维崧于夏季再次北上。康熙十八年(1679)三月,清廷举试,四月一日发榜,中者五十人,陈维崧取得了一等第十名。五月十七日,陈维崧被授职翰林院检讨,参修《明史》。随后不久,陈维崧第一时间写信给冒襄,备述自己离开如皋之后的行迹,以及在京作官的苦状,表达了自己对水绘园及诸友朋的怀念。康熙十九年(1680),陈维崧远在京师为冒襄作贺寿诗③,诗中照例是回忆、叙旧和感恩,并拉杂自己在京为官的心情感受。可以说,冒襄及其水绘园实际上已经成为陈维崧心中不可或缺之慰藉。遗憾的是,两年之后,陈维崧即病逝。所谓"蜀鹃已化""辽鹤难归",他向冒襄许下"俟我三年"④ 而后返回如皋的承诺也随风而去。

在陈维崧的生命历程中,冒襄是极为重要的一位。冒襄与陈氏是世代之交,正是因为冒襄与陈贞慧的深层关系,在父亡家败后,陈维崧得以按照陈贞慧的遗愿依附冒襄,而冒襄对此是提早做好

---

① (清)冒襄:《同人集》,清咸丰九年水绘庵藏版,国家图书馆古籍馆藏XD3269。
② (清)陈维崧:《陈维崧集》,上海古籍出版社2010年版,第31页。
③ (清)陈维崧:《陈维崧集》,上海古籍出版社2010年版,第873页。
④ (清)陈维崧:《陈维崧集》,上海古籍出版社2010年版,第1644页。

迎接准备的。在冒家生活的数年，无论是学业还是生活，陈维崧都得到了无微不至的关怀。就自身体验而言，这段经历是陈维崧中老年生涯里最惬意的。脱开父辈的关系，冒襄对陈维崧本人也是极其赞赏的，他由衷喜爱这位通家子。对此，陈维崧在《将发如皋留别冒巢民先生》诗中自述，"怜我王公孙，爱我早年惠。北风使我寒，衣我以文绩；长征使我饥，食我以兰桂"，"先生实知余，体恤无不逮，感激在心脾，料理至微细"①。这些举动俨然其父，以至于陈维崧在写给冒襄的诗里总是先回忆自己在冒家受到的款待，并总不忘表达对冒襄的感激之情。直至晚年，陈维崧踏入仕途，更是不忘第一时间写信给冒襄分享自己的喜悦。在陈维崧的心里，冒襄早已如同亲人了。"陈既不是一个忠君，也不是一个为官者，而是一个不停参加科举的考生，他从16岁到53岁间，屡战屡败。他的才能以及和冒襄的私人关系使他得以进入官场和文学圈。"②的确，正是因为有了冒襄及其水绘园的照拂与庇护，陈维崧得以结识众多遗民子弟、新朝士人等，尤其是与龚鼎孳、王士禛的深厚情缘，皆以此为契机。

第二节　陈维崧与王士禛

王士禛（1634—1711），字贻上，号阮亭，山东新城人。顺治十二年进士，十六年授扬州推官，十七年三月到任。康熙四年（1665），王士禛离开扬州，内迁礼部主客司主事，累迁刑部尚书。王士禛与陈维崧的初次见面始于何时何地，现存史籍及他们的诗文都没有清晰准确的记述。有论者推断，两人相识当在顺治十八年秋③。理由是，顺治十八年秋，著名学者周亮工遇赦南还，扬州

---

① （清）陈维崧：《陈维崧集》，上海古籍出版社2010年版，第563页。

② ［美］梅尔清：《清初扬州文化》，朱修春译，复旦大学出版社2004年版，第59页。

③ 周绚隆：《陈维崧年谱》，人民出版社2012年版，第34页。

的地方官吏和士民纷纷前往祝贺，而陈维崧此时正在扬州陪伴冒襄，也去拜谒了他。对此，陈维崧《祝贺周栎园先生南还广陵序》云：

  先生遇赦，实顺治十八年正月初七日也。凉秋八月，南下广陵。于是郊迎郭伋，皆为骑马之儿；人识叔敖，知是斩蛇之客。竹西士女，竞献壶浆；官阁宾朋，咸摛词赋。某以不才，适逢斯会。①

其实，二人相识应在更早。顺治十七年（1660）三月，王士禛初到扬州任推官，八月上旬，即充江南乡试同考官，中秋夜于金陵聚会。关于当时情形，陈维崧在《南芝堂集序》中记载："始庚子、辛丑间，余在维扬，日与王先生阮亭游。时珍示新举省试，出王先生门。日与览平山、红桥诸胜，酒酣乐作，仰而赋诗，颇极杯酒倡酬之盛。"②珍示即盛符升。此段话不仅叙述了陈维崧两年间的游踪，还特别指出自己与王士禛及王氏弟子们研讨诗词艺术的盛况。由此可以确定，陈维崧本年既与王士禛相识，最迟亦不过于本年了。

顺治十八年（1661）正月，王士禛因事到过南京，曾属好手绘制《青溪遗事》画册，陈维崧随后为之题诗。六月初三日，清廷兴起"奏销案"，王士禛得知消息后即刻写信给冒襄，询问陈维崧境况。幸运的是，陈维崧当时身在常州，因赋额较轻，未被蔓及。从这一细节可以看出王士禛对陈维崧是时时关注的，两人虽相识不久，但已形成了发自内心的兄弟之情。秋季，陈维崧再到扬州，约十一月初复至如皋。直到十二月中旬，陈维崧自如皋南还，途经武进，逗留数日，得与王士禛等人聚会。期间，王士禛曾作组诗《岁暮怀人绝句》，其二十末注云："陈秀才维崧、黄比

---

① （清）陈维崧：《陈维崧集》，上海古籍出版社2010年版，第433页。
② 蒋寅：《王渔洋事迹征略》，人民文学出版社2001年版，第53页。

部永、邹进士祗谟、董秀才以宁，昔雪夜同饮于士宅观剧也。"不久，陈维崧由武进返回宜兴，王士禛有诗相送。《送陈大其年归宜兴》诗云：

> 雪霰毗陵道，烟霞阳羡天。山从洞庭起，水与贡湖连。
> 陈子青云客，岩居傍善卷。那能乘白鹤，及尔御风烟。①

首联即点明送别的地点和天气状况。毗陵，指的是武进；阳羡，指的是宜兴。以地名相连缀，很自然地引出颔联对阳羡的描写。"山从洞庭起，水与贡湖连"，描述了陈维崧家乡的地理位置和山水风光，灵山秀水培育出陈维崧阔达的胸怀和高远的志向，颈联中的"青云客"一词即王士禛对陈维崧的高度赞誉之词。尾联由人及我，呼应送别主题，转述追随之意，表达了依依不舍之情。

康熙元年（1662）五月中旬，盛符升完成了《渔洋山人诗集》十七卷的编辑，陈维崧位列序者之一。同月，王士禛曾写信给时任常州推官的毕忠吉，托其照顾陈维崧与董以宁②。六月十五日，陈维崧到达扬州，与王士禛等人泛舟红桥，王士禛创作《浣溪沙》三首，众人皆有和作。八月二十八日，王士禛二十九岁生日之际，陈维崧携带冒襄贺仪赶到扬州，流连三四日。期间，王士禛再次写信给常州毕忠吉和宜兴县令，托其照拂陈维崧，信中写道："其年到此流连三、四日，明烛连茵，颇极缠绵之致。又为作一字与毕淄湄舍亲，俾其照拂，并令致宜兴令格外遇之。"③王士禛虽然比陈维崧小近十岁，但这些举动可以看出他对陈维崧这位长者是爱护有加的。这份真挚的情感深深感动着陈维崧。康熙二年

---

① （清）王士禛著，袁世硕编：《王士禛全集》，齐鲁书社2007年版，第343页。
② （清）冒襄：《同人集》，清咸丰九年水绘庵藏版，国家图书馆古籍馆藏XD3269，第74页。
③ （清）冒襄：《同人集》，清咸丰九年水绘庵藏版，国家图书馆古籍馆藏XD3269，第74页。

(1663）王士禛三十岁生日之际，陈维崧专为其作词贺寿。《贺新郎·贺阮亭三十》上阕云："牛马江东走。陪满座、邹枚上客，为君称寿。七叶貂蝉连凤阙，坐拥银筝翠袖。又兄弟、才雄八斗。三十王郎年正少，恰黄金铸印双悬肘。此意气，古无有。"① 极言王氏才华，赞誉之情不言而喻。

康熙三年（1664）三月清明，王士禛招林古度、杜濬诸名士修禊红桥，赋《冶春诗》二十四首，众人皆有和作，后刻为《阮亭甲辰诗》一卷。陈维崧后到，作《和阮亭冶春绝句同茂之杜于皇祖望豹人澹心六首》，其二有句"玉山筵上颓唐甚，意气公然笼罩人"②。修禊期间，王士禛还特意嘱咐陈维崧为其题画，陈维崧遂作《为阮亭题秦淮春泛图》《题唐六如绿杨红杏图阮亭属赋》。陈维崧还研读了王士禛文集，以西昆体和长庆体作诗两首：《偶效西昆体次阮亭集中韵》《效长庆体次阮亭集中韵》。《为阮亭题青溪遗事画册七首》亦为本年作。这次聚会还有一处细节值得提及。康熙三年的陈维崧恰值四十不惑之年，落魄半生，他已决心北上应试，以谋生路。而就在这次见面，王士禛却打消了他北上的念头。在致书冒襄时，王氏详述原委："《七忆词》其年有抄本，先生可取观也。其兄在此，流连极欢，无日不相见。顷接手教，力尼其河北之行，劝其仍留东皋，且可了未尽之缘。其年遂幡然首肯，辍北辕而首东路矣。此虽苏张之舌，何以过耶？笑笑。舟中草草，不尽祝缕。潜夫先生叱名。"③ 可见，王士禛虽为晚辈，但对陈维崧而言，更是有极大爱心的朋友。本年中秋节，众人齐聚孙枝蔚溉堂，会后陈维崧作词示王士禛，《贺新郎·甲辰广陵中秋小饮孙豹人溉堂归歌示阮亭》下阕云：

---

① （清）陈维崧：《陈维崧集》，上海古籍出版社2010年版，第1526—1527页。
② （清）陈维崧：《陈维崧集》，上海古籍出版社2010年版，第1770页。
③ （清）冒襄：《同人集》，清咸丰九年水绘庵藏版，国家图书馆古籍馆藏XD3269，第80页。

当年此夜吴趋里。有无数、红牙金缕,明眸皓齿。笑作镇西鸜鹆舞,眼底何知程李。讵今日,一寒至此?明月无情蝉鬓去,且五湖归伴鱼竿耳。知我者,阮亭子。①

回想昔日欢聚的快乐,再看今日漂泊的凄寒,词人不禁表达出愿与志同道合者返归田园的愿望。与此同时,词人数月前那种汲汲北上之急迫心情已然消逝。

此后不久,陈维崧暂离扬州。十一月返回之时,初遇王士禄,当即作七古《赠王司勋西樵》②。从诗中内容看,陈维崧与王士禄应是初次见面。诗分三层意:首先,陈维崧自伤身世,感叹四十年来事无所成。其次,落笔于二王兄弟。首先夸赞二人的风华才能,"济南二王最卓荦,仆隶刘向奴杨雄";接着分述自己与二人的交情。从"司州爱我迈夙契,五载刮目怜吴蒙"的叙述中,可以看出:王士禛对于陈维崧由衷的喜爱,以及五年来对陈维崧的关怀和怜爱,亦可确认二人最早相识于顺治十七年。"司勋恨我未识面,却望九点徒青空",陈维崧当时还未与王士禄谋面,但已心向往之,并大有追随之意,"安能从君猎文囿,伐尽狐兔歼貙熊"。最后,诗中追述王士禄在康熙二年惨遭下狱之事,并叙述自己对王士禄遭遇劫难的强烈愤慨与不平之气。以"邹阳脱狱"与"卫虎来秦"之典暗指王士禄事大白,自己以额手呼喊为之称贺。结尾四句落脚于如今的真实会面,"狂走伏谒迎王公。霜天百语一未吐,亟索官酿葡萄红",一连串紧凑激烈的动作描写,形象刻画出诗人见到对方的心情。

自此,陈维崧在扬州数日,与王士禛兄弟及孙枝蔚、邓汉仪等人相游处,直到年底接到家信,遂乘运租船返乡。王士禛遂作七古《陈生行戏送其年归阳羡》送行,诗云:

---

① (清)陈维崧:《陈维崧集》,上海古籍出版社2010年版,第1527页。
② (清)陈维崧:《陈维崧集》,上海古籍出版社2010年版,第593页。

陈生陈生,尔既不能入渊斩长蛟,又不能登山射猛虎,复不能亡赖作横苦乡里,十载哦诗守环堵。徒抱轮囷一片心,藜藿骷鼬相枝拄。昨日渡江来,今复渡江归。运租船上苦憔悴,风高浪涌横江矶。

朝来寄我新词句,明月无情蝉鬓去。五湖归去伴鱼竿,枫岸芦汀不知处。季鹰鲈鲙思江东,我亦年年叹转蓬。期汝扁舟同射鸭,铜官山下竹枝弓。①

诗的前半部分为陈维崧叹穷,"十载哦诗守环堵,徒抱轮囷一片心",陈维崧为人温和,拙于谋生,只能以诗文相伴度日。多年的浪游生活经历,使得陈维崧面容憔悴。常年漂泊,又以舟行为主,更要当心"风高浪涌"的恶劣条件。诗的后半部分追写二人的词作往来活动,王士禛极为赞赏陈维崧的才华。如今面对友人的离去,不禁心生感叹,表达了自己对于悠闲生活的向往之情。

直到康熙四年(1665)七夕,王士禛离扬入京,众人赋诗送行,陈维崧作《七夕集蜀冈禅智寺硕公房送王阮亭入都》。另有七绝组诗《小秦淮曲十首》为此次分别之后所作,其八尤其回忆王士禛,"绝代风流王阮亭,六年客舍为君停"②。如陈维崧在诗中所写,扬州六年的相聚时光到此结束了,但两人之间结下了如胶似漆的亲密情意,在日后的聚少离多中,时时会记起对方。康熙五年(1666),王士禛返乡途中有感于花朝节,不禁回忆起作客如皋的情形,遂作《花朝道中有感寄陈其年三首》:

渔阳三月无芳草,客思离情不奈何。此日淮南好天气,清骢菱蘸鸭头波。

三月嬉春射雉城,钵池新水縠纹生。紫云低唱灵雏拍,爱忍春寒坐到明。

---

① (清)王士禛著,袁世硕编:《王士禛全集》,齐鲁书社2001年版,第399页。
② (清)陈维崧:《陈维崧集》,上海古籍出版社2010年版,第604页。

风俗淮南古禁烟,红桥解禊雨晴天。酒徒散尽杨枝别,说着花朝一枉然。①

三月的渔阳（今北京）与淮南是不一样的景致，昔日的诗酒流连与今日的孤寂返乡形成了鲜明的对照。对此，陈维崧有和作《得阮亭渔阳道中花朝四绝句和韵却寄》，分别追述前年、去年在扬州与如皋的欢会，表达当下的思念之情。康熙六年（1667）二月，陈维崧在苏州，曾同吴广霈在友人斋中饮酒，归途中经寒山寺，有词怀念王士禛。

康熙七年（1668）六月，陈维崧到达京城，亦与王士禛有过往，时王士禛在礼部任职。康熙八年（1669），陈维崧45岁，本年曾到南京应乡试，落第后至清江浦，访王士禛，作《秋日袁浦舟中先寄阮亭》②，颇见失意之情。康熙十四年（1675），陈维崧有书寄王士禛，为太夫人及西樵之丧致哀，并告之去年得一子，近年肆力于词，索蜀道诗一观（《与王阮亭先生书》）③。康熙十五年（1676），王士禛有诗寄陈维崧、维岳兄弟，诗中有句"铜官春荠长，荆水暮帆明"（《寄陈其年、纬云兄弟》）。康熙十九年（1680），王士禛47岁生日，陈维崧作《寿王阮亭先生》以表祝贺。同年除夕，陈维崧读阮亭牧仲诸人冬夜所作联句，戏和其韵，作诗一首④。康熙二十年（1681），友人吴兆骞由宁古塔放还，徐干学有诗赠贺，王士禛与陈维崧、徐釚和之。下年春，陈维崧病逝，王士禛闻讣，有诗挽之，作《挽陈其年检讨》。

王士禛与陈维崧二人，年龄相差十岁，但是毫无隔阂之感。从以上两人过从的始末来看，首先两人是极为要好的朋友，诚然，二人相识于当时盛极一时的文人集会唱和活动，但情意是真切的，

---

① （清）王士禛著，惠栋、金荣注：《渔洋精华录集注》，齐鲁书社1992年版，第392页。
② （清）陈维崧：《陈维崧集》，上海古籍出版社2010年版，第1750页。
③ （清）陈维崧：《陈维崧集》，上海古籍出版社2010年版，第98页。
④ （清）陈维崧：《陈维崧集》，上海古籍出版社2010年版，第906页。

特别是危难时刻中，王士禛对陈维崧生活状况的关怀和挂念。其次，陈维崧数次在诗文里对作为晚辈的王士禛进行称扬，表现出对其人其风的由衷的钦佩欣赏。这也不难理解，与王相比，陈维崧确实是身处"四十男儿无所成"的窘迫境地，而作为新朝文人的青年王士禛，已在其时的文坛上崭露头角。

王、陈交往，集中于王士禛任扬州推官期间，此期的最重大文人活动便是以扬州为中心的文人集会唱和，集中在红桥与小秦淮河畔。红桥之名实因王士禛而名扬天下，吴绮《扬州鼓吹词序》云："新城王尚书阮亭先生司李是邦，大会诸名流，赋《冶春绝句》，一时传唱遍大江南北。自是红桥之名愈播词人齿颊间矣。"康熙三年（1664），王士禛作《冶春绝句》二十首，众人皆有和作。陈维崧后到，也作《和阮亭冶春绝句同茂之于皇祖望豹人澹心椒峰六首》，其一便提到"我来扬州春已暮"，表明未能参加当日修禊事宜。陈维崧的组诗描述了扬州城市的景象，如第一首诗云："我来扬州春已暮，无边绿柳东风吹。人生眼底不作达，辜负城南双画旗。"① 暮春时节，东风吹绿了柳条，这样春意未尽的季节里，若不放开心胸，真的是不应该啊。第二、三首则由现实转入历史，"一带芜城织野烟，三春板渚乱寒田"②，"芜城"一词因六朝诗人鲍照的《芜城赋》而被赋予特定内涵，陈维崧借用"芜城"意象来描写昔日热闹繁华而今满目荒芜的扬州，抒发兴亡之叹。又如第六首专写文选楼古迹："文选楼空画壁虚，行人吊古日踌躇。六朝流水千春梦，多事官家好着书。"③ 这是扬州极具历史兼文化意义的代表，关于文选楼，吴绮《扬州鼓吹词序》记述：

> 在府城小东门文楼巷内，即今之旌忠寺也，相传为梁昭明太子文选处。炀帝常幸此楼，见宫娥倚栏，风飘彩裾，因而色

---

① （清）陈维崧：《陈维崧集》，上海古籍出版社2010年版，第566页。
② （清）陈维崧：《陈维崧集》，上海古籍出版社2010年版，第567页。
③ （清）陈维崧：《陈维崧集》，上海古籍出版社2010年版，第568页。

荒愈甚。夫萧梁庙社,皆已成灰飞灭。独是维摩读书之处,在在有之,其当年霸业,乃不如敝箧一编流传千古也。①

文选楼是扬州文化的意义承载体之一。陈维崧忆古思今,无论历史上存在的真假虚无,如今都已人去楼空,仅剩今人徘徊不去。"六朝旧事随流水",今人也只能借助官家记载来了解曾经的繁华一梦了。同王士禛的冶春诗一样,陈维崧这组诗的基调也是略带感伤的,正是"两行小吏艳神仙,争写君侯肠断句"的佳作。

扬州聚会中,还有一处游地是小秦淮。《平山揽胜志》卷一"小秦淮"条载:

舟行自镇淮门迤西,稍折而北,二里至红桥。宗瑗度曰:在江都夹城之内,通保障湖,即旧城东北濠也。自小东门迤北,两岸居人,楼阁栉比,绮疏回阑.花光树影,与绿波涵澹。游者登舻延赏,目不暇给。沿洄出水关,当镇淮、拱辰二门之间。以其风景酷似秣陵,故名曰小秦淮河。②

"秣陵"是秦汉时期对南京城的称谓,这里以小秦淮比作昔日南京,含有更深刻的历史文化意味。"'秦淮'的名字会唤起人们对已逝的南京风月世界的怀旧之情,而它的使用显示出它与17世纪下半叶在扬州集聚的文人的关系,因此秦淮河呈现在笔端便含有浓浓的惆怅诗意与情系于胸的欢愉。"③ 此期,陈维崧曾为王士禛题《秦淮春泛图》,诗中有云:"忆昔秦皇初鉴此,赭衣役尽骊山子。……钟山隐士李后主,伤心略比陈黄奴。旧事千年如覆水,景阳宫外啼乌起。"④ 此诗名为题图诗,实是追述秦淮河边的历史,

---

① (清)吴绮:《扬州鼓吹词序》,中华书局1985年版,第1页。
② (清)汪应庚著,曾学文点校:《平山揽胜志》,广陵书社2004年版,第1—2页。
③ [美]梅尔清:《清初扬州文化》,朱修春译,复旦大学出版社2004年版,第59页。
④ (清)陈维崧:《陈维崧集》,上海古籍出版社2010年版,第565页。

写其旧事，抒发历史兴亡之感。在清初人们的心目中，秦淮旧事即是南京旧都繁华过往的象征。秦淮河的兴衰更迭，往往用来表征清人的故国之思。由对秦淮历史的追述转入对旧都昔盛今衰的感慨，暗合了诗人内心隐藏的旧朝情思。

陈维崧此期在扬州的交游，主要是围绕以王士禛为首的文人集会而展开的。因是唱和所作，从体式而言，陈维崧的诗大多数为五、七言短体；内容上以描写扬州风物及人事为主。红桥或是小秦淮，都是扬州这座历史古城中很能代表其兴衰成败经历的文化地点，发生在此地的文人集会本身也就被赋予了一种文化价值，其所作诗文不仅写眼前的文酒，更多的是在其中回思往昔，牵发旧朝情绪。不仅赏心悦目辗转流连于扬州今日的风情物态，更多的是在今昔兴衰中体味过去，感叹自身，体现出淡淡的感伤性。

第三节　陈维崧与龚鼎孳

龚鼎孳（1615—1673），字孝升，号芝麓，安徽合肥人。明崇祯七年进士。李自成进京，曾迎降。清兵入关，复降清，累官至刑部尚书。龚鼎孳有才名，与吴伟业、钱谦益并称"江左三大家"，《清史稿·文苑传》赞其"天才宏肆，千言立就"，著有《定山堂诗集》。据现有诗文材料记载，陈维崧与龚鼎孳最早结识应是在顺治七年（1650）。早在顺治三年（1646）六月，龚鼎孳因丁父忧，请赐恤典，遭到给事中孙垍龄的弹劾，被降级。此后五年，龚鼎孳归里居家，期间曾于顺治七年（1650）正月到过扬州，在暮春时节与众人欣赏玉兰，有诗为纪，《同祁止祥、张稚恭、王于一、许力臣、师六、陈其年看玉兰》[①]，从题目来看，一同看花者有六人，陈维崧即在其中。这应当是二人过从最早的记载了，但尚未深交。

[①]（清）龚鼎孳著，钟振振主编：《龚鼎孳诗》，广陵书社2006年版，第672页。

顺治十三年（1656），龚鼎孳奉使颁诏粤东，于下年夏秋之际回京途中，携夫人顾媚重游南京，与冒襄会面。而陈维崧此刻也来南京见冒襄，遂促成了两人的第二次见面。对此，冒襄《哭和其年十八首》之第八首诗注记载：

> 丁酉余应泚水先生之约，始至秦淮。时其年诸子从游甚众，尚不欲出见贵人。一日泚水过访云："床头有真英雄，忍不令余见？"大索出之。次日中秋广宴，酒半停剧，限清、溪、中、秋四韵七言律。泚水即席赌诗，八叉立就。此夕其年四律先泚水成。先生叹赏掷笔，遂缔心交。[①]

这段话详细记录了龚鼎孳与陈维崧二人情谊的发端。"贵人"当指龚鼎孳，而龚口中的"真英雄"，即指陈维崧诸子，包括梅磊、戴本孝、吴孟坚、周瑄、陈堂谋、刘汉系、方中德、方中通等。八月初九日，诸子在冒襄寓所集会，饮酒之余，限韵赋诗竟日，冒襄《巢民诗集》卷三有《丁酉八月九日余卧病秦淮，梅杓司、陈其年、戴务旃、吴子班、沈方邺、周式玉、陈大匡、刘王孙、方田伯、位伯冲泥过访，谭饮榻前竟日，即席同禾、丹两儿限韵》。八月十三日，龚鼎孳在冒襄寓楼读诸子八月初九日所作诗，为和一首，《中秋前二日过辟疆老盟翁寓楼下留饮，读八月初九日社集诗，是日于皇招饮凤轩，不得久留，因用前韵纪事一首，且与其年定再过之约也》，陈维崧依韵和作《龚芝麓先生枉和前韵再成一首》[②]。次日的中秋宴会上，众人以"清、溪、中、秋"四字为韵作七言律诗，陈维崧率先完成，今有《湖海楼诗稿》卷八《青溪中秋社集，同龚芝麓、许菊溪、王于一、杜于皇、苍略、纪伯紫、余澹心、冒巢民、唐祖命、梅杓司、邓孝威、丁汉公赋四

---

① 周绚隆：《陈维崧年谱》，人民出版社2012年版，第30页。
② （清）陈维崧：《陈维崧诗》，广陵书社2006年版，第353页。

首》①。这次文事中，陈维崧凭借出众的才华脱颖而出，赢得了龚鼎孳的青睐，两人由此缔结心交。

顺治十四年（1657），陈维崧在南京与冒襄、龚鼎孳等人同游颇多，过访寓园，于姜廷干秦淮水阁、许宸紫苔山房聚饮。值得一提的是，在此期间，陈维崧曾主动向龚鼎孳问学，现存《上龚芝麓先生书》。陈维崧在这封信里向龚鼎孳讨论当时的学风，他首先陈述自己的为学历程及所思所得："徒以杨子幼之门第，华毂不少；王茂弘之子孙，青箱遂多。上不敢方井大春，次不至失枚少儒，一流将近，如是而已"②。陈维崧当时与陆圻、彭师度、计东、宋实颖等人扬榷雅颂，欲为文坛添一己之力，"每与骏公吴先生言及此事，未尝不抚掌于应徐也"③，而他当时努力学习的榜样便是龚鼎孳的《尊拙斋集》，"过高唐而近绵驹，亦欲一效其音声也"④。接着引入时风，展开讨论，"辞赋一道，古诗之流，远溯汉魏，近迄开天，尚矣"，但陈维崧有自己的困惑，"意者干之以风骨，不如标之以兴会也。然乎？否乎？"⑤ 以辞赋创作为例，辞赋自汉魏以来，渊远流长，但时移事变，不同的人文风气，造成了不同的书写内容，创作者就应根据具体的时、地情况，采用适宜的表达方式，而不应"为赋新诗强说愁"，要"为情作文"，而非"为文造情"。从后来陈维崧的文学进程看，这里是他首次提出重要的文学理论思考命题，涉及"风骨""兴会"两个重要的文论概念。究竟是以顽强而突出个性的风格或风度追求诗"意"，还是以灵感来临时的兴趣或情致引发诗"意"呢？很显然，陈维崧是偏向于后者的。情之所至，便会引发创作灵感，文字的真切，情感的真挚，是自然流露而非矫揉造作。这种真情说正是青年陈维崧对明末流弊的一种思考与反拨，且一直贯穿于其后文学创作的首

---

① （清）陈维崧：《陈维崧诗》，广陵书社2006年版，第421页。
② （清）陈维崧：《陈维崧集》，上海古籍出版社2010年版，第88页。
③ （清）陈维崧：《陈维崧集》，上海古籍出版社2010年版，第88页。
④ （清）陈维崧：《陈维崧集》，上海古籍出版社2010年版，第88页。
⑤ （清）陈维崧：《陈维崧集》，上海古籍出版社2010年版，第88页。

位。该书信的最后,陈维崧不忘将自己的两首习作奉上,以期得到对方的和作与指导,其向学之心由此可见,而龚鼎孳的前贤身份亦极明显。

顺治十六年(1659)年末,陈维崧众人送友人赵而忭入京,念及龚鼎孳,遂有"龙松先生相别久,畴昔长干于我厚"(《送赵友沂入都,兼怀龚芝麓先生》)①,不曾忘怀两年前两人的南京会晤事。顺治十八年(1661)十一月十一日,龚鼎孳在致冒襄的书信里关切地问及陈维崧情况,夸赞其才华:"其年天下才,频年相依,与令弟公郎可云檀树瑶林,芳华相映,并此统致拳切之怀。"②陈维崧对于龚鼎孳之事也是时时注目,康熙三年(1663)七月,龚鼎孳如夫人顾媚在京城去世,陈维崧闻讣后作《顾夫人哀辞》③,深表哀悼。

康熙五年(1666)秋,陈维崧前往扬州,与宋琬诸人在红桥唱和,这时他第三次遇见龚鼎孳。龚鼎孳此年因母丧南还,夏天归乡,秋后期满回京时路过扬州,便作停留。陈维崧当即有诗相赠,对龚鼎孳的忠孝大义进行称扬,其《赠龚芝麓先生》云:"我公目断九疑寒,况闻丧母催心肝。情关家国容颜换,愁极君亲去住难","国计终须老大臣,私艰未许归田里","知公最有思亲泪,并入西风洒鼎湖"④,词情之激烈高昂可见一斑。应该说这是一次有准备的称颂。值得一提的是,康熙三年(1664)陈维崧曾欲一度北上,他在《哭故友周文夏侍御》诗中有所记载:"甲辰客芜城,秋寺极宽绰。萍踪复相聚,坚坐听宵柝。悯我无衣绵,念我稼少获。作书向长安,交谊比花萼。北行虽未成,此札恒在握。"⑤当时周季琬感叹于陈维崧生计窘迫,得知其欲北上想法,便写信

---

① (清)陈维崧:《陈维崧诗》,广陵书社2006年版,第151页。
② (清)冒襄:《同人集》,清咸丰九年水绘庵藏版,国家图书馆古籍馆藏XD3269,第67页。
③ (清)陈维崧:《陈维崧集》,上海古籍出版社2010年版,第494页。
④ (清)陈维崧:《陈维崧集》,上海古籍出版社2010年版,第633页。
⑤ (清)陈维崧:《陈维崧集》,上海古籍出版社2010年版,第666页。

给时在京城的龚鼎孳,托其照料,后来陈维崧虽因冒襄和王士禛的劝阻未能成行,但是依然记得求龚之事,所以在两年后的相遇中,陈维崧心中不灭的入仕之念再次被燃起。在龚鼎孳离扬还京当日,遂作诗送别,一吐胸怀。《送大司马合肥公还朝长歌抒怀》云:

> 九江秋水平于掌,我公巨舰排空上。柁楼被酒愿一言,历历为公叙畴曩。忆昔鄙人甫束发,尔时长啸凌一往。鹞子盘空陡健举,狮儿坠地飒森爽。那知天上剩星辰,不信人间足厮养。即云口吃善谈谐,况复肠肥工跳荡。
> 皇天颎洞运抢攘,从此诗书遂卤莽。世许轻肥让后生,天留沟壑填吾党。乍能牧豕学公孙,差许斗鸡逐袁盎。公平念我在泥途,崧也作人本肮脏。骥老宁羞刍秣恩,鹰饥不断风云想。斯言虽狂公定赏,快若麻姑搔背痒。歌阑万马忽然嘶,醉听催船鼓挝响。①

诗题虽为送别,但落脚点在于自陈心曲。诗的前半部分"叙畴曩":陈维崧回忆了自己少年家居时期肠肥脑满的"谈谐""跳荡"生活。后半部分讲现在:如今世事已变,诗书学问都已经荒废了,我们这辈人也只能生活在困厄之境。以公孙弘牧豕海上和袁盎被免家居的典故,暗指自己才能被现实环境所淹没而志不得伸的无奈。又以老骥和饥鹰自比,表明自己虽年岁老大而尚有远志,希望能得到龚的提携和帮助。最后表白心迹,"斯言虽狂公定赏,快若麻姑搔背痒"两句为自己前面的叙述进行了回旋。此时面对第三次见面的龚鼎孳,陈维崧仍是怀有矜持的,但从中可看出其内心汲汲于仕的诉求。

怀才不遇而又不甘于落寞的陈维崧于康熙七年(1668)终于

---

① (清)陈维崧:《陈维崧集》,上海古籍出版社2010年版,第635页。

踏入京城。六月到达京城后，龚鼎孳不忘旧情，多方照顾，不仅为其设宴接风，而且力邀诸多名公巨卿与其唱酬。但世事艰难，面对陈维崧的现实处境，龚鼎孳也是惆怅，欲在京为其谋一职实为不易，他后来在写给冒襄的书信里曾述及此事，《同人集》卷四记载："其年六月抵都，良慰积渴，虽数与倡酬，未免冗夺。而名流所止，户外长者辙临恒满，至欲借一枝以栖鸾鹄，亦复不易。"① 就这样，陈维崧在京逗留数月，终是求职无果，在写给龚鼎孳的词里，万般情绪表露出来，他急切地想回家了。在他随后写给龚鼎孳的词里，仍是尽抒在京郁郁心情，如《贺新郎·秋夜呈龚芝麓先生》云：

  掷帽悲歌发。正倚幌、孤秋独眺，凤城双阙。一片玉河桥下水，宛转玲珑如雪。其上有、秦时明月。我在京华沦落久，恨吴盐只点愁人发。家何在，在天末。
  凭高对景心俱折。关情处燕昭乐毅，一时人物。白雁横天如箭叫，叫尽古今豪杰。都只被江山磨灭。明到无终山下去，拓弓弦渴饮黄獐血。长杨赋，竟何益！②

词的上阕，开篇点题："掷帽悲歌发"，俨然一副古侠士的风姿，奠定了此词的悲沉基调。孤独的秋夜，诗人登上城楼，斜倚帘幕，往下看，是晶莹剔透的玉河水；抬头看，是照耀千古的秦时明月。"人生代代无穷已，江月年年望相似"，大自然的永恒，正衬托出人世间的反复无常。诗人不禁自叹身世，抒发浓烈的思乡情，"我在京华沦落久，恨吴盐只点愁人发。家何在，在天末"。下阕延续上阕的悲古伤己情怀，"关情处燕昭乐毅，一时人物。白雁横天如箭叫，叫尽古今豪杰"，白雁意象的出现更加剧了诗人吊古伤今的哀情。最后以扬雄《长杨赋》结尾，反用其意，以古人

---

① （清）冒襄：《冒辟疆全集》，凤凰出版社 2014 年版，第 976 页。
② （清）陈维崧：《陈维崧集》，上海古籍出版社 2010 年版，第 1529 页。

暗合自身，道尽心中无限感伤。如果说第一首是诗人的悲歌自道，那么第二首便是诗人的直面现实：

> 俊鹘无声攫。羡一代、词场老手，舍公安诧？歌到阳关刚再叠，月裹斜飞兔脚。帘以外、秋星作作。我得公词行且读，任佝儒饱饭嘲臣朔。大笑绝，冠缨索。
> 中朝司马麒麟阁。筹边暇、南楼爱挽，书生酬酢。半世颠狂谁念我，多少五陵轻薄。我有泪、只为公流落。后夜月明知更好，问陆郎舞态应如昨。肯为奏，军中乐？

词的上阕，诗人大赞龚鼎孳的词场领袖地位，极含誉扬之意。下阕涉笔自己，想来这才是诗人那时那地所要表达的重点："半世颠狂谁念我，多少五陵轻薄。我有泪、只为公流落"，其中包含年少轻狂的悔意，更包含深沉的恳求之意，也许流下的眼泪也只有对方能懂了。这种相惜之情，龚鼎孳也曾表达，《贺新郎·和其年秋夜旅怀韵》其二云：

> 玉笛西风发，送宾鸿、一城砧杵，千门宫阙。秋满桑干沙岸曲，曲曲芦花飞雪。又报到、今番圆月。羁宦薄游俱失意，诧长楸、衣马多如发。空刺促，贝刀末。小山丛桂难攀折，眼中过、纷纷项领，汝曹何物？只有穷交堪对酒，况是江东人杰。任夜夜、兰釭明灭。作达狂歌吾事足，问人生、几斗荆高血？行乐耳，苦无益。①

"羁宦""薄游"虽是两人不同的经历，但时代灾难给他们心灵造成的创伤，却促使两人达成了精神上的共鸣。这种无奈与失意，超越了地位与身份，直击人的心灵，任是狂歌作乐也无济

---

① （清）龚鼎孳：《龚鼎孳全集》，人民文学出版社2014年版，第1505页。

于事。

陈维崧在京逗留数月，终是求告无果，欲归阳羡，受到龚鼎孳的挽留。两人有词为记。陈维崧《沁园春·赠别芝麓先生即用其题乌丝词韵》其一云：

> 四十诸生，落拓长安，公乎念之。正戟门开日，呼余惊坐；烛花灭处，目我于思。古说感恩，不如知己，置酒为公安足辞。吾醉矣，才一声河满，泪滴珠徽。昨来夜雨霏霏，叹如此狂飙世所稀。恰山崩石裂，其穷已甚；狮腾象踏，此景尤奇。我赋将归，公言小住，归路银涛百丈飞。氍毹暖，趁铜街似水，赓和无题。①

龚鼎孳《沁园春·再和其年韵》其二云：

> 公勿过河，浊浪滔滔，鱼龙奋场。乍城头吹角，秋阴萧瑟；桥边问渡，烟柳冥茫。珠树三枝，银釭一穗，醉里乡心低复昂。凭夜话，较青山紫阁，何计为长？偶然游戏逢场。有恶客冲泥兴也妨。羡人如初日，芙蕖掩映；门开今雨，裙屐回翔。此客殊佳，吾衰已甚，安用车轮更转肠。相劝取，且酒置稽阮，花驻求羊。②

此时，面对一心想回家乡的陈维崧，龚鼎孳是极力劝勉的，留下意味着还有机会，而陈维崧也感受到了龚鼎孳的一片深情，不禁发出"仆本恨人，能无刺骨；公真长者，未免沾裳"的肺腑知己之言。至此，两人已从原来的道路之交变成了忘年朋友。

于陈维崧而言，康熙七年的京城求职虽然失败了，但龚鼎孳对其文学事业的助力及影响却是深远的。而且，令人宽慰的是，龚

---

① （清）陈维崧：《陈维崧集》，上海古籍出版社2010年版，第1494页。
② （清）龚鼎孳：《龚鼎孳全集》，人民文学出版社2014年版，第1503页。

鼎孳经过多方努力，最终为陈维崧在中州谋得了一份差事，那便是到时任河南学政的史逸裘幕下参与阅文。这虽与陈维崧初衷相去甚远，但多少还是缓解了燃眉之急。临行前，龚鼎孳为陈维崧设宴饯行，双方各有词作相赠。生命历程还在延续，而这时龚鼎孳和陈维崧之间的情谊已经达到了知交的程度。

龚鼎孳为人惜才爱士，对困厄贫寒名士常倾力相助，《清史稿》本传卷四百八十四赞其"汲引英隽如不及"，并说"自谦益卒后，在朝有文藻负士林之望者，推鼎孳云"①。对于陈维崧而言，龚鼎孳是名副其实的师友兼备。如上所述，龚鼎孳年长陈维崧十岁，以长辈的身份叹赏陈维崧的才华，并缔结心交，是难得的一份真诚与信任；生活上更是多次向陈维崧伸出援助之手，使之得以度过生活饥迫的危难时刻。这种亦师亦友的亲切关系，温暖了陈维崧悲落的心灵。对于龚鼎孳的慷慨相助，陈维崧也是念念于兹。龚鼎孳过世六年之后，已身为检讨官的陈维崧，依旧惦念着这位故去的父执辈，以秋水轩韵题词表示哀悼。而龚鼎孳，作为贰臣的另外一种形态，对遗民后进的呵护，对文化的挽救培植，都无不为陈维崧的飘零生涯涂抹了一丝知音知己的慰藉，温暖了其充满悲感色彩的心灵，成就了其坚持不懈追求的事功。

第四节　陈维崧与冯溥

康熙十七年（1678）初秋，陈维崧第二次入京。此次入京，开启了他人生旅程的最后一个阶段。在接下来的京华岁月里，陈维崧依旧是游走于众人之间。幸运的是，他由此结识了自己的最后一位老师——冯溥。冯溥（1609—1691），字孔博，号易斋。山东益都人。明崇祯十二年举人，清顺治四年（1647）进士。授编修，累迁秘书院侍读学士，直讲经筵，顺治帝称其为"真翰林"。

---

① 赵尔巽等撰：《清史稿》，中华书局1976年版，第13325页。

历任吏部侍郎、左都御史、刑部尚书,拜文华殿大学士,加太子太傅,卒谥文毅。冯溥为人忠诚耿直,且爱才好贤,喜结交文士,著有《佳山堂诗集》。

陈维崧与冯溥的相识缘于清廷康熙十八年(1679)的一次特科考试。早在康熙十七年(1678)正月,康熙皇帝即谕吏部:"自古一代之兴,必有博学鸿儒,振起文运,阐发经史,润色词章,以备顾问著作之选。朕万岁余暇,游心文翰,思得博学之士。我朝定鼎以来,崇儒重道,培养人才。四海之广,岂无奇才硕彦、学问渊通、文藻瑰丽、追踪前贤者?凡有学行兼优、文词卓越之人,不论已仕、未仕,在京三品以上及科、道官,在外督、抚、布、按,各举所知,朕亲试录用。其内、外各官,果有真知灼见,在内开送吏部,在外开报督、抚,代为题荐。"① 得此消息后,陈维崧便因老友宋德宜举荐之由,即刻准备入京。春季,陈维崧先是到达昆山徐干学家。初夏,接到征辟之命后,陈维崧遂辞别徐干学。二人相约在京见面,对此,徐干学《陈检讨维崧志铭》记载:"余送之曰:'子虽晚遇,然自是绝青冥,脱尘埃,羽翼圣朝不久矣。吾与子相见于上京耳。'"② 直至七月底,陈维崧顺利到达京城,下榻于宋德宜家中。在等待朝廷进一步消息的同时,陈维崧时常参与各种文会往来,由此结识更多入京士人。也就是在此时,陈维崧得与素"性爱才"的时任文华殿大学士的冯溥相识,并最终入其门下,成为"佳山堂六子"之一。《清稗类钞·考试类》"康熙制科有佳山堂六子"条记载:"康熙己未开制科,四方之士,率为二三耆臣礼罗而延致之。其客冯文毅公邸第者,世称为九等上上之选,呼曰佳山堂六子。六子为钱塘吴农祥、王嗣槐,海宁徐林鸿,仁和吴任臣,萧山毛奇龄,宜兴陈维崧也。"③ 有清一朝,共举行过康熙朝和乾隆朝两次博学鸿词的特科考试,在康

---

① 《清实录》,中华书局影印本1987年版,第910页。
② (清)钱仪吉:《碑传集》,中华书局1993年版,第1274页。
③ 徐珂:《清稗类钞》,中华书局1986年版,第709页。

熙己未年举行的这次博学鸿词"制科"为清廷招揽了众多博鸿之才,如上条所记,便成为佳话之一。一位是身负才学、声名在外的布衣,一位是身居高位、爱贤惜才的前辈,命运的车轮就这样将他们送到了对方的面前。

入得冯门,陈维崧便不再是飘荡无依的散才。在这个新的团体中,陈维崧得以重拾家的感觉。康熙十七年(1678)年底,恰逢冯溥的七十大寿,众人咸集。陈维崧特作七律组诗《寿益都相国冯易斋先生七十四首》①为之庆贺。随后,陈玉璂将众人作品汇为一编,陈维崧专为其作跋。《益都冯相国寿诗跋》云:"时则缥缃飞组之士,群集国门;怀蛟梦鸟之宾,咸依阙下"②,描述了当时应试者群聚京城的盛世局面,称赞了冯溥助贤纳士的慷慨举动。陈氏之感激之情已寓其中。康熙十八年(1679)正月,清军平定四川。月末的一天,陈维崧与毛奇龄、吴任臣夜集于冯溥斋中。听闻岳州大捷的消息,冯溥首倡,众人作诗。陈维崧作《春夜燕集,敬和益都夫子原韵二首》,诗云:

嵯峨黄阁动星辰,尺五城南讵比伦。夜色九衢灯乍落,风光二月柳将新。

勾芒近报施春令,鄂渚遥看洗战尘。何幸枯荄逢暖律,一宵生意也津津。(其一)

平生颇慕古人风,今夜师门数子同。漫说马还空冀北,不因鲈始忆江东。

关山入破边箫竞,梅杏将花朔雪融。潦倒敢稀遭际事,愿操铅椠只从公。(其二)③

第一首诗中,诗人从时、地写起。首句"嵯峨黄阁动星辰,

---

① (清)陈维崧:《陈维崧集》,上海古籍出版社2010年版,第809页。
② (清)陈维崧:《陈维崧集》,上海古籍出版社2010年版,第459页。
③ (清)陈维崧:《陈维崧集》,上海古籍出版社2010年版,第826页。

尺五城南讵比伦",点明夜集的地点。"黄阁",原指汉代丞相庭事阁,这里借指冯溥的庭阁。意思是,高高的楼阁仿佛可手摘星辰,临近城南的楼台也无法与之相比。该句以夸张和对比的描写手法意在突显冯傅居所给人的高伟壮阔之势。最后两句"何幸枯荄逢暖律,一宵生意也津津",既是写枯草逢春的重生,又以此暗合清廷平川的胜利。全诗就这样在不动声色中,借景物的描写,将内心的欣慰之情黯然表露。接下来的第二首承接第一首的情绪扩写。前四句转而抒写诗人自己的心胸。陈维崧平生追慕古人风范,入得师门,皆为古仁人,也是幸事一件。师门欢聚,因为有了志同道合的朋友相伴,所以诗人不会有过多的思念家乡的愁绪,这里反用张翰鲈鱼思故乡的典故之意。五六两句写景,实写当时的天气环境,将情、事再度合写。最后两句抒情,心思仍在自己,表白自己的心迹:愿意从此追随在冯溥的身边,持笔作书,不再过问世间杂事,表达出一种希冀天下太平的盛世愿望。

一门士人聚集在一起,饮酒行吟自是雅事。他们或登高,或修禊,往往都有唱和之作。康熙十九年(1680),约正月十五日前,"六子"之一王嗣槐将离京赴常州任知府,陈维崧作七古一首,其中云:"我师相国量渊海,细流小水俱包涵"(《送王仲昭舍人赴兰陵郡守幕》)[①],表达了自己对冯溥广纳朝士的感激之情,这是诗中第二次明确称呼冯溥为师,师徒深情不待言说。在陈维崧的心里,他是很珍惜在京聚会的时间,起码能够与志同道合的人在一起,即使是物质上贫乏也能忍受了。冬日雪后,冯溥召诸子同游祝氏亭园及王熙怡园,陈维崧作《雪后陪益都夫子游祝园敬和原韵四首》《祝园看雪长句和韵》《益都夫子招游王大司马怡园敬和原韵四首》等诗,诗中曾表露自己"身老悔名浮"的遗恨之情。康熙二十年(1681)直至陈维崧去世,诸位友人纷纷离京,这时的送别赠答诗为最多。冯氏门人唱和以两次万柳堂修禊为主,陈维崧

---

① (清)陈维崧:《陈维崧集》,上海古籍出版社2010年版,第865页。

也留下了佳作，如《上巳修禊万柳堂和益都夫子原韵二首》《和益都冯夫子禊日游万柳堂原韵二首》等，为诸子称首。

居京四年多的时间里，陈维崧的人事往来含有很大的应酬性质。"是时京师自公卿下，无不藉藉其年名，倾慕愿交者，凡人事往来，贺赠宴饯颂述之作，必得其文以为荣"（《陈检讨维崧志铭》）。幸运的是，入于时任相国的冯溥门下，得以悠游自畅于文学创作。冯门唱和中，陈维崧的诗篇常因情境的不同呈现出不同的内容特点。有的表达了身入冯门的喜悦，如他在《春夜燕集，敬和益都夫子原韵》诗中说："平生颇慕古人风，今夜师门数子同。漫说马还空冀北，不因鲈始忆江东。"①"今夜师门数子同"是身份的有所归属，"不因鲈始忆江东"其中包含志同道合之幸。唯有如此，陈维崧才得以将自己的乡愁暂时忘却。在与师傅及同门宴饮的场合下，也能够释放本性，"吾徒嗜旷达，讵怕诮狂欤。且赓酒德颂，暂辍进学解"（《秋凉饮酒诗和益都夫子韵》）②。

蒋景祁《陈检讨诗钞序》论陈维崧晚年诗曾说："戊午被诏命，应博学宏词之选，辇上诸巨卿竞讲诗格，而又唾弃陈言，争取新异。"③陈维崧自己也深有体会，"台阁文章精组织，京都词赋极雕镂。龙文扛鼎才难敌，鹏翅摩空气不凡"（《上阁学李容斋先生》）④。与前期诗文呈现出沉郁、豪迈之气不同，陈维崧晚年创作诗格新异，无论居官思乡、叹穷厌官还是酬酢往来，诗篇多为性情之作，是各种现实感受的抒发，而出之以温和。送别友人时，诗人深情相送，并发自内心的宽慰，如《送毛亦史游山左二首》云：

夜来玉戏太漫漫，早起开门雪又干。子作急装何所向，我

---

① （清）陈维崧：《陈维崧集》，上海古籍出版社2010年版，第827页。
② （清）陈维崧：《陈维崧集》，上海古籍出版社2010年版，第836页。
③ （清）陈维崧：《陈维崧集》，上海古籍出版社2010年版，第1822页。
④ （清）陈维崧：《陈维崧集》，上海古籍出版社2010年版，第831页。

凭软语一相宽。

　　即防俭岁低颜面，且对穷交罄肺肝。满目流亡忧不细，乾坤去住总艰难。（其一）

　　浑河二月已开冰，捩柂张帆独未能。上国莺花空汗漫，殊方蛇豕尚凭陵。

　　听来街鼓愁千叠，望去家山路几层。记否东皋联榻夜，满园丝竹半湖灯。（其二）①

毛亦史，即毛师柱，山左，济南。诗人不拘泥于伤感的离别场面，而是通过昔日曾欢聚如皋的回忆，淡化如今分离的伤感。虽为离情，却以乐景相追忆。又有写淡淡的乡情，以美好的期盼出之，如《春又雪次梅耦长韵》云：

　　早起看山失翠微，凤城一夜作瑶甃。空明极望通琼苑，飒沓时闻响竹扉。

　　欢比故友频聚合，愁和乡梦共翻飞。还期稍待泥干日，与尔春游漾夹衣。②

诗的前四句写景，后四句叙事抒怀。诗情的抒发是源于当下所亲见的景象，冬天已然来临，春天还会远吗？诗人以眼前的雪景超前想象到来年的暖春，并筹划好了定要一起"春游漾夹衣"的打算。可以看到，无论是送别友人，还是遥忆故人，诗人往往将往昔的画面牵合进当下的情境，将今昔融为一体，情、事皆娓娓道来，起到了淡化哀情的作用。

这一时期，陈维崧与诸友人的唱和诗中往往呈现出此种平和温柔的格调，而又与体现心底温柔乡思相关最多。在与友人的聚会中，诗人常常借物抒情，抒发对故园的思念，如看到友人斋中盆

---

①（清）陈维崧：《陈维崧集》，上海古籍出版社2010年版，第831页。
②（清）陈维崧：《陈维崧集》，上海古籍出版社2010年版，第833页。

梅的惊喜，发出"今朝何意见，远道那能来。方法凭语传，明年我定栽"(《寒食友人斋头梅始花》)①的感叹。物移我情，往往也能消解人的愁绪，牵惹人的情思，如一首咏盆桂的诗开篇即云"未看愁先破，将开蕊尚含。一枝来蓟北，万树忆荆南"(《咏盆桂次益都夫子韵》)②，梅与桂都是南方家乡常见花树，诗人赋予梅、桂以人的性情，见之如见亲人，不禁抒发欣喜之情。远在异乡为异客，诗人还将自己的身世寓于对植物的咏叹中。寒食于友人斋赏梅，便有感而发：

> 昨夜楝花风大起，一枝梅萼尚鲜新。好扶寒食懵腾醉，细认疏篱澹宕人。
> 别久已拚辜凤约，开迟犹得泥残春。孤踪合与高斋近，老逐群芳怕见嗔。(《寒食友人斋头梅始花》)③

诗中的梅花同样被赋以人格化，"好扶寒食懵腾醉，细认疏篱澹宕人"，这枝鲜艳的梅花伴随着寒食的到来而开放，它仿佛正仔细地端详着眼前人儿。而在诗人眼中，这时梅花的开放已经比往年晚了许多，残春时节只剩下这枝梅花高高地矗立在斋头。诗人想到，之所以开得这么晚，也许是因为它怕被群花笑话吧。"孤踪合与高斋近，老逐群芳怕见嗔"，写花何尝不是在写人，似乎这枝晚开的梅花的身世与诗人的晚年际遇相应和，借此寄托自己远离家乡的悲苦状态。

从格调而言，此期陈维崧也有的诗篇用词坚硬、新异，呈现出怪、奇的特点，业师冯溥曾对其此期创作风格进行过评价：

> 语不惊人不肯歇，长吉已死昌黎没。读君投赠琼瑶章，愧

---

① （清）陈维崧：《陈维崧集》，上海古籍出版社2010年版，第872页。
② （清）陈维崧：《陈维崧集》，上海古籍出版社2010年版，第893页。
③ （清）陈维崧：《陈维崧集》，上海古籍出版社2010年版，第872页。

我才短如拆袜。挼奇君已掇精华，下里属和总糟籺。……譬如主帅得孙吴，妇人女子皆勍卒。又如汉帝王母桃，历代犹传宝其核。(《其年复以前韵见赠，仍次韵答之》)①

冯溥从溯源的角度，对陈维崧的诗风进行评价。"语不惊人不肯歇"，"挼奇君已掇精华"，指明陈维崧近来创作多显"怪奇"的特点，而其突出表现就是用"险韵"。从诗律格调而言，陈维崧的创作又极具"老成律细机抒妙"的特点，颇近杜甫"晚年渐于诗律细"之境界。如此两端，则"条理分晰浓线匀，砥柱风流莫沦忽"，新奇，但不至于晦涩难懂。如对京城一次下雪的描写：

玖玖渐拟击铜钵，淅淅暗欲堆银沙。陡然渐被俗肠胃，裂眼大叫狂槎枒。城隅古寺莽空阔，怪藤杂木纷交加。离披遭压态抑塞，偃蹇就缚躯鬖髿。此虽蛣屈未成势，玉龙已觉能盘拏。插天黛阁更飒爽，周围栏楯青红纱。皇州一望一千里，空明浩淼谁拦遮。(《冬日陪益都夫子善果寺看雪》)②

雪本是极为轻柔的，雪势渐大，诗人的反应近乎癫狂，"陡然渐被俗肠胃，裂眼大叫狂槎枒"，副词"陡然"，写出突然之情状；"裂眼大叫"乃是诗人过度反应，为夸张之态。再看对于古寺中藤木交织状态的描写，"离披遭压态抑塞，偃蹇就缚躯鬖髿，"也是不用常语，有意加入了诗人的情绪在里面。这仿佛是一场雪与木的交战，藤木虽极尽"蛣屈"之力，但面对铺天盖地的雪花，亦不是其对手，最后的结果便是"此虽蛣屈未成势，玉龙已觉能盘拏"。于人而言，这堪称是一场视觉盛宴。通过选取生新出奇的语词描写物态，整首诗营造出一种别开生面的新奇之感，令人神清

---

① (清)冯溥：《佳山堂诗集》，《清代诗文集汇编》第 29 册，上海古籍出版社 2010 年版，第 557 页。

② (清)陈维崧：《陈维崧集》，上海古籍出版社 2010 年版，第 857 页。

气爽。正如蒋景祁所说陈维崧"若最后都门诸诗,则坚老朴辣,一写其性情之所寄托,前无仿,后无待,论之者比于苏陆,而要其神似,非形似,欲摘其片语支韵,谓古人已为之,无有也。"(《陈检讨诗钞序》)① 如上分析,从内容上,陈维崧晚年诗作多为抒写性情之作,是日常生活中各种人事往来、生活感受的抒发;从艺术风格上,陈维崧晚年创作格调温和,又时杂宋调,诗风难免呈现出"新""怪"的特点,如前述"激为危苦词"也是诗人在表达自己的内心郁塞时为之。

京华四年,是陈维崧生命历程的最后时光,可谓是"绚烂至极"的悲剧命运的终结。从以上叙述可以看出,陈维崧其时的声名确实是很突出的,入京即得到了冯溥的欣赏,并纳入门下,日与过往,对于当时众多入京应试者来说,这是一份难得的赏识和礼遇。冯溥对陈维崧曾有明确的称颂,其《赠六子诗》之三"陈其年"一诗云:"险韵拈来押更新,髯翁绝调迥无伦。谁传皖皖疑龟句,我笑猩猩滴酒人。晴日云霞增烂漫,春风花柳亦精神。高情孤寄箫声远,不许凡音一溷陈。"② 评其创作,析其为人。对于这位授业弟子,冯溥给出了高情孤寄、不落凡尘的定位,可谓恰切。

---

① (清)陈维崧:《陈维崧集》,上海古籍出版社2010年版,第1822页。
② (清)冯溥:《佳山堂诗集》,《清代诗文集汇编》第29册,上海古籍出版社2010年版,第617页。

附 陈维崧文学交游表

姓名	字	号	生卒年	籍贯	科名	官职	著述
贲琮	黄理		1630—？	江苏如皋	同声		《承闲堂诗》
毕际有	载积	存吾	1623—1693	山东淄川	贡生	通州知州	《存吾草》
博尔都	问亭	东皋渔夫	1648—1707	满洲人		三等辅国将军	《问亭诗集》
柴绍炳	虎臣	省轩	1616—1670	浙江仁和		明诸生	《柴省轩先生文抄》
陈僖	蔼公	余庵		直隶清源	拔贡生		《燕山草堂集》
陈济生	皇士			江苏吴县		太仆寺丞	《启祯两朝遗诗》
陈三岛	鹤客		1626—1659	江苏长洲	崇祯末诸生		《雪厓遗稿》
陈廷会	际叔	鸤客	1618—1679	浙江钱塘	明诸生		《瞻云初集》
陈子龙	卧子	大樽	1608—1647	江苏华亭	进士	绍兴府推官	《陈忠裕公全集》
陈枋	次山		1656—1692	江苏宜兴	太学生	授州同知	《小阮词稿》
陈大成	集生		1614—？	江苏无锡			《影树楼集》
陈允衡	伯玑	玉渊	1622—1672	江西南城			《爱琴馆集》
陈玉璂	赓明	椒峰	1636—	江苏武进	进士	中书舍人	《学文堂诗/文集》
陈世祥	善百	散木		江南通州	崇祯举人	新安知县	《含影词》
陈廷敬	子端	说岩	1639—1710	山西泽州	顺治进士	大学士	《午亭文编》
陈钰	其相	冰壑		江苏宝应	康熙贡生		《巢园诗稿》
程康庄	坦如	昆仑	1613—1675	山西武乡	拔贡生	耀州知府	《自课堂集》

续表

姓名	字	号	生卒年	籍贯	科名	官职	著述
程世英	千一			安徽歙县	诸生		《晓山诗集》
程可则	周量	湟榛	1624—1674	广东南海	顺治会元	桂林知府	《海日堂集》
程邃	穆倩	垢区	1605—1691	安徽歙县	明诸生		《萧然吟》
储贞庆	雪持		1629—1678	江苏宜兴	诸生		《雨山词》（已佚）
储方庆	广期	遁庵	1633—1683	江苏宜兴	进士	清源知县	《储遁庵文集》
巢震林	五一	兼山	？—1665	江苏武进	进士	礼部郎中	《鹤印堂文集/诗集》
蔡湘	竹涛		1647—1672	江苏上海			《竹涛遗稿》
蔡方炳	九霞		1626—1709	江苏昆山			《耻斋存稿》
丛中蕴	含英		1637（8）—1671（0）	江苏如皋	顺治举人	淮安府教授	
曹亮武	渭公	南耕	1637—？	江苏宜兴			《南耕草堂诗稿》
曹禾	颂嘉	峨嵋	1637—1701	江苏江阴	博鸿	国子祭酒	《未庵初集》
曹尔堪	子顾	顾庵	1617—1679	浙江嘉善	顺治进士	侍讲学士	《杜鹃亭稿》
曹鉴平	掌公	桐旸		浙江嘉善	康熙举人	内阁中书	《南溪集》
曹贞吉	升六	实庵	1634—1698	山东安丘	顺治举人	礼部员外	《珂雪集》
曹寅	子清	荔轩 棟亭	1659—1712	满洲正白旗		通政使	《楝亭诗抄》
丁澎	飞涛	药园	1622—1686	浙江仁和	顺治进士	礼部郎中	《扶荔堂集》
丁炜	澹汝	问山	1634—1696	福建晋江	顺治诸生	湖广按察使	《问山诗集》
丁漈	素涵	天庵		浙江仁和			《青桂堂集》
丁日干	谦龙	汉公		江苏泰州	顺治举人		《渔园集》
董黄	得仲	白谷山人	1617—？	江苏青浦			《白谷山人诗集》
董樵	亦樵			山东莱阳	明诸生		《西山诗存》
董讷	默庵	俟翁	1639—1701	山东平原	进士	左都御史	《柳村诗集》
董以宁	文友	宛斋	1629—1669	江苏武进	贡生		《正谊堂诗集》

续表

姓名	字	号	生卒年	籍贯	科名	官职	著述
董文骥	玉虬	易农	1623—1686	江苏武进	顺治进士	甘肃陇右道	《微泉阁文集》
董俞	苍水	莼乡钓客	1631—1688	江南华亭	顺治举人		《玉凫词》《樗亭诗稿》
董元恺	舜民	子康	？—1687	江苏武进	顺治举人		《苍梧词》
董儒龙	蓉仙	神庵	1648—？	江苏宜兴		知州	《柳堂词稿》
戴本孝	务旃	鹰阿山樵	1621—？	江南和州	布衣		《余生诗稿》
戴移孝	无忝	笏山	1630—1706	江南和州			《碧落后人诗集》
杜濬	于皇	茶村	1611—1687	湖广黄冈	崇祯副榜		《变雅堂诗/文集》
杜岕	苍略	些山	1617—1693	湖广黄冈	诸生		《些山集》
杜首昌	湘草		1632—1698	江苏淮安	布衣		《绾秀园诗选》
邓汉仪	孝威	旧山	1617—1689	江南泰州	鸿博	内阁中书	《官梅集》
方文	尔止	嵞山	1612—1669	安徽桐城	明诸生		《嵞山集》《嵞山续集》
方育盛	与三			安徽桐城	顺治举人		《天目诗集》
方膏茂	敦四	寄山		安徽桐城	顺治举人		《余垒集》
方中通	位白	陪翁	1634—1698	安徽桐城	诸生	授州同知	《陪集》
方孝标	楼冈	楼江	1617—1697		顺治进士	侍读学士	《钝斋诗选》
方象瑛	渭仁	霞庄	1632—？	浙江遂安	博鸿	翰林院编修	《健松斋集》
范国禄	汝受	十山	1623—1696	江南通州	明诸生		《十山楼稿》
范允临	长倩	长白	1558—1641	江南华亭			《输寥馆集》
范必英	秀实	秋涛	1631—1692	江南长洲	博鸿	检讨	《痦言集》
冯溥	孔博	易斋	1609—1691	山东临朐	举人进士	文华殿大学士	《佳山堂集》
冯苏	更生	蒿庵	1628—1692	浙江临海	进士	刑部侍郎	《蒿庵诗抄》

续表

姓名	字	号	生卒年	籍贯	科名	官职	著述
龚鼎孳	孝升	芝麓	1615—1673	安徽合肥	崇祯进士	刑部尚书	《定山堂集》
龚胜玉	节孙			江苏武进			《种桔堂诗稿》
龚云起	仲震	成山		江苏武进			《成山诗选》
龚士荐	彦吉	复园	1644—1715	江苏武进	诸生		《复园诗抄》
龚士积	伯通	千谷		安徽合肥	副榜	署按察使	《秋水轩唱和词》
龚翔麟	蘅圃	天石	1658—1733	浙江仁和	副贡生	陕西道监察御史	《田居诗稿》
龚兆兰	佩纫		1626—？	江苏无锡	诸生		《唾香诗稿》
顾开雍	伟南		1604—1676	江苏华亭	康熙贡生		《丙申日记》
顾梦游	与治		1599—1660	江苏江宁	崇祯岁贡生		《顾与治诗》
顾炜	仲光			江苏如皋			《墨澹斋草》
顾景文	景行	鲍园	1631—1675	江苏无锡	诸生		《顾景行诗集》
顾景星	赤方	黄公	1621—1687	湖广蕲州	明贡生	推官	《白茅堂集》
顾苓	云美	浊斋居士	1626—？	江苏长洲			《塔影园文集》
顾贞观	远平	梁汾	1637—1714	江苏无锡	举人	内阁中书	《弹指词》
顾湄	伊人	抱山		江苏太仓	诸生		《水乡集》
顾彩	天石	补斋	1650—1718	江苏无锡	贡生	内阁中书	《往深斋诗集》
顾有孝	茂伦	雪滩钓叟	1619—1689	江苏吴县	明诸生		《雪滩钓叟集》
顾汧	伊在	芝岩	1646—1712	江南长洲	进士	府丞	《凤池园集》
高晫	苍岩			山西襄陵	顺治进士	苏州知府	《滇游草》
高士奇	澹人	瓶庐	1645—1704	浙江钱塘	诸生	少詹事	《清吟堂全集》
邰珽	方壶	绿天主人		江苏如皋		台州参军	《八音图考》

续表

姓名	字	号	生卒年	籍贯	科名	官职	著述
黄周星	景虞	九烟	1611—1680	湖南湘潭	进士	户部主事	《九烟先生遗集》
黄永	云孙	艾庵	1621—？	江苏武进	进士	刑部员外郎	《艾庵存稿》
黄霖	雨相	南岩		江南休宁	康熙诸生		《西亭诗》
黄云	仙裳	旧樵	1621—1702	江苏泰州			《悠然堂集》
黄庭	守中	说岩	1625—1704	江苏无锡	康熙举人		《采香泾词》
黄泰来	交三			江苏泰兴	贡生		《观海集》
黄虞稷	俞邰	楮园	1629—1691	福建晋江	诸生		《我贵轩集》
黄与坚	庭表	忍庵	1620—1701	江苏太仓	博鸿	赞善	《忍庵集》
黄宗羲	太冲	梨洲	1610—1695	浙江余姚	明诸生	左副都御使	《南雷诗历》
侯方域	朝宗	雪苑	1618—1655	河南商丘	明末诸生		《四忆堂诗集》
侯檠	武功		1639—1654	江苏嘉定			《侯伯子诗文集》
侯七乘	仲辂			山西汾西	进士	府同知	《孝思堂集》
何絜	雍南	晴江	1620—1696	江苏丹徒	诸生		《晴江阁集》
贺复征	仲来	卷人	1600—？	江苏丹阳	明恩贡		《白门诗草》
贺宿	天士	星客		江苏丹阳	附贡生		《仙舟集》
胡周藩	其章	卣臣		江苏太仓	崇祯进士	刑科给事中	《恒素堂集》
胡介	彦远	旅堂	1616—1664	浙江钱塘	明诸生		《旅堂诗集》
胡介祉	智修	循斋		浙江山阴	荫生	河南按察使	《谷园诗集》《随园诗集》
胡渭	朏明	东樵	1633—1714	浙江德清			《禹贡锥指》
胡亦堂	质明			浙江慈溪	顺治举人	主事	《二斋文集》
华衮	龙眉			江都			《爱鼎堂诗略》
华长发	商原	沧江	1629—1713	江苏无锡	诸生		《沧江词》
蒋平阶	大鸿			江南华亭	明诸生		《支机词》
蒋易	子久	前民	1620—？	江都	诸生		《石间集》
蒋（铁龙）	玉渊		1625—？	江苏武进			《蒋玉渊诗选》

续表

姓名	字	号	生卒年	籍贯	科名	官职	著述
蒋景祁	京少		1649—1702	江苏宜兴	岁贡生	同知	《梧月词》《东舍集》
蒋伊	渭公	莘田	1631—1687	江苏常熟	康熙进士	河南学政	《莘田文集》
蒋永修	慎斋	日怀	？—1682	江苏宜兴	进士	湖广提学副使	《蒋慎斋遇集》
蒋玉立	亭彦			浙江嘉善	拔贡		《泰茹堂集》
蒋玉章	篆鸿	禹书		浙江嘉善	副榜		《三径草》
姜采	如农	敬亭山人	1607—1673	山东莱阳	进士	礼科给事中	《敬亭集》
姜垓	如须	明室潜夫	1614—1653	山东莱阳	崇祯进士	行人	《流览堂残稿》
姜廷梧	桐音		1627—1668	浙江会稽			《芳树斋诗草》
姜宸英	西溟	湛园	1628—1699	浙江慈溪	明末诸生	纂修	《湛园集》
金是瀛	天石	蓬山	1612—1675	江南华亭	明诸生		《鹤静堂集》
金堡	道隐	性因	1614-1680	浙江仁和	崇祯进士	礼科给事中	《遍行堂集》
金敞	廓明	阆斋	1618—1694	江苏武进			《金阆斋先生集》
计东	甫草	改亭	1625—1676	江苏吴县	拔贡举人		《改亭文/诗集》
纪映钟	伯紫	戆叟	1609—1681	江南上元	明诸生		《戆叟诗抄》
季振宜	诜兮	沧苇	1630—1674	江苏泰兴	顺治进士	浙江道御史	《静思堂稿》
季良眉	子常			江苏泰兴			《北村诗抄》
江闿	辰六	牂柯生		安徽歙县	举人	解州知州	《江辰六文集》
柯维桢	翰周			浙江嘉善	博鸿		《小丹邱诗存》
林古度	茂之	那子	1580—1666	福建福清	明遗民		《林茂之诗选》
林麟焻	石来	玉岩	1646—？	福建莆田	进士	贵州提学佥事	《玉岩诗集》
陆次云	云士	天涛	1636—？	浙江钱塘		江阴知县	《澄江集》
陆繁弨	拒石	儇胡	1651—1700	浙江钱塘	明遗民		《善卷堂集》
陆嘉淑	冰修	辛斋	1620—1689	浙江海宁	明诸生		《辛斋遗稿》
陆圻	丽京	讲山	1614—？	浙江钱塘	明贡生		《威凤堂文集》
陆阶	梯霞						《白凤楼集》

续表

姓名	字	号	生卒年	籍贯	科名	官职	著述
陆进	荩思		1624—?	钱塘	贡生	永嘉教谕	《巢青阁集》
陆葇	次友	雅坪	1630—1699	浙江平湖	博鸿	礼部侍郎	《雅坪诗文稿》
陆寿名	处实	芝庭	1620—1671	江苏长洲	进士	内阁学士	《芝瑞堂稿》
陆元辅	翼王	菊隐	1617—1691	江南嘉定	明诸生		《陆菊隐先生文集》
陆介祉	纯嘏			浙江鄞县	明诸生		
陆求可	咸一	密庵	1617—1679	江苏山阳	顺治进士	福建提学佥事	《陆密庵文集》
卢元昌	文子	半林居士	1616—?	江南华亭	诸生		《思美庐半林稿》
卢恒允	龙孙			南通州			《修来堂集》
刘霖恒	沛玄						《吾与堂诗集》
刘汉系	王孙	豹奴		安徽贵池			《江左诗集》
刘体仁	公勇	蒲庵	1612—1677	河南颍川卫	顺治进士	吏部考功郎	《七颂堂诗/文集》
刘榛	山蔚	董园	1635—1690	河南商丘	诸生		《虚直堂集》
刘德培	笃甫		?—1702	河南商丘			《见天小筑诗余》
刘廷玑	玉蘅	在园	1653—?	汉军镶黄旗	荫生	江西按察使	《葛庄分类诗抄》
雷士俊	伯吁		1611—1668	泾阳	庠生		《艾陵诗文抄》
李雯	舒章		1608—1647	江苏华亭	明末举人	中书舍人	《蓼斋集》
李国贲	玉如	耐庵		江苏武进			《陶隐诗稿》
李长祥	子发	研斋	1612—1679	四川达州	崇祯进士	兵部左侍郎	《天问阁文集》
李天馥	湘北	容斋	1635—1699	安徽合肥	进士	武英殿大学士	《容斋集》
李以笃	云田	老宕子		湖北汉阳	贡生		《菜根堂诗集》
李良年	武曾	秋锦	1635—1694	浙江秀水	诸生		《秋锦山房集》
李子金		隐山		河南柘城	诸生		《蚕鸣录》
李因笃	天生	孔德	1631—1692	陕西富平	博鸿	检讨	《受祺堂集》
李楠	倚江	木庵	1647—1704	江苏兴化	进士	左都御史	《大远堂文集》
李铠	公凯		1638—1707	江苏山阳	博鸿	礼部侍郎	《艮斋诗文集》

续表

姓名	字	号	生卒年	籍贯	科名	官职	著述
李澄中	渭清	艮斋	1630—1700	山东诸城	博鸿	侍读学士	《卧象山房诗正集》
李遴	瑶田			江南通州			《小山遗稿》
李符	分虎	耕客	1639—1689	浙江嘉兴	布衣		《香草居集》
李基和	协万	梅崖	?—1705	江苏丹徒	庶吉士	江西巡抚	《梅崖山房诗意》
李念兹	屺瞻	劬庵	1628—?	陕西泾阳	进士	竟陵知县	《谷口山房诗集》
李荫敦	峻伯	嵋雪		河南永城	贡生		《度森堂诗文集》
鲁澜	紫漪	桐门		江都	康熙举人		《南徐住山集》
吕师濂	黍字	守斋		浙江绍兴			《何山草堂诗稿》
梁熙	曰缉	晳次	1622—1692	河南鄢陵	进士	云南道监察御史	《晳次斋稿》
梁清标	玉立	棠村	1620—1691	直隶真定	崇祯进士	保和殿大学士	《蕉林诗集》、《棠村词》
马褒	叔瞻			江苏靖江	诸生		《江风集》
毛升芳	允大	乳雪		浙江遂安	博鸿	检讨	《毛乳雪诗》
毛际可	会侯	松皋老人	1633—1708	浙江遂安	进士	祥符令	《安序堂文抄》
毛先舒	稚黄	蕊云	1620—1688	浙江仁和	诸生		《思古堂集》
毛重倬	卓人	劬轩	1617—1685	江苏武进		石门知县	《乐志堂诗集》
毛师柱	亦史	端峰	1634—1711	江苏太仓	诸生		《端峰诗选》
毛端士	行九			江苏武进			《鲍村诗稿》
毛奇龄	大可	西河	1623—1716	浙江萧山	明诸生		《西河全集》
冒襄	辟疆	巢民	1611—1693	江南如皋	副榜		《朴巢诗集/文集》
冒褒	无誉	铸错	1644—1725	江南如皋	诸生		《铸错轩诗辑》
冒嘉穗	穀梁	珠山	1635—?	江苏如皋	诸生		《寒碧堂集》
冒丹书	青若	卯君	1639—1695	江苏如皋	廪贡生		《枕烟亭诗茸》
梅庚	子长	雪坪		江南宣城	举人	泰顺知县	《漫兴集》
梅磊	杓司	响山		安徽宣城			《响山初稿》
米汉雯	紫来	秀岩		顺天宛平	博鸿	侍讲	《漫园诗集》

续表

姓名	字	号	生卒年	籍贯	科名	官职	著述
缪彤	歌起	念斋	1627—1697	江苏吴县	进士	侍讲	《双泉堂文集》
莫大勋	圣猷	鲁岩	？—1684	江苏宜兴	进士	刑科给事中	《约斋诗集》
纳兰性德	容若	楞伽山人	1655—1685	满洲正黄旗	进士	干清门侍卫	《通志堂集》
倪灿	闇公	雁园	1626—1687	江苏上元	博鸿	检讨	《雁园集》
钮琇	书城	玉樵	？—1704	江苏吴县	贡生	高明县令	《临野堂集》
潘江	蜀藻	耐翁	1619—1702	安徽桐城	崇祯诸生		《木厓集》
潘眉	原白	莼庵		江苏宜兴	附贡生	兴化知府	《椁年集》
潘高	孟升	南村	1624—？	江苏金坛	诸生		《南村诗稿》
潘廷选	均范			江苏宜兴	诸生		《斗映楼文集》
潘耒	次耕	稼堂	1646—1708	江苏吴江	博鸿	检讨	《遂初堂集》
彭师度	古晋	省庐	1624—？	江南华亭			《彭省庐先生文集》
彭孙遹	骏孙	羡门	1631—1700	浙江海盐	博鸿	吏部侍郎	《松桂堂全集》
彭始奋	中郎			河南邓州			《娱红堂诗草》
彭孙贻	仲谋	管葛山人	1615—1673	浙江海盐	拔贡生		《茗斋集》
庞垲	霁公	雪崖	1657—1725	直隶任丘	博鸿	建宁知府	《丛碧山房集》
戚玾	后升	管尔	1635—1687	安徽泗州	贡生	知县	《笑门诗集》
钱价人	瞻百		？—1662	浙江归安			
钱芳标	保汾	莼敔		江南华亭	康熙举人	中书舍人	《湘瑟词》《金门稿》
钱中谐	宫声	庸亭	1635—？	江南吴县	博鸿	翰林院编修	《篛裯集》
钱肃图	肇一	退山	1617—1692	浙江鄞县	诸生	监察御史	《东农草堂选稿》
钱肃润	季霖	础日	1619—1699	江苏无锡	诸生		《十峰诗选》
钱曾	遵王	也是翁	1629—1701	江苏常熟	明贡生		《今吾集》
乔莱	子静	石林	1642—1694	江苏宝应	博鸿	侍读	《直庐集》
秦松龄	次椒	留仙	1637—1714	江南无锡	博鸿	谕德	《苍岘山人集》
瞿有仲	健谷			江苏常熟			《瞿有仲集》
丘象随	季贞	西轩	1631—1701	江苏淮安	博鸿	太子洗马	《西轩纪年集》

续表

姓名	字	号	生卒年	籍贯	科名	官职	著述
任西邑	幼瞻			江苏宜兴	附贡生		
任源祥	王谷	息斋	1618—?	江苏宜兴	诸生		《鸣鹤堂诗/文集》
任绳隗	青际	植斋	1621—?	江苏宜兴	举人	礼部员外郎	《直木斋全集》
邵潜	潜夫	五岳外臣	1581—1665	江南通州	明末布衣		《邵山人诗集》
邵长蘅	子湘	青门山人	1637—1704	江苏武进	诸生		《邵子湘全集》
沈晖日	融谷	柘西	1637—1703	浙江平湖	贡生	辰州同知	《柘西精舍诗余》
沈世奕	韩倬	青城		江苏长洲	进士	编修	《留余堂集》
沈盘	石均			长洲	明诸生		《宛陵》
沈麟	友圣			江南松江			《鹿门倡和集》
沈亿年	幽祈			浙江嘉兴			《支机集》
施闰章	尚白	愚山	1619—1683	安徽宣城	博鸿	侍讲学士	《施愚山集》
石涒	月川	熊耳山人	1641—1669	江苏如皋	诸生		《石月川遗集》
石璜	夏宗	鲍庵	?—1669	江苏如皋	明诸生		《鲍庵先生遗集》
史鉴宗	远公			江苏金坛			《青堂词》
史惟圆	云臣	蝶庵		江苏宜兴			《蝶庵词》
史可程	宪之	蓬庵	1606—1684	河南祥符	庶吉士		《观槿堂词》（已佚）
宋征璧	尚木	幽谷朽生	1617—?	江苏华亭	进士	潮州知府	《抱真堂诗稿》
宋存标	子建	秋士	1601—1666	江南华亭	副贡生		《棣萼集》
宋思玉	楚鸿	棣萼		江苏华亭	诸生		《棣萼轩词》
宋思宏	汉鹭			江苏华亭	诸生		《棣萼轩唱和诗余》
宋实颖	既庭	湘尹	1621—1705	江苏长洲	举人	扬州学博	《读书堂集》
宋宓	御之			江苏吴县	举人		《玉壶堂诗集》
宋荦	牧仲	西陂	1634—1713	河南商丘	荫生	吏部尚书	《绵津山人诗集》

续表

姓名	字	号	生卒年	籍贯	科名	官职	著述
宋炘	景炎			河南商丘		工部郎中	《尺玉堂诗》
宋焋	介子	介山	1643—1683	河南商丘		征侍郎	《西湄草堂诗》
宋琬	玉叔	荔裳	1614—1673	山东莱阳	进士	按察使	《安雅堂诗集》
宋曹	彬臣	耕海潜夫	1620—1701	江苏盐城		中书舍人	《会秋堂诗/文集》
孙模	楷人	五山酒人		江南通州	明诸生		《悲烟秋日集》
孙默	无言	黄岳山人	1623—1678	安徽休宁	布衣		《留松阁集》
孙枝蔚	豹人	溉堂	1620—1687	陕西三原		司经局正字	《溉堂文集》
孙旸	赤崖		1626—？	江苏常熟	举人		《蔗庵诗选》
孙治	宇台	鉴庵		浙江仁和	诸生		《孙宇台集》
苏翔凤	苞九	蓼勖	1631—1689	江苏常熟	太学	沂水知县	《甲癸集》
沙张白	定峰	介人	1626—1691	江苏江阴	诸生		《定峰文选》
汤寅	谷宾	渔客	？—1678	丹阳	诸生		《高咏堂集》（已佚）
谈允谦	长益		？—1669	江苏丹徒	明诸生		《树萱草堂集》
田兰芳	梁紫	篑山	1628—1701	河南睢州	明诸生		《逸德轩文集》
田茂遇	揖公	髯渊		江南青浦	鸿博		《田髯渊诗四种》
田雯	纶霞	蒙斋	1635—1704	山东德州	进士	户部左侍郎	《古欢堂诗集》
陶孚尹	诞仙	白鹿山人	1635—1709	江苏江阴	廪贡生	桐城教谕	《欣然堂集》
陶自悦	心兑	艾圃	1639—1709	江苏武进	进士	泽州知州	《亦乐堂诗集》
万树	红友	山翁	1630—1688	江苏宜兴	诸生		《花农集》
吴应箕	风之	次尾	1594—1645	安徽贵池	贡生		《楼山堂集》
吴懋谦	六益	苎庵	1615—1687	江苏华亭	布衣		《苎庵二集》
吴梅鼎	天篆			江苏宜兴	岁贡生		《醉墨山房赋稿》
吴殳	修龄		1611—1695	江南昆山			《好山诗》《围炉诗话》
吴湛	又邺		1613—1650	江苏宜兴	副榜		《粤游日记》

续表

姓名	字	号	生卒年	籍贯	科名	官职	著述
吴百朋	锦雯	朴斋	1616—1670	浙江钱塘	举人	南和县令	《朴庵集》
吴伟业	骏公	梅村	1609—1672	江南太仓	进士	国子监祭酒	《梅村集》
吴孟坚	子班	小山	1635—1718	安徽贵池	诸生		《偶存草》
吴兆骞	汉槎	秋笳	1631—1684	江苏吴江	举人		《秋笳集》
吴国对	玉随	默岩	1616—1680	安徽全椒		顺天学政	《赐书楼集》
吴绮	薗次	听翁	1619—1694	安徽歙县	贡生	湖州知府	《林蕙堂集》
吴嘉纪	宾贤	野人	1618—1685	江苏泰州	布衣		《陋轩诗》
吴錂	若金		？—1649	安徽宣城	明诸生		《浮筠轩遗稿》
吴本嵩	天石			江苏宜兴			《都梁词》
吴蔼	吉人			安徽歙县	康熙诸生		《阶木诗稿》
吴铿	闻玮			江苏吴江			《复复堂集》
吴兆宽	弘人		1614—1680	江苏吴江	诸生		《爱吾庐诗稿》
吴之纪	大章	慊庵	1629—？	江苏吴江			《好我斋集》
吴雯	天章	莲洋	1644—1704	奉天辽阳	诸生		《莲洋集》
吴农祥	庆百	星叟	1632—1708	浙江钱塘	诸生		《流铅集》
王昊	惟夏		1627—1679	江南太仓	博鸿	内阁中书	《硕园诗稿》
王翚	石谷	耕烟	1632—1717	江苏常熟			《清晖堂诗集》
王宗蔚	崍文	汇升	？—1669	江南华亭	岁贡生		《蓉墅楼稿》
王日藻	印周	闲敕	1623—1700	江南华亭	进士	户部尚书	《秦望山庄集》
王撼	虹友	汲园	1635—1699	江苏太仓			《芦中集》
王士禛	子真	阮亭	1634—1711	山东新城	进士	刑部尚书	《带经堂全集》
王士禄	子底	西樵山人	1626—1673	山东新城	进士	吏部考功司外郎	《十笏草堂集》
王嗣槐	仲昭	桂山		浙江仁和	博鸿	内阁中书	《桂山堂文选》
王顼龄	颛士	瑁湖	1642—1725	江苏华亭	进士	武英殿大学士	《世恩堂诗集》
王雅	正子			浙江宁波			《客游诗稿》
王追骐	雪洲	锦之	1638—？	湖北黄冈	进士	礼科给事中	《王雪洲诗》
王崇简	敬哉		1602—1678	顺天宛平	进士	礼部尚书	《青箱堂诗/文集》
王熙	子雍	瞿庵	1628—1703	顺天宛平	进士	保和殿大学士	《王文靖公集》

续表

姓名	字	号	生卒年	籍贯	科名	官职	著述
王猷定	于一	轸石	1598—1662	江西南昌	拔贡生		《四照堂诗集》
王于臣	越生			江苏宜兴			《凫亭词》
汪琬	苕文	钝翁	1624—1691	江苏长洲	博鸿	刑部郎中	《尧峰文抄》
汪楫	舟次	悔斋	1636—1699	安徽休宁	博鸿	布政使	《悔斋诗》
汪士裕	左岩			安徽休宁	举人	庐州府学教授	《适园诗抄》
汪耀麟	叔定	北皋	1636—1698	安徽休宁	贡生		《见山楼诗稿》
汪懋麟	季角	蛟门	1640—1688	安徽休宁	博鸿	刑部主事	《百尺梧桐阁集》
汪文柏	季青	柯亭	1659—1725	浙江桐乡	监生	兵马司指挥	《柯亭余习》
魏耕	楚白	雪窦居士	？—1662	浙江慈溪	诸生		《雪翁诗集》
魏祥	善伯	伯子	1620—1677	江西宁都	岁贡生		《魏伯子文集》
魏裔介	贞白	贞庵	1616—1686	直隶柏乡	进士	大学士	《兼济堂诗集》
魏学渠	子存	青城		浙江嘉善	举人	刑部主事	《青城词》
许友	有介	瓯香		福建侯官	诸生		《米友堂诗集》
许旭	九日	秋水	1620—1689	江苏太仓	诸生		《秋水集》
许承钦	钦哉	漱石	1605—？	湖广汉阳	进士	户部主事	《漱雪词》
许嗣隆	山涛	文穆		江苏如皋	进士	翰林院侍讲学士	《孟晋堂诗集》
徐釚	电发	枫江渔父	1633—1708	江苏吴江	博鸿	检讨	《南州草堂集》
徐喈凤	竹逸	荆南山人	1622—1689	江苏宜兴	进士	永昌推官	《荫绿轩词》
徐履忱	孚若	匏叟	1629—1700	江苏昆山	诸生		《耕读草堂诗抄》
徐嘉炎	胜力	华隐	1631—1703	浙江秀水	博鸿	内阁学士	《抱经斋集》
徐作肃	恭士		1616—1684	河南商丘	举人		《偶更堂集》
徐干学	原一	健庵	1631—1694	江苏昆山	进士	刑部尚书	《憺园全集》
徐崧	松之	膒庵	1617—1690	江苏吴江			《膒庵诗稿》
徐秉义	彦和	果亭	1633—1711	江苏昆山	进士	内阁学士	《培林堂文集》
徐玑	天玉			江苏宜兴	诸生		《湖山词》

续表

姓名	字	号	生卒年	籍贯	科名	官职	著述
徐林鸿	大文			浙江海宁	博鸿		《两间草堂诗文集》
徐尧章	唐山			江苏宜兴			《清荣堂文集》
徐元文	公肃	立斋	1634—1691	江苏昆山	状元	大学士	《含经堂集》
夏九叙	次功			江都	举人		《绿雪堂诗略》
谢良琦	景韩	献庵	1626—1671	广西全州	举人	通判	《醉白堂诗文集》
谢懋树	震生			安徽泗州	贡生		《肩山堂集》
阎修龄	再彭	饮牛叟	1617—1687	山西太原	明诸生		《秋舫集》《冬涉集》
杨廷鉴	冰如	静山		江苏武进	状元	江宁府学教授	《静山诗》
杨通俉	圣期		1647—？	山东济宁		合肥县教谕	《竹西词》
叶襄	圣野		？—1655	江苏吴江			《红药堂诗》
叶方蔼	子吉	纫庵	1629—1682	江苏昆山	进士	礼部尚书	《叶文敏公集》
叶奕苞	九来	二泉	1629—1686	江苏昆山	诸生		《经锄堂诗稿》
叶藩	桐初	南屏		江苏太仓			《惜树斋诗文集》
叶封	井叔	慕庐	1623—1687	浙江嘉兴	进士	工部主事	《慕庐诗稿》
袁佑	杜少	霁轩	1634—1699	直隶东明	博鸿	翰林院编修	《霁轩诗抄》
尤侗	展成	西堂老人	1618—1704	江苏长洲	博鸿	侍讲	《西堂全集》
余怀	无怀	鬘翁	1616—1695	福建莆田	布衣		《甲申集》《江山集》
俞汝言	右吉	浙川遗民	1614—1679	浙江海盐	诸生		《浙川集》
羊球	月生		1629—1710	江苏靖江	举人	泾县教谕	《醉花轩集》
恽格	寿平	南田	1633—1690	江苏武进			《瓯香馆集》
严绳孙	荪友	秋水	1623—1702	江苏无锡			《秋水集》
张自烈	尔公	芑山	1564—1650	江西宜春	明末太学生		《芑山先生文集》

续表

姓名	字	号	生卒年	籍贯	科名	官职	著述
张丹	祖望	秦亭山人	1619—1687	浙江钱塘			《张秦亭诗集》
张宪	汉度				诸生		《丽瞻轩诗草》
张锡怿	越九	宏轩	1622—1691	上海	进士	泰安知县	《啸阁余声》
张坯授	孺子	茗柯		江苏如皋	诸生		《茗柯集》
张坛	步青		1629—1667	浙江仁和	举人		《东郊草堂集抄》
张养重	子瞻	虞山	1617—1680	江苏淮安	诸生		《古调堂集》
张俨	若思			江南当涂			《寄庵集》
张茂枝	因亓	芝园		江苏泰兴	进士	内阁中书	《浣花居稿》
邹祗谟	吁士	程村	1627—1670	江南武进	进士		《邹吁士诗选》
朱彝尊	锡鬯	竹垞	1629—1709	浙江秀水	博鸿	检讨	《曝书亭集》
朱茂昉	子葆	山楼	1615—1685	浙江秀水			《山楼诗稿》
朱茂晭	子蓉	东溪	1624—1690	浙江秀水	邑庠生		《东溪草堂诗余》
朱克生	国桢	秋厓	1631—1679	江苏宝应	国学生		《朱秋厓诗文集》
朱一是	近修	欠庵	1610—？	浙江海宁	举人		《为可堂集》
周季琬	禹卿	文夏	1620—1668	江南宜兴	进士	巡按湖广	《致远堂文集》
周纶	鹰垂	柯斋	1637—1688	华亭	岁贡生	国子监学正	《不碍云山楼稿》
周瑄	式玉	桂岑		安徽桐城	副贡生		《秋怀诗》
周岐	农父	需庵		安徽桐城	进士	开封推官	《周氏清芬诗文集》
周亮工	元亮	栎园	1612—1672	河南祥符	明进士	刑部侍郎	《赖古堂全集》
周肇	子俶		1615—1683	江苏太仓	举人	新淦知县	《东冈集》
周体观	伯衡		1618—1680	直隶遵化	进士	江西布政司参政	《晴鹤堂集》《南洲草》
章静宜	湘御			江苏吴县	诸生	检讨	《吾好遗稿》
章在兹	素文		1619—1673	江苏吴县	顺治副榜		《燕京竹枝词》

续表

姓名	字	号	生卒年	籍贯	科名	官职	著述
赵而忭	友沂			湖南长沙	举人	中书	《虎鼠集》
赵贞	松一			江苏太仓			《蔄怀堂诗》
赵吉士	天羽	恒夫	1628—1706	浙江钱塘	举人	户部给事中	《万青阁全集》
连俊	旦庵			江苏山阳			《映春堂诗》
宗元鼎	定九	梅岑	1620—1698	江苏江都	康熙贡生		《新柳堂集》《芙蓉斋集》

备注：

1. 本表为陈维崧主要的文学交游人物表，表按照姓名音序排列，以便检索。

2. 无著述流传者一般不录，无直接交往者一般不录。

3. 主要参考书目：

李灵年、杨忠主编：《清人别集总目》，安徽教育出版社2000年版。

钱仲联：《中国文学家大辞典·清代卷》，中华书局1996年版。

张慧剑：《明清江苏文人年表》，上海古籍出版社2008年版。

周绚隆：《陈维崧年谱》，人民出版社2012年版。

第三章

陈维崧诗歌的思想内容

　　陈维崧现存诗歌1700多首，内容丰富。有关陈维崧诗歌的思想内容，刘飞及刘世南先生皆有论述，较为精切。通过仔细阅读，笔者认为以下几类诗值得进一步研读：

　　陈维崧的风土民情诗。陈维崧对故乡怀有深沉的热爱之情。宜兴景色秀丽，成为诗人创作的不竭源泉。所谓"一方水土养一方人"，陈维崧不少诗篇用来描绘故乡的名山胜川，赞颂家乡陶瓷艺术及茶艺。通过诗人之笔，我们不仅能够领略到宜兴古地的自然景观之美妙，而且能够直观地感受到此地自古以来厚积的人文素养。陈维崧描写故乡的风土民情，或游历山水、探访古迹、畅想古人，或介绍家乡美食、名产、风物，皆深刻感人，透露出诗人浓浓的故乡情意。真情实意的游子情怀，始终未曾忘怀，这正是陈维崧诗歌中值得注意的。

　　陈维崧的咏怀诗。陈维崧借怀古咏史，抒发深沉且广阔的思古幽情。在前期的怀古作品中，述古成分中较为明显地体现了诗人的故国之思，在抒发广泛的历史兴亡沧桑感之际，诗人自身体验的国破家亡的黍离之感是很明确的。在后期的怀古作品中，纯粹的怀古成分显著增加。特别是湖海飘零的中年生涯开启后，诗人足迹踏遍中原，登高涉深，心思从怀旧逐渐转入现实。随着阅历的增加，诗人的思想与心胸也比之前更加成熟和宽广，其关注视点也逐渐转移到现实当中的人事。诗人寓情怀于现实，表达对民生以及社会现象的感慨，抒发忧时之温情。在这类民生诗中，诗人尤其蹈扬出湖海般的英雄气概，呈现出深沉的忧国忧民情怀。陈维崧对于民生的关怀是随着其自身思想的转变而加以显露的，其身份由最初的地主阶级转变为具有普通民众意识的布衣。正是从布衣之身落笔，诗人毫不避讳地将自己的穷寒凄惨一一写入诗中，触物感时，抒发深沉的历史忧思。

陈维崧的题画诗。现存共60首。主要包括"与扬州秦淮旧梦主题有关的作品""京师唱和，以画会友"及"品画酬赠诗"等三个大的主题。其中，"与扬州秦淮旧梦主题有关的作品"主要是参加王士禛为首的扬州唱和所作步韵唱和诗词，如通过咏叹青溪遗事画册上所绘故明秦淮女子的旖旎情态，由旧事寄托追念旧朝之风骚怀抱。组诗在依题唱和的群体创作中，极为鲜明地表达了陈维崧自己的怀旧心绪。清初顺、康年间文人画像趋于繁盛，有关这些画像的题咏在当时成为一种流行风尚。入京师期间，陈维崧加入京官文学圈，以画会友，创作了一批文人画像诗。其本人为图主的《迦陵填词图》也成为其时康熙朝主要题咏对象之一。陈维崧的此类诗篇，从内容而言，主要是就画面及画主进行精细地描绘与歌颂，表现自己对画主情志的赞赏态度，有的牵合自己的身世，表达相同志趣。陈维崧的品画赠酬类诗歌则主要是体现了陈维崧受到良好的家教熏染而养成的艺术修养所在。

陈维崧的写景咏物诗。陈维崧的咏物诗多采用短章近体形式，尤其是律绝体诗中，不乏写景描物佳作，有的甚至达到了情景交融、妙合无垠的上乘境界。在五、七言古体诗中，陈维崧还有数篇描绘旧朝物品的"歌"类作品。其描写对象有陆游砚台、藏剑、宣铜炉、前朝御香、齐景公墓中食器、司马相如古碧玉小印等。这些物品在清初一些小品杂文里面多有真实记录，而陈维崧则根据自己的亲身经历，及亲眼所见，以写实的笔法，诗意地描述出物品本身的样子，真实地展现了原物之貌。交代物品的遭遇及人事，不仅追述了物品的沉浮经历，更是写出古今人物命运的曲折变化。在客观事实的描述中加入了诗人自己独特的吊古之情，是陈维崧此类作品的可读之处。

本章拟在现有研究的基础上，按照上述题材分类，对陈维崧诗歌内容进行全景式有重点地论述，力求全面而又清晰地展现陈维崧诗歌的主要面貌。

第一节　陈维崧的风土民情诗

陈维崧笔下的风土民情，既有对故乡宜兴风俗民情的描写，也有旅途各地所见闻的山川风物。现存湖海楼诗中，陈维崧对故乡宜兴的风情描写，多为居家时所作。这类诗篇集中表现了诗人深厚的故乡之情。在诗人的笔下，具有浓厚地域文化色彩的乡土人文呈现于今人的视野。宜兴景色秀丽，不仅是文人创作的源泉，而且使人心中充满了自豪感。陈维崧就曾情不自禁地说："山水自是天下绝，何况风物争清奇。"（《题唐六如绿杨红杏图阮亭属赋》）他在《蒋京少梧月词序》一文中颇为细致地描写了全幅故乡的人文景致：

> 铜官绮丽，将军射虎之乡；玉女峥泓，才子雕龙之薮。城边水榭，迹擅樊川；郭外钓台，名标任昉。虽沟塍芜没，难询坡老之田；而陇树苍茫，尚志方回之墓。一城菱舫，吹来水调歌头；十里茶山，行去祝英台近。鹅笙象板，户习倚声；苔网花笺，家精协律。居斯地也，大有人焉。①

宜兴名胜众多，既有铜官山、玉女潭、荆溪、茶山等著名的自然山水；也有任昉钓台、杜牧寓居、东坡书院、祝英台读书处等人文遗迹。宜兴因此传承了深厚的人文传统，孕育出了浓厚的人

---

① （清）陈维崧：《陈维崧集》，上海古籍出版社2010年版，第390页。

文色彩，陈氏一族便在这样的背景下兴盛起来。而所有这些可见的物态与不可见的精神，都成为陈维崧高情抒写的源动力所在。

一　吟咏宜兴的名山胜川

康熙十八年（1679），陈维崧应清廷博学鸿词特科考试入京。他在《送邑侯张荆山之任》诗中曾介绍宜兴的地理位置及自然环境："吾邑介宣歙，边幅实狭窄。墟烟杂旗甄，津筏编茶笋。叠嶂觉青天，秀色郁稳嶙。回环罨画溪，百折结蛇蚓。南山坐上头，下见红泉引。谁将孔翠衾，鉴此云鬓真。"① 陈维崧惦念故乡，遂向即将前往宜兴任职的张侯介绍了故乡概况。在居家期间，陈维崧更是走遍宜兴的山山水水，并用诗词记载下了跋涉的历程。

宜兴最有名的首推善权洞。善权，或称善卷，作为宜兴山水中的一个标志，是一处自然景观和人文景观相结合的典型胜地。陈维崧专门写词描绘了它的非凡气势，《洞仙歌·善权洞》云："看千螺倒矗、万笏斜垂，铺碧藓，一屋闲云自键。玲珑光上下，一串银房，偏借虚空累曾甗。洞底洞还生，下有泉鸣，声声乱、云中鸡犬。"② 其中，"洞底洞还生"一句即指善权洞内有名的干洞、水洞二洞。明都穆《善权记》记载："义兴山水甲于东南，而善权干洞及大小水洞尤号胜绝。"③ 陈维崧曾与友人同游善权，作诗专写游览二洞的经历。《逾花桥寻寺后湫水》诗云：

  两洞斗玲珑，双扉互谲诡。鬼斧兴尚酣，幻作小湫水。逾寺仅数弓，去天或盈尺。我来窥溟涬，不敢问成毁。得非破甑蹲，毋乃溍樽倚。不然僧诅成，意者神输此。胡为天壤间，有此结构理。侧沸水溅溅，斜攒石齿齿。颓洞凄心神，幽寒透骨髓。一斛蛟龙婪，半间蝙蝠矢。摇手勿复窥，潭深恐无底。④

---

① （清）陈维崧：《陈维崧集》，上海古籍出版社2010年版，第841页。
② （清）陈维崧：《陈维崧集》，上海古籍出版社2010年版，第1162页。
③ （清）阮升基修，（清）宁楷纂：《重刊宜兴县旧志》，清嘉庆二年刊本影印，成文出版社1970年版，第101页。
④ （清）陈维崧：《陈维崧集》，上海古籍出版社2010年版，第1685页。

众人先是穿过花桥，探访善权寺后的湫水潭。上述引文首先描写干洞、水洞所处小湫水的位置："鬼斧兴尚酣，幻作小湫水。逾寺仅数弓，去天或盈尺。"犹如鬼斧神工之作，湫水潭离善权寺不远，而它的海拔位置却相对较高，以至于"去天或盈尺"。来到它的面前，诗人心怀敬畏，"不敢问成毁"。面对湫水自然天成的壮观景象，诗人思绪纷纷，不禁发出"胡为天壤间，有此结构理"的赞叹。"顽洞凄心神，幽寒透骨髓"两句写诗人观后感受：湫水水流汹涌奔腾的架势不禁让人心生凄凉，其间的寒气足以穿透人的骨髓，最终让人知难而退。越过湫水潭，翻过山岭，就可以到达山洞洞口了。陈维崧作《从小湫水陟岭寻干洞了下探水洞二首》记述了探洞的过程。诗云：

> 深山饶岩洞，往往载谱牒。无若善权幽，累棋势不慑。……入门琼扉开，石磴宛相接。……稍行益爽垲，屡进愈欢愜。仙田划纵横，丹灶置妥帖。盐堆及米囷，鳞次俨霜箧。千险肃心魂，百怪眩眉睫。岩纤趣转赊，栈滑神先怯。颇闻波涛声，汹汹撼行屐。（其一）
>
> 洞底洞还结，此事我所疑。闻声顾幽窅，果见堆琉璃。……到洞亦阴森，入门方愕眙。水风愁杀人，波涛谁所为？寒潭不敢踏，踏之人命危。惟从石窦罅，稍就灵湫窥。俛首一沉吟，恐使蛟龙知。回看向来路，袅袅如春丝。（其二）①

第一首诗开篇，诗人对善权洞进行了高度定位："深山饶岩洞，往往载谱牒。无若善权幽，累棋势不慑。"可见，在有记载的深山岩洞里，独数善权"幽"。善权的险要则在于著名之干洞与水洞："入门琼扉开，石磴宛相接"，"稍行益爽垲，屡进愈欢愜"。随着路径变宽，人的心情也变得欢愉，身心放松起来。而越往深

---

① （清）陈维崧：《陈维崧集》，上海古籍出版社2010年版，第1685页。

第三章　陈维崧诗歌的思想内容　079

处走，"岩纤趣转赊，栈滑神先怯"，心情变得紧张。一路前行，"颇闻波涛声，汹汹撼行屝"，诗人尤其被洞内传来的波涛声所震撼。第二首接着写众人探寻水洞的情形。诗人抱着迟疑的心情，循着水声望去，果然望到了去往水洞的方向。眼前的小径盘纡曲折，脚下的路面也湿滑。诗人只得屏气凝神，小心翼翼地拄着拐杖慢慢前行。水洞内的景观似乎甚于干洞，令人"愕眙"。陈维崧是这样描写自己身体感受的："水风愁杀人，波涛谁所为？寒潭不敢踏，踏之人命危。惟从石窦罅，稍就灵湫窥。"大意是说，寒冷的积水不知有多深，只凭想象，便似感受到踏上去的危险。如此，众人只得作罢了。回望来时路，诗人竟然觉得那经历如春丝般温暖。两相对照，诗人不言更多，就足以使人了解水洞形势的严峻及诗人历险的惊心动魄。从内容与笔法上看，两首诗极似一幅短篇山水纪游散文。诗人将一路探险行进的过程，以及途中人物的心理变化、沿途风景的特点，以富有诗意又具散文化特点的语言进行了描写与刻画，极为自然真切。

宜兴境内值得一提的还有龙池山。《重刊宜兴县旧志》记载："龙池山在县西南七十里，山巅有池，池中多蜥蜴"[1]，"龙池山峰峻耸，登览无际"[2]。陈维崧曾作七律《龙池三首》，描绘龙池胜景。如其一诗云：

　　笋舆窈窕渡斜曛，无数村烟谷口分。寺积松涛旋作雨，径沾岚翠尽成云。春泉入院迢迢见，晚磬投林隐隐闻。便欲把茅栖绝顶，久谙麋鹿可同群。[3]

诗篇描写诗人攀登龙池山途中的见闻。首联"笋舆窈窕渡斜

---

[1] （清）阮升基修，（清）宁楷纂：《重刊宜兴县旧志》，清嘉庆二年刊本影印，成文出版社1970年版，第22页。
[2] （清）阮升基修，（清）宁楷纂：《重刊宜兴县旧志》，清嘉庆二年刊本影印，成文出版社1970年版，第413页。
[3] （清）陈维崧：《陈维崧集》，上海古籍出版社2010年版，第1758页。

矄，无数村烟谷口分"，点明登山的时间和方式。黄昏时分，诗人乘坐竹笋编织的车子循山而上，此时正值农人生火做饭。诗人放眼所及，只见袅袅炊烟在山口飘荡。接下来中间两联写景，"寺积松涛旋作雨，径沾岚翠尽成云"两句从听觉与视觉两方面写出诗人自身的感受：寺庙里，风吹动松树林，哗哗作响，声如波涛，犹如雨滴直下；小路上，苍翠色的山雾，弥漫眼前，犹如云团漂浮。不知不觉间诗人已经走了很远，隐约能听到山上的敲钟声了。"便欲把茅栖绝顶，久谙麋鹿可同群"，顺接前景，诗人怀着急切的心情想要登上山顶，要是能与山林麋鹿作伴，那就太好了。至此，诗人向往自然之性显露无遗。

宜兴著名的东溪也是陈维崧赞颂的对象之一。"东溪，一名东氿，在县东关外，西溪之水合注此下太湖，汪洋同西氿，而湍流更深。"① 陈维崧曾泛舟过此，作《泛舟过元白东溪别业》。诗云：

> 今晨霁色早，出郭沿微茫。格格渚禽飞，逗入溪东庄。积雨洗空村，门巷都青苍。蝉声落水栅，竹色连陂塘。门前十数家，了了皆耕桑。我顾老农语，此地真羲皇。今年晴雨准，颇说无灾伤。屈指获稻期，努力输官仓。官仓亦已足，鹅鸭沾余粮。秋行当再来，为我炊黄粱。②

这首诗整体描绘了一幅安静恬适的田家风情画面。诗的前半部分描绘诗人雨后泛舟出行，行至溪水东边所看到的元白东溪别业的景象："积雨洗空村，门巷都清苍。蝉声落水栅，竹色连陂塘。"雨后的村庄，空气清新，家家户户干干净净；蝉儿鸣叫，竹色青青，一派幽静、祥和的气氛。诗的后半部分写诗人与老农的交谈。顺接上文，诗人不禁向对方赞叹这里的民风淳朴，生活幽静，犹

---

① （清）阮升基修，（清）宁楷纂：《重刊宜兴县旧志》，清嘉庆二年刊本影印，成文出版社1970年版，第34页。

② （清）陈维崧：《陈维崧集》，上海古籍出版社2010年版，第1683页。

如先民生活的时代。接着两人谈论起今年的庄稼。因为雨水充足，庄稼长势良好，即将收获的粮食缴纳官税之外，仍绰绰有余。通过诗人的笔触，我们可以想象，东溪的人民不仅生活自足，与官府也取得了和谐。无怪乎，临行前，诗人与老农定下再来之约，颇似唐代王维"待到重阳日，还来就菊花"那般，言有尽而意无穷。与东溪有关最著名的一次活动发生在康熙十二年（1673）间。该年，陈维崧因养病而回到老家居住。期间，曾与徐喈凤、史鉴宗等人参加东溪修禊盛会。陈维崧作《东溪修禊卷跋》一文记载了此次东溪修禊活动的情景："茗酒之外，琴弈而已，谈谐杂出，嘲诙万端，饮酣少备，佐以说鬼。"① 有别于东晋兰亭集会的忧愁苦短主题，所谓"人生适志，多忧何为"，东溪的这次修禊活动因生命情态的乐观闲适，而表现出极具地方特色的人文情怀。

二 赞颂宜兴的茶艺、制陶

作为具有地方特色的风物，宜兴的茶艺、制陶是世所称赞的。早在唐代，茶圣陆羽的《茶经》中就特别提到宜兴善权寺产茶。陈维崧爱茶，在冒氏水绘庵时曾赋词赞颂，《小三吾倡和·除岁前一夕重过巢民先生，炉香茗椀位列尤佳（佳），即席唱和二章次韵》中记载："茶是家乡物，曾栽半亩云。孤高能避世，澹泊可同群。乳色闲方觉，涛声静每闻。客来须细啜，吾畏灌将军。"在《送宋牧仲员外出榷赣关》诗中，又言："我家箬岭艺茶竹，其俗瓦市陶瓶甄。钓鱼射鸭拟终老，山翁溪友枉相存。"② 这些诗句不仅让我们了解了宜兴的茶竹、陶瓷极具特色，而且表达了诗人自己希望依山傍水，过闲适生活终老故乡的愿望，充满了对故乡山水风物的热爱之情。

陈维崧还专门写有咏茶之词，如《茶瓶儿·咏茗》词云：

绿罢苕溪顾渚。拍茶妇，绣裙如雨。携香茗轻盈笑语。记

---

① （清）陈维崧：《陈维崧集》，上海古籍出版社2010年版，第149页。
② （清）陈维崧：《陈维崧集》，上海古籍出版社2010年版，第811页。

得鲍娘一赋。邀陆羽,煎花乳。红闺日暮。玉山半醉绡帷护,且消酪奴佳趣。(自注:鲍令辉有香茗赋)①

词中写拍茶,这是陆羽《茶经》中提到的制茶步骤之一。首先是将茶泥倒入茶模,然后由拍茶妇加以拍打,使其结构紧密不留缝隙,易于保存。词中"拍茶妇,绣裙如雨","玉山半醉绡帷护,且消酪奴佳趣"的描写,刻画出拍茶妇工作时的情形。《双溪竹枝词》中专门描写了采茶女"焙茶"情景,诗云:

最难忘处三春事,杨柳参差蝴蝶忙。摘蕙满山裙带绿,焙茶十里水泉香。②

所谓"焙茶",是将茶晒青后,置于密室之内,待其发酵后炒焙。在杨柳发青蝴蝶飞舞的春光里,采茶女穿着绿色裙衫忙着采摘。她们就着清洌的泉水煮茶,茶味香浓,以至传至十里之远。就茶的种类而言,以"芥茶"为绝品。陈维崧在晚年入京后,曾将此茶赠送王士禛,《阮亭先生有谢愚山侍读赠绿雪茶诗,翼日余亦赠先生芥茗壹器侑以此诗,并索先生再和》诗记载:"鸦山固足珍,芥蒴应最饮。棋盘暨庙后,淄渑别酸咸。家园四月中,此物缘崖嵌。只取香色嫩,底要龙凤衾。"③"鸦山",即安徽的鸦山茶。"芥蒴",即芥茶。在诗人看来,虽然鸦山茶已弥足珍贵,但与自己家乡的芥茶相比,是不能让人感到更为舒适、愉悦的。

宜兴素有"陶都"之誉,陈维崧在诗中多次提到故乡的制陶工业。如《送宋牧仲员外出榷赣关》诗中说道:"我家箬岭艺茶竹,其俗瓦市陶瓶甄。"④茶艺、制陶作为当地的风俗,其中以蜀

---

① (清)陈维崧:《陈维崧集》,上海古籍出版社2010年版,第1023页。
② (清)陈维崧:《陈维崧集》,上海古籍出版社2010年版,第1765页。
③ (清)陈维崧:《陈维崧集》,上海古籍出版社2010年版,第838页。
④ (清)陈维崧:《陈维崧集》,上海古籍出版社2010年版,第811页。

镇之陶最著名。陈维崧《双溪竹枝词》其七云："蜀山旧有东坡院，一带居民浅濑边。白甄家家哀玉响，青窑处处画溪烟。"自注："蜀山居民皆以磁器为业。"①《重刊宜兴县旧志·山川》卷一记载："蜀山，在县东南三十八里，一峰屹立，水环其麓，亦名独山。鼊画溪自南而北，至张泽桥入东溪，群山皆在河西，惟独山在河东山麓，有东坡书院。"②《阳羡名陶录·谈丛》引王穉《登荆溪疏》卷下记载云："蜀山黄黑二土，皆可陶，陶者穴火负山而居，累累如兔穴。"③"自蜀山至李墅一带，居民皆背山距河，以陶为业。"诗中描写与此相合。"白甄家家哀玉响，青窑处处画溪烟"，家家户户制陶不已，捶打声犹如琢玉凄清的哀嚎；处处青窑烟雾缭绕，仿佛艳丽多姿的彩色画，足见当地居民热火朝天制陶的盛况。

　　茶与陶两者联系紧密。烧制的陶器之一便是茶具，专门用于饮茶。陈维崧曾言"吾邑茶具，俱出蜀山"。关于茶具，明末清初李渔在《闲情偶寄》卷四"器玩部"之"茶具"记载："茗注莫妙于砂壶，砂壶之精者，又莫过于阳羡，是人而知之矣。"④所指当是宜兴著名的紫砂壶，被称为"世间茶具之首"，享誉中外。宜兴出好茶，文人尤其讲究品茶艺术。"首先是要求壶制形式，雅而不俗，可以供使用，可以供把玩。接着又在壶器身上，增加文学素养，一时铭文盛行。"⑤康熙二十年（1681），陈维崧在京城期间，高士奇曾向其索求宜兴紫砂壶。陈维崧遂以一圆壶、一方壶相赠，后写诗以为铭记。《赠高侍读澹人以宜壶二器并系以诗》记载如下：

---

① （清）陈维崧：《陈维崧集》，上海古籍出版社2010年版，第1765页。
② （清）阮升基修，（清）宁楷纂：《重刊宜兴县旧志》，清嘉庆二年刊本影印，成文出版社1970年版，第26页。
③ 吴骞编：《阳羡名陶录 附续录》，中华书局1991年版，第11页。
④ （清）李渔撰，杜书瀛注：《闲情偶寄》，学苑出版社1998年版，第465页。
⑤ 刘汝醴、吴山：《宜兴紫砂文化史》，浙江摄影出版社2000年版，第55页。

宜壶作者推龚春，同时高手时大彬。碧山银槎濮谦竹，世间一艺俱通神。彬也沉郁并老健，沙粗质古肌理匀。有如香盒乍脱藓，其上刻画蜲虺蹲。又如北宋没骨画，幅幅硬作麻皮皴。百余年来迭兵燹，万宝告竭珠犀贫。皇天劫运有波及，此物亦复遭荆榛。清狂录事偶弄得，一具尚直三千缗。后来佳者或间出，巉削怪巧徒纷纶。腾茶褐色好规制，软媚讵入山斋珍。

我家旧住国山下，谷雨已过芽茶新。一壶满贮碧色荈，摩挲便觉胜饮醇。迩来都下鲜好事，椀嵌玛瑙砗磲银。时壶市纵有人卖，往往赝物非其真。高家供奉最淡宕，羊腔讵屑膏吾唇。每年官焙打急递，第一分赐书堂臣。头纲八饼那足道，葵花玉袴宁等伦。定烦雅器瀹精茗，忍使茅屋埋佳人。家山此种不难致，卓荦只怕车辚辚。未经处仲口已缺，岂亦龙性愁难驯。昨搜败篦剩一器，亟走长鬣踰城闉。是其姿首仅中驷，敢冀拂拭充綦巾。家书已发定续致，会见荔子街埃尘。①

诗题名赠壶，实借赠壶之名牵缀"宜壶"的兴衰历史。诗开篇首先介绍宜壶的两位著名作者。龚春，即供春，明正德人。是宜兴紫砂壶的最早创作者。时大彬，明万历人。是继龚春之后的制壶高手，颇受称誉。如徐喈凤《重修宜兴县志》记载："供春制茶款，款式不一。虽属瓷器，海内珍之。用以盛茶，不失原味，故名公卿，高人墨士，恒不惜重价购之，继如时大彬益加精巧，价愈胜。"时大彬所制紫砂壶，质地"沙粗质古肌理匀"，用于制壶的砂质古朴，纹理均匀，含蕴厚重。正如明代许次纾《茶疏》云："往时龚春茶壶，近日时彬所制，大为时人宝惜。盖皆以粗砂制之，正取砂无土气耳。"② 壶的外观非常美，犹如刚刻画上飞禽

---

① （清）陈维崧：《陈维崧集》，上海古籍出版社2010年版，第929页。
② （清）陈元龙：《格致镜原》，卷五十一，《文渊阁四库全书》电子本，迪志文化出版有限公司出版。

的盒子，又如用皴笔画成的北宋山石画。随着世事变迁，自明人清后，紫砂壶历经纷扰，在战火中得以幸存下来，供时人享用。因为价格昂贵，以至于赝品频出。直至今日，紫砂壶风靡，传至京城，被高人所倾赏。

陈维崧描写故乡的风物民情，见上述。无论是游历山水探访古迹，还是描写家乡美食、名产、风物，无不深刻感人，透露出诗人浓浓的故乡情意。这正是陈维崧此类诗歌中值得我们关注的。陈维崧还有描写其他地方风物的诗作，如康熙六年（1667）游苏州虎丘时，作《清明虎丘竹枝词四首》。其一、二云：

> 春云的的绿堪染，吴田漫漫青欲流。江南二月足风景，好在阊门水阁头。
>
> 神前呵殿隶人忙，绣勒珠牌七宝装。赢得村农争走匿，昨侬曾见汝催粮。[1]

阊门，即虎丘。其一描写虎丘二月的风景，春天的云朵显得格外鲜亮，绿油油的麦田一望无际，在春风吹动下，好似流动起来。其二描写虎丘的清明节俗。诗中刻画了达官贵人求神拜佛的场面，两边的随从人员和奴仆们来来往往，所经过村子的人们都急忙为之避开，眼前所行之人，恰是昨天来这催缴官粮的人呢。"村农争走匿"的细节描写，正是反映出普通民众对于官吏敬而远之的情状。

第二节　陈维崧的咏怀诗

陈维崧的咏怀类诗大致分为三类：一类是借怀古咏史抒发思古幽情。这种幽古情思有的表现很广泛，有的有具体所指。在年代

---

[1] （清）陈维崧：《陈维崧集》，上海古籍出版社2010年版，第651页。

靠前的作品中，述古成分较为明显，在抒发广泛的历史兴亡沧桑感之际，诗人自身体验的国破家亡的黍离之感是很明确的。一类是借物抒怀，抒发家国之思。这种家国之思的表达更多的借助于物媒的触发作用，尤其是典型情境下的典型事物的恰当运用，对于情思的表达帮助极大。最后一类是对当下时局的关注。触目感时，抒发忧时温情。陈维崧为人性情豪放，虽然穷窘一生，但无以此执。作为广大人民群众中的一份子，他的仁人之心大放光彩。

一 怀古咏史，抒发思古之幽情

在陈维崧的咏怀诗中，首要讨论的便是怀古咏史一类。尤其在早期的游览诗中，每当登高眺远之际，诗人敏感而多情的内心总会泛起丝丝触动。这种触动因着物媒的不同而又有强弱不同的表现。如顺治九年（1652）秋，陈维崧陪同侯方域攀登江阴君山，作《登江阴君山同侯朝宗赋》诗云：

> 清秋万壑路漫漫，极目层霄望里寒。拍岸波涛终浩淼，登楼吴楚在阑干。
> 多情墓草荒今古，无意江风冷佩环。更忆昔年曾战伐，孤城萧瑟与君看。①

这首诗是陈维崧 28 岁时所作。君山，相传为战国初楚国春申君黄歇的封地，因其死后墓葬于山麓而得名。诗的前四句描写景物。所谓"悲哉，秋之为气"，诗人登临极眺，所见万壑山川绵绵不休，波涛拍岸浩淼无穷，一派清秋萧杀之感。诗的后四句抒写怀抱。"多情墓草荒今古，无意江风冷佩环"，赋予眼前景物以人性，荒草有情，江风无意，诗人的内心冷热交织。想到自己足踏之地，正是昔日战场，诗人不禁思绪纷飞。一个"更忆"将诗人的思绪从眼前拉扯到远古。是啊，历史前进的车轮从来也没有因

---

① （清）陈维崧：《陈维崧诗》，广陵书社 2006 年版，第 400 页。

为谁而停止过。诗人通过缅怀此地发生过的战事,表达出深沉的历史兴亡感。

顺治十年(1653)间,陈维崧游走于浙江嘉兴一代。三月初八寒食日这一天,陈维崧同任源祥、弟弟陈维嵋过访烟雨楼,作《寒食同王谷弟半雪访烟雨楼,并问吴来之吏部故园》。诗云:

> 鸳鸯湖上起高楼,楼下鸳鸯湖水流。一别关河成异代,十年花月却重游。
> 园名金谷伤前尉,家住蓝田说故侯。与尔登临还极望,他乡寒食不胜愁。①

首联交代地点。烟雨楼,在今浙江嘉兴市鸳鸯湖中。《浙江通志》卷一"图说"之"南湖图"记载:"南湖一名鸳鸯湖,以湖多鸳鸯称,或曰两湖相并若鸳鸯然。《宋志》云:'广五百丈,深三丈。《记》称周围一百二十顷,烟澜渺弥,水天相接,为嘉郡城南之胜,故曰南湖。湖中有洲,曰烟雨楼,五代时钱元璙建。'"②中间两联追述古今之变。颔联"一别关河成异代,十年花月却重游"中,一个"却"字将古今思绪打通。"异代""十年"等表时间的名词,有意把人们的思绪拉回到十年之前那场惨烈的甲乙之变。如今,天地变换而旧境重游,既含有历史兴衰势不可挡之意,又为下文的描写作了铺垫。颈联"园名金谷伤前尉,家住蓝田说故侯",承接上联,而古典今用,以古喻今,转写当下。诗人拈出"金谷""蓝田"两处古典,喻指烟雨楼之今典。"金谷",即"金谷园",为晋代石崇所建庭园,用以宴请宾客,登高临水,饮酒赋诗。诗人巧用对比手法,以昔日繁华庭园盛地反衬出眼前旧明吴氏故园的萧索荒败。相形之下,今昔之慨已不必多说。朝代兴替,

---

① (清)陈维崧:《陈维崧诗》,广陵书社2006年版,第406页。
② 商务印书馆四库全书工作委员会编:《浙江通志》,《文津阁四库全书》史部第176册,商务印书馆影印2005年版,第40页。

繁华殆尽,人事消歇。最后,诗人由古及今,由物观我,借怀古婉曲地表达出自己身处异乡的浓浓愁绪。没错的,陈维崧是有家不能归的,在同年另一首七言律诗《同俞右吉、朱子容、锡鬯、任王谷饮朱子葆山楼》中,诗人将乱离之情再次娓娓道来。诗云:

> 雕甍飞阁枕江干,翠巘丹崖面面看。十载暮云词客老,万家春雨霸图残。
> 依人王粲归何日,伤乱刘琨啸转难。倚醉群公休望北,只今何处是长安?①

明亡的伤痛时时萦绕在诗人的内心深处,即使登高望远,诗人也禁不住悲叹身世。颔联"十载暮云词客老,万家春雨霸图残"两句,以年老业衰无声地诉说着历史兴衰的无情,将人之不堪显露无遗。国不存而人何在?颈联"依人王粲归何日,伤乱刘琨啸转难"便道出答案。该联用典极为贴切。"依人""伤乱"其实是陈维崧对自己当下境况的准确陈述。以滞留北地不得归乡的王粲和感伤乱世欲奋发有为的刘琨自比,恰切地表达出自己归乡无路而又报国无门的悲哀。最后,陈维崧还不忘提醒身边的朋友们:"倚醉群公休望北,只今何处是长安?""长安"通常是指唐代都城,此处借用来指代前明都城。"何处是长安"其实是无处是长安了。悲怜幽情至此升华。

仔细梳理陈维崧咏史类的怀古作品,我们能够发现,在一个较小的时空维度里,诗人念念不忘的"古"情怀,往往脱离不开自己的所历所感。以眼前的景与物出发,然后抚今追昔,其中往往夹杂着自己的身世之慨。从地域维度而言,陈维崧经常感念的就是有关江南的生活场景。如前所述,陈氏家族的先辈有着显赫的官宦地位。随着明朝的衰落,作为"皮之不存毛将焉附"的陈家

---

① (清)陈维崧:《陈维崧诗》,广陵书社2006年版,第407页。

也渐趋落败，直至陈维崧父亲一辈，已无可依托。尤其是在陈贞慧离世后，陈维崧兄弟更是在内外夹击下四散而去。在此背景下，时间来到了顺治十五年（1658）。该年冬十一月，陈维崧驾着小舟，历经一番曲折，终于到达了如皋冒襄家。除夕夜，冒襄安排家乐班为众人演奏，陈维崧即席创作出三首乐府长诗《秦箫曲》《徐郎曲》与《杨枝曲》。长诗原本是描写听众赏乐的欢喜场面，但在陈维崧的笔下，往往多了一份沉重，那便是诗人的身世之感与对往昔的怀念之情。毕竟啊，才经历了家破父亡之惨痛，此时的陈维崧孤身一人来此寄居，单纯的听歌赏曲已然不能完全收拢其内心郁塞。在观赏乐班舞曲时，陈维崧更多的是抒发身世之慨，通过对昔日奢靡生活的回忆，衬托出今日的落魄。如《秦箫曲》中云："二十年来事可怜，化作迷楼楼下土。忆昔江南月一轮，长干门外正留宾。更衣私入鸣珂巷，坐中颇有英雄人。""坐中有客夜深泣，却悔少年蹉跌时。"[1] 在思绪广泛飘荡的历史空间里，诗人追忆历史痕迹，总想极力挽留住那清晰的记忆，而现实却是残酷无情的，留给诗人的只有遗憾罢了，"二十年来事可怜，化作迷楼楼下土"，以致悔恨落泪。又如《徐郎曲》中云："江南可怜复可忆，就中仆是江南人。忆昔江南夜，三五谢家儿郎健如虎。结发平翻乌角盐，当窗滥作善才舞。""二十年来事沾臆，南园北馆生荆棘。崔九堂前只独怜，凤城园内无相识。……谁知老大不自得，却向徐郎叙畴昔。畴昔烟花不可亲，徐郎一曲好横陈。"[2] 化用杜诗事典，进一步强化了身世之慨。

几近的怀古情绪还反映在对金陵旧游的追怀中。"金陵"，今江苏省南京市的古称。是一座与陈维崧有着极深渊源的城市。陈维崧有一篇《金陵游记跋》追忆道：

　　忆余八九岁时，家鸡鸣埭下，时先少保尚在。……己卯余

---

[1] （清）陈维崧：《陈维崧诗》，广陵书社2006年版，第142页。
[2] （清）陈维崧：《陈维崧诗》，广陵书社2006年版，第143页。

年十五,寓白塔巷宋园;壬午年十八,寓鹫峰寺,俱随处士公。一时名士如密之舒章朝宗,人各踞一水榭,每当斜阳暧㬒,青帘白舫,络绎縠纹明镜间,日以为常。……后余频过秣陵,而风景顿殊,人琴都异。畴昔板桥鸣珂诸巷,荒烟蔓草,零落不堪。中年萧槭,亦欲拂纨展素,一序旧游,而伤于哀乐,辄呜咽中止。①

此跋文是陈维崧在扬州唱和期间,读过王士禛游览金陵的诸篇游记之后所作。在跋文中,陈维崧回忆了自己少年时代随祖父、父亲游居南京的生活。金陵,自古繁华重地,却也经历了数次兴亡更替。如今,名士风流不再,"风景顿殊,人琴都异",昔日繁华奢靡的金陵古城已是"荒烟蔓草,零落不堪"。想到自己也已是人至中年,怎能不引起兴衰之悲呢?想说又说不出来,只得"呜咽中止"罢了。

从时间维度而言,对陈维崧来说,顺治十八年(1661)也是一个特殊的年份。该年发生了一系列震荡人心的事件。首要便是六月三日的"奏销案"。该案是清初继"科场案""通海案"之后的第三大案。《清圣祖实录》卷三顺治十八年辛丑六月记载:"庚辰,江宁巡抚朱国治疏言:苏、松、常、镇四府,属并溧阳县,未完钱粮文武绅衿共一万三千五百一十七名,应照例议处。衙役人等二百五十四名,应严提究拟。"② 陈维崧友人有多人涉案,他自己虽然侥幸逃过一劫,但心里仍是惊悸不已。八月,清廷又有"迁界之役"。《清通鉴》"顺治十八年"条记载:"三月,郑成功取台湾。……时郑成功虽东下,而清人仍担心其招集鼓动沿海之民,于是有迁界之役,迁徙同安、海澄一带沿海居民八十万于内地。"③ 此役造成的恶劣结果,"康熙元年"条记载:"先是顺治十

---

① (清)陈维崧:《陈维崧集》,上海古籍出版社 2010 年版,第 67 页。
② 《清实录》,中华书局影印本 1987 年版,第 70 页。
③ 章开沅主编:《清通鉴》,岳麓书社 2000 年版,第 488—489 页。

八年，郑成功退入台湾。朝廷采用黄梧之策，驱迫江、浙、闽、粤四省沿海数千里居民，一律从海岸后撤数十里，麾兵析界，期三日，尽夷其地，空其人民，片帆不准出海，全面实行迁界，致使东南百万居民流离失所，海、盐、蚕、织、耕获之利，咸失其业。"① 居民迁移后，清兵竟放火焚烧其屋庐。残忍之至无可言说！本月，陈维崧陪同冒襄在扬州小住，曾作《广陵秋暮》记叙这一事件，诗云：

  长堤一带是隋宫，秋柳毵毵舞碧空。不见玉楼朝系马，居然金井夜啼鸿。

  前朝殿阁斜阳里，近海人家野烧中。若问江南更憔悴，几多高冢起悲风。（自注：时沿海人家一时内徙，室庐焚毁一空。先朝如唐荆川、缪西溪诸先生，百十年后俱以逋税削籍。）②

该年十二月，更为不幸的事件发生了。明永历帝为吴三桂所擒获，这一举动标志着南明小朝廷的彻底覆灭。对于生长在明朝的陈维崧而言，颇受震动。他当即便创作组诗《读史杂感》二十首，以示悼念。因时局动荡，一直到下一年的春季，陈维崧都是在故乡居住。期间，他无暇修养，而是时时关注时局，并且以诗笔来抒发自己心中的愤慨。如现存诗集中有一首《三月三日庭中牡丹盛开，同家半雪赋》，就集中代表了陈维崧此时的关注与心情所在，"曲江旧事吞声甚，野老分明见劫灰"，"百年离黍春前恨，头白逢人说宪王"。劫后余生，诗人仿佛亲眼看清楚了这场战乱后被火烧毁的残余。是有多么心痛呢？无奈，却不能放声大哭，只能无声地啜泣。通过化用杜诗诗句，陈维崧把自己对国破家亡的深哀巨恸恰切地表达出来。

---

① 章开沅主编：《清通鉴》，岳麓书社2000年版，第511页。
② （清）陈维崧：《陈维崧诗》，广陵书社2006年版，第441页。

明朝覆灭，清廷入主中原。家国剧变给陈维崧带来了身心震动。如上所述，陈维崧在前期的这些咏怀诗中，主要表达历史兴亡之感，有时也会将自己的身世之慨融入其中。但是随着时间的变迁，诗人的经历发生了改变，他的诗思和眼光渐渐不再拘囿于明清易代的历史悲恸。这种变化的出现主要发生于陈维崧的中年时期，集中在中原漫游时期。这期间，除了人事来往，陈维崧的足迹几乎踏遍了中原的各名古都，足迹所至，或登临而怀古，或吊古而伤今，或咏物以寄托，皆一一呈现于笔端。他集中写下了大量登临怀古的诗篇，有许多组诗，如《南阳怀古八首》①《宛城咏古六首》②《汝南咏古五首》③《覃怀杂诗七首》④《邺台怀古八首》⑤ 等。

一路前行，诗人往往留心于足迹所过之地。凭吊古人，抒发情怀。如康熙七年（1668），陈维崧北上进京途中，经过山东长清县，便驻足歌咏。作《长清经杞梁妻祠》，诗云：

齐师伐莒溃，溃军多死丧。战骨莽纵横，中有曰杞梁。旷野阗哭声，白日断行旅。可怜数万人，并作长城土。万家皆有妇，亦复同悲哀。独有贤哉女，一哭长城摧。

我行泰山阴，晚次长清县。仿佛灵旗渡水来，依稀瑶佩凌云见。残碑古庙乱冈西，耳畔啾啾谢豹啼。南北行人齐下马，寻声疑是杞梁妻。⑥

康熙七年（1668）暮春时节，陈维崧离开泰兴，沿着山东河北一线北上京都，途经山东长清县（今泰安），作此诗。诗的前半

---

① （清）陈维崧：《陈维崧集》，上海古籍出版社2010年版，第728页。
② （清）陈维崧：《陈维崧集》，上海古籍出版社2010年版，第732页。
③ （清）陈维崧：《陈维崧集》，上海古籍出版社2010年版，第738页。
④ （清）陈维崧：《陈维崧集》，上海古籍出版社2010年版，第754页。
⑤ （清）陈维崧：《陈维崧集》，上海古籍出版社2010年版，第762页。
⑥ （清）陈维崧：《陈维崧集》，上海古籍出版社2010年版，第690页。

部分描写了发生在齐庄公四年（公元前550年）的战事。当时齐先伐卫、晋，回师袭莒。不料兵败，士兵死伤无数。杞梁时任齐国大夫，因兵败被俘，拒不投降而死。陈诗中着意再现了杞梁妻哭夫的故事。诗的最后八句写现实。诗人一行于傍晚路过旧地，晚风吹拂山岗上的残碑古庙，仿佛是当年的作战军队渡水而来；耳边传来杜鹃凄切的叫声，仿佛是隐约听到了杞梁妻子的凄惨哭声；虚实之间将历史与现实相互连接。此年短暂的京城之旅后，陈维崧黯然南归，遂沿着开封、洛阳一线漫游中原。经过荥阳古战场，诗人便驻足沉思，"欲寻刘项垒，衰草浩茫茫"，怀古伤己，内心孤寂不难想象。

康熙九年（1670），四十六岁的陈维崧再次前往河南。一路经过郏县、尉氏、叶县、南阳、宛城、汝宁、覃怀等地，于暮春时节到达商丘。途中每到一处，他便留下墨迹。如经过郏县的峨嵋山下，瞻拜三苏台，陈维崧作《郏县经三苏台》。诗云：

> 小峨嵋麓春草长，遥天乱石争礧砢。平沙没腰叫布谷，野水掠面摇篔筜。谁何桓碑立而怒，龟趺剥裂莓苔苍。停鞭恍睹子瞻宇，乃知学士兹归藏。老泉衣冠亦瘗是，栾城坏土相低昂。
>
> 呜呼先生古人杰，元气喷薄生文章。西风应为荐苹藻，落日何意来牛羊。我知先生必大笑，挥斥八极排天阊。常州汝州游戏耳，青山埋骨原秕糠。元丰尚且妒翰墨，何况千载经沧桑。尔曹浪怨章子厚，君不见怪鸱恶木啼祠堂。①

诗的前半部分写景，渲染了三苏台的生存环境。春天的峨嵋山脚下，草丛矗立，乱石飞天，猛烈的轰鸣声不绝于耳。浅滩沙面上，布谷鸟儿忽隐忽现，清脆的鸣叫声引人注目。溪流之中，有

---

① （清）陈维崧：《陈维崧集》，上海古籍出版社2010年版，第725页。

人撑竹竿缓缓地游过。"谁何桓碑立而怒,龟趺剥裂莓苔苍",就是在这样荒无人烟的地方,诗人骑马经过,发现了桓立于乱丛杂石中的墓碑,停鞭驻足经过仔细辨认,才知道这里就是大学士苏轼所葬之地。"桓碑立而怒",石碑立在那里仿佛发怒一般。诗人采用拟人手法,赋予石碑以人性,借以刻画出前代贤人刚直不阿的形象。诗的后半部分叙事。首先是追忆苏轼其人其事:"呜呼先生古人杰,元气喷薄生文章。西风应为荐苹藻,落日何意来牛羊。"陈维崧认为,苏轼是古人之中的杰出人物,其为人精神焕发,其所作诗文亦彰显出壮烈气势。像这样的文学前辈,理应受到后人的祭拜才对,如今却被埋于荒野,只能与落日下的牛羊作伴。但联想到苏轼生前的遭际,就连常州、汝州那样的恶劣环境都像儿戏般渡过了,更何况现在呢?"我知先生必大笑,挥斥八极排天阊",元丰年间的乌台诗案曾轰动一时,让人们见识了苏轼诗文的功力。千百年来,时移事迁,如果苏轼还活着,恐怕也早已不在乎这些了吧。出狱后,苏轼被贬往黄州,期间曾给好友章惇写信,即《与章子厚书》,意图通过章惇代为转给天子,以保自己平安。陈维崧认为,这样的自保手段于自己于友人都是情势所迫而为的,应该给予维护。那么该如何维护呢?陈维崧在诗的结尾处写道,"元丰尚且妒翰墨,何况千载经沧桑。尔曹浪怨章子厚,君不见怪鸱恶木啼祠堂",鲜明地表达了自己对先贤的支持与赞赏态度。

在经过尉氏县时,陈维崧曾于城东门登临阮籍啸台,有诗缅怀先人。《登阮籍啸台》诗云:"忆昔典午世,俛仰增悲哀。先生鸾凤音,悠然凌氛埃。我生千载余,此地伤迟来。吟罢咏怀诗,暝色归青苔。"① 宋乐史《太平寰宇记》卷一记载:"阮籍台在(尉氏)县东南二十步。籍每追名贤,携酒长啸,登此也。"② 如今,

---

① (清)陈维崧:《陈维崧集》,上海古籍出版社 2010 年版,第 726 页。
② (宋)乐史:《太平寰宇记》,《文津阁四库全书》史部第 160 册,商务印书馆影印 2005 年版,第 4 页。

诗人着意来到此地，体验一把前贤之迹，亦是"追贤"之举。登高怀古之际，回想起晋朝的战乱时局以及文人的命运，诗人不免心生伤悲。"先生鸾凤音，悠然凌氛埃"，宋代苏轼也曾写《阮籍啸台》："遗世默无言，犹余胸中气。高情遗万物，不与世俗论。"① 是这样的，阮籍作为贤俊之士，本可大有作为，但身处乱世，世事难处。他只能采取明哲保身的态度，或者闭门读书，或者登山临水，或者酣醉不醒，或者缄口不言，以此躲避司马氏集团的迫害。想到先辈那样的志不得伸，联想到自己如今老大无成，陈维崧伤感不已，唯有以吟诗来表达对前贤的追叹与仰慕之情。陈维崧少年时期便熟读史书，"忆余八九岁，熟读史汉编"，所以每到一个地方，总能将有关的人事进行吟咏。如经过叶县古城时，作《经叶县古城》，慨叹古城之荒凉："风飘征柝细，苔没古称荒。楚塞惊迢递，吴天入渺茫。停车一惆怅，不见沈诸梁。"② 诸梁，字子高，春秋末期人，为叶姓始祖。驻足现在，缅怀先古，诗人内心惆怅不已。

康熙十年（1671）岁暮，陈维崧与商丘友人徐作肃等过访颜真卿八关斋。诗人抒写了自己对颜真卿其人其才的追慕。《恭士携具同李白公过八关斋看颜鲁公八角碑》：

鲁公学道人，遭遇殊险恶。高名撑板荡，大节挺盘错。至今所书碑，深心为铲削。围麽势郁盘，铦纤墨崩落。观其严紧极，讵屑学孱弱。镌刻囚蛟螭，雕锼僭苍漠。气吞丞相碑，恶彼辱东岳。我来扪孤亭，元气悆森薄。会揭万本强，携归嵌寥廓。庶令忠孝迹，古香喷寂寞。③

又有同题词作《贺新凉·颜鲁公八关斋碑》云：

---

① （清）王文诰辑注，孔凡礼点校：《苏轼诗集》，中华书局2012年版，第84页。
② （清）陈维崧：《陈维崧集》，上海古籍出版社2010年版，第727页。
③ （清）陈维崧：《陈维崧集》，上海古籍出版社2010年版，第773页。

万劫何曾坏？裂苍皮、筋缠血裹，藓痕攒蛋。刲角缺文铜绿渗，郜鼎牺尊儿辈。风雨急、百灵驱拜。多事囚螭还掣虎，覆巀岩、翻恨孤亭在。何不放，腾光怪？先生当日原兵解。想挥毫、握拳透爪，笔锋英快。门枕睢阳荒战垒，断镞愁磷似海。呼南八、声情忼慨。千古双忠遗迹并，剔残碑、洗尽纤浓态。鹰侧脑，攫天外。①

颜真卿（709—785），字清臣，京兆（今陕西西安）人。"安史之乱"中，他因平叛而封功受赏，历任吏部尚书、刑部尚书等要职，封鲁郡开国公，世称"颜鲁公"。颜负有文名，是继王羲之后成就最高、影响最大的书法家，堪称中国文人书法的重要里程碑。欧阳修《笔说》记载："颜公书如忠臣烈士，道德君子，其端严尊重，人初见而畏之，然愈久而愈可爱也。其见宝于世者有必多，然虽多而不厌也。"陈维崧的诗词中，就是针对颜真卿及其书法成就进行的赞扬。"高名撑板荡，大节挺盘错"，人如其字，刚正威武的气节一如其忠臣行迹，打动人心。字如其人，所书碑文"镵刻囚蛟螭，雕镂偪苍漠"，笔力刚劲，气象森严。陈诗尤其重点描述颜氏碑文"裂苍皮、筋缠血裹，藓痕攒蛋"的现状，虽历经劫难，却正如其人的坚毅品格一般而残姿屹立。"会揭万本强，携归嵌寥廓。庶令忠孝迹，古香喷寂寞"的誓愿，实则隐含了诗人自己对先贤的追崇和对其功业的歌颂。

通过上述分析可以看到，陈维崧后期的怀古之作，纯粹的怀古成分显著增加。这种"纯粹"有两个直接的原因：一是随着明清异代的远去，诗人的情感渐已深潜于心底；二是诗人自身的原因，家国破亡后，诗人为生计而辗转奔波，心思从念旧逐渐转入了现实。在对古人古事的追踪中，诗人更加关注的是历史人物或事件本身，其自我情感的意识渗入逐渐减弱，甚至隐而不显。随着阅

---

① （清）陈维崧：《陈维崧集》，上海古籍出版社2010年版，第1561—1562页。

历的增加,诗人的思想与心胸较之前更加成熟和宽广,其注视点随之转移到现实当中的人事。在这一转换过程中,古人的风云际遇所昭示的为人处世的道理为现世的诗人所汲取。

二 咏物寄托,抒发家国之思念

陈维崧生于明朝末季,曾目睹明清易代的风云变幻,亲身经历亡国破家的悲惨遭遇。陈邦炎曾论云:"弘光朝覆亡,江南陷落时,维崧年甫弱冠,身无责守。……他生在一个重视气节的家庭及社会关系的圈子里,清兵南下时,江南又是抗清最激烈、受害最惨酷的地区,因而在他的一生中,亡国之恨、故国之思始终沉重地压在心头。"[①]确然,鼎革之变时,陈维崧年仅20岁。南明覆灭时,陈维崧已37岁。心灵深处,他已深深体会到人世沧桑的变化。正如陈先生所言,这种特殊的经历成为陈维崧一种重要的诗歌创作资源。故国之思、亡国之恨时常呈现于诗人的笔端,其表现之一便是使用古今物象。陈维崧现存有不少七古歌行诗,借写前朝旧物来牵发昔今盛衰之感,间接表达悲怆的家国黍离之思,饱含悼古伤今的感慨。如《顾尚书家御香歌》在借写前朝物品抒发历史沧桑感的同时,追念自己的家世。诗的前半部分追叙顾家此香的由来,"忆昔初赐长安街,金瓯天下犹无缺。绿章夜上龙颜喜,第一勋名顾尚书。尚书辛苦镇居延,络绎黄封赐日边。非关小物君恩重,为许香名国史传"[②]。此香是前明兵部尚书顾养谦因功受赐之物。后半部分写今,"只今沧海看成田,留得天香几百年。拢来绮袖人谁问,熏罢银篝味不全。白杨已老尚书墓,世间万事那如故"。历史的车轮前行不止,沧海桑田,人事皆非。而明朝御赐的这款熏香有幸流落到了今世。面对这旧朝遗物,陈维崧不禁发出深沉的历史兴亡之感,并借此表达了自己的身世之悲。末尾句"忍看天宝年间物,我亦东吴少保孙"进一步道出我与物

[①] 叶嘉莹、陈邦炎:《清词名家论集》,中国文哲研究所1996年版,第57—58页。

[②] (清)陈维崧:《陈维崧集》,上海古籍出版社2010年版,第556页。

同命运，故国黍离之悲思至此深化。

再如陈维崧康熙四年（1665）秋作于扬州的《左宁南与柳敬亭军中说剑图歌》①。题名中，左宁南即明朝大将左良玉，柳敬亭为当时有名的说书艺人。黄宗羲《柳敬亭传》中记载：柳敬亭"年十五，犷悍无赖，犯法当死，变姓柳，之盱眙市中为人说书"②。崇祯十三年（1640），柳敬亭得入左良玉军中说书，常住武昌，并帮办军务。清兵入关后，柳敬亭曾代替左良玉出使南京，与南明权臣马士英、阮大铖疏通关系，南明因此称之为"柳将军"。顺治二年（1645），左良玉死后，马士英、阮大铖便谋捕柳敬亭。柳闻讯出逃，后在苏州重操旧业。陈维崧诗中写"此翁滑稽真有神，少年趫捷矜绝伦。青春亡命盱眙市，白发埋名说事人"③，便是对柳敬亭一生行迹的真实缩写。诗的后半部分集中描写柳氏身世之悲。"西风设祭悲彭越，夜雨传神倩郑虔"，使用典故，以彭越、郑虔比柳敬亭。"感恩恋旧缠胸臆，故国无家归不得"，剖析柳敬亭的内心。如前所述，柳敬亭少有才名，因事犯法而不得不逃亡在外，落得个有家不能归的下场；庆幸的是，左良玉招其入军中，并委以重任，使其得以展示出自己的文学才能与军事才能。如此，"感恩"与"恋旧"两相并存，难以抉择，最终无法实现归乡梦。诗的结尾两句跳出画面，发起议论："恶少侯王尽可怜，三更灯火披图泣。"④面对画图中的柳、左二人，陈维崧仿佛感同身受，直接表达出对二人可怜身世的悲悯之情，以致于哭泣。同时也表达了自己内心有家难归、终老他乡的悲恸之情。诗题为说剑，实借说剑来表困于胸的麦秀黍离之悲⑤。

游子思乡，自古就是诗歌主题中的重要内容。特别是当遇到与故乡相关的事物或节俗时，身处异地的游子总是想念起家乡。对

---

① （清）陈维崧：《陈维崧集》，上海古籍出版社2010年版，第603页。
② （清）黄宗羲：《黄梨洲文集》，中华书局1959年版，第86页。
③ （清）陈维崧：《陈维崧集》，上海古籍出版社2010年版，第603页。
④ （清）陈维崧：《陈维崧集》，上海古籍出版社2010年版，第604页。
⑤ 徐世昌、闻石点校：《晚晴簃诗汇》，中华书局1990年版，第1740页。

于大半生游荡在外的陈维崧而言，也是如此。他丝毫不会放过任何一丝表述乡愁的机会。康熙九年（1670）五月，诗人游于南阳，作怀古组诗自抒胸意。如《南阳怀古》其八云："依人自惜鬓毛班，两岁浮沉宛洛间。岂待莼鲈怀故乡，倍因樱笋恋乡关。黄尘远道双鸿断，白月孤城匹马还。新野旧传庾信地，哀时同有泪潺湲。"① 想到自己连年游荡在外，发白年衰之龄仍旧要依人过活，诗人便难掩思乡之情绪。"莼鲈怀故乡"为用典，《晋书》卷九十二记载："张翰，字季鹰，吴郡吴县人也。……齐王冏辟为大司马，东曹掾冏时执权，翰谓同郡顾荣曰：'天下纷纷祸难未已。夫有四海之名者求退良难，吾本山林间人无望于时。'……翰因见秋风起，乃思吴中菰菜莼羹鲈鱼脍，曰：'人生贵得适志，何能羁宦数千里以要名爵乎？'遂命驾而归。"陈维崧明用张翰莼鱼思故乡的典事，道尽心中乡情；并且，这里正是庾信的家乡啊，想到庾信当年由南入北、终老他乡的遭遇，诗人不禁泪如雨下。如今的自己不就是当年的庾信吗？乡关之思极为沉痛。该年春夏之交，陈维崧依例寓居宛城官署，曾作咏石榴诗两首：《宛城署中咏庭前石榴》《见署后墙外榴花，兼忆亳阳旧宅，倒用前韵一首》。两首诗皆为借咏石榴，寄寓诗人浓厚的思乡之情。署院中的石榴树最初是从域外移植过来的。第一首诗中借石榴花树由繁花盛开、轻柔成荫的繁茂到花落叶残、盖铺苔藓的凋落过程，写自己的身世："我亦飘蓬士，闲经洧水流。浃句劳慰藉，计日动离忧。家在新罗国，来从博望侯。故乡千万里，开谢任悠悠。"② 此为人与花同病相怜。第二首诗中由石榴联想到亳村旧居中石榴的遭遇："我家街影静，背水橹声柔。此花开最艳，入夏不曾愁。旧宅多时换，名葩何处求。赁春前路拙，乞食壮颜羞。客梦欢重见，家缘恨转浮。此生辞画屋，属咏寄彤楼。不及梁间燕，朝朝啄海榴。"③ 因为家

---

① （清）陈维崧：《陈维崧集》，上海古籍出版社2010年版，第730页。
② （清）陈维崧：《陈维崧集》，上海古籍出版社2010年版，第731页。
③ （清）陈维崧：《陈维崧集》，上海古籍出版社2010年版，第732页。

道衰落，中年的陈维崧不得不离乡背井，在外求食谋生，家中那树树繁花只能在梦中见到。此时，眼前的石榴花树俨然已幻化为家乡的替身。想到自己四处漂泊，竟不如那久居屋梁的燕子可以每天啄花为食。

在中原漫游的数年里，陈维崧总是从一个地方游走到另一个地方。他创作了大量怀古组诗，其间也不忘一抒怀乡之苦。康熙十年（1671）四月，陈维崧到达邺下，作《邺台怀古》诗云：

> 子规啼歇野花殷，惆怅春还我未还。四月轻阴连邺下，千秋陈迹满人间。
> 缭垣镴涩防乡梦，隔寺钟来搅客闲。绝忆故园梅雨后，紫鱼初贱竹新斑。①

"惆怅春还我未还"，诗一开始就点明了在外之恨。一个"惆怅"即奠定了全诗的感伤基调。四时变换，节物轮回，又一个春天到了。想到自己依旧在外飘荡，有家不能回，陈维崧内心的落寞可想而知。接着中间四句描写当下的感受。"四月轻阴连邺下，千秋陈迹满人间"，四月的邺下阴雨连绵，千年遗迹尚留人间。时空对接，现实与历史相结合，体现出厚重的历史沧桑感。"缭垣镴涩防乡梦，隔寺钟来搅客闲"为全诗的警句。形式上，对仗精工："缭垣镴"对"隔寺钟"，"防"对"搅"，"乡梦"对"客闲"。"缭垣"原指围墙，诗中采用以大为小的手法，将之比喻成锁头，意思是锁断了自己的思乡梦。而这时隔壁寺庙的钟声也不请自来，以致打扰了自己娴静的心境。结尾句以怀念故园的节令、食物作结，与首句形成呼应，直诉衷肠，思乡之情得到升华。这年冬季，陈维崧仍旧在商丘度过，作《风雪中柬西村侯六丈》。诗云：

---

① （清）陈维崧：《陈维崧集》，上海古籍出版社2010年版，第762页。

千村桧栝助阴霾，万壑刁骚动地来。实怕残年遭屋漏，可堪故国正梅开。

萧萧老客谋生拙，莽莽中原对酒哀。绝忆西村侯处士，雪中曾否臂鹰回。①

冬天风刮得厉害，雪也下个不停。诗人蜷缩在自己租赁的小屋里，生怕这风吹雪打漏到屋里。而就在这般凄寒苦楚的天气里，诗人忽然想念起家乡正开放的梅花。想象着，那应该是一片繁花明媚的景象吧，而自己只能借酒消愁，猜想着友人是否已经归来。

京华四年，是陈维崧最后的生命时光。在那段任职史馆的贫寒岁月里，诗人对家乡始终念念不忘。这种情思常常渗透在诗人日常的生活与交际中。如聚会过程中，赏梅之际，诗人便对花生情，吟诗一首。诗云：

故园当此日，晴雪果佳哉。竟作三年别，空辜万树开。
今朝何意见，远道那能来。方法凭语传，明年我定栽。
花已全经眼，愁仍欲泥谁。斋疏疑画舫，屋小类军持。
梦入前村路，吟残半夜诗。春灯偏作意，不定写繁枝。
(《早春同严荪友倪闇公范秋涛汪舟次乔石林潘次耕过李水庵前辈斋灯下看盆梅即次原韵四首》之一、之二)②

又如《咏盆桂次益都夫子韵》诗云：

未看愁先破，将开蕊尚含。一枝来蓟北，万树忆荆南。
黄雪漫天下，青鞋映水探。三年稀见汝，细酌不成酣。③

---

① （清）陈维崧：《陈维崧集》，上海古籍出版社2010年版，第769页。
② （清）陈维崧：《陈维崧集》，上海古籍出版社2010年版，第866页。
③ （清）陈维崧：《陈维崧集》，上海古籍出版社2010年版，第893页。

康熙十九年（1680），陈维崧已经离开故乡三年之久。"未看愁先破"，无须仔细观赏，只一眼瞧见那盆栽，诗人便心情豁然开朗。"三年稀见汝，细酌不成酬"，细细品鉴，眼前的这一株桂花，勾起了自己内心沉积已久的乡思。要知道，桂树、梅花都是南方生长的植被，在陈维崧的内心俨然化作故乡的表征。而故乡独有的特产也是诗人吟咏惦念的，如《摸鱼儿·莼》词云：

> 忆家乡、此时节物，四围槲叶攒锦。沿湖小弄莼丝滑，已觉水乡微渗。论食品，应不数、鸡酥羊酪侯门沔。流涎那禁。伴玉脍鲈鳃，雪花盐豉，微雨小桥饮。
>
> 长安道，惆怅愁潘瘦沈，谁欤涞酒初窨。粘匙凝盌知何限，绝忆吴娘烹饪。浑未审，笑洛下季鹰。归也还由恁。思他则甚。拚一夜西风，五湖船上，倦觅绿蓑枕。①

词的上片回忆家乡节物。细数食品，丰富且美味，让人魂牵梦绕。下片写当下情境。诗人心情惆怅，反而更加想念家乡的饭食。这种越发强烈的情感，通过经典性的思乡典故的加持，而一显无遗。词中反用汉代张翰思乡典故，实际上是诗人因现下生活的不称意而有所思的表现。

清李集《鹤征录》记载：陈维崧"居官四年，时以鱼鸟湖山为念。疾革时犹吟断句云'山鸟山花是故人'"②。不幸的是，诗人终究在凄寒苦楚的京官生涯中结束了自己的生命，最终无法实现其家园美梦，而这份深沉的家国之思也将绵延无尽头了。

三 触目感时，抒发忧时之温情

陈维崧有不少作品是寓情怀于现实，表达对社会民生现象的感慨。陈维崧少时即有用世之志，宗鼎之在《乌丝词序》称赞其：

---

① （清）陈维崧：《陈维崧集》，上海古籍出版社2010年版，第1585页。
② （清）赵弘恩：《江南通志》，《文津阁四库全书》第173册，商务印书馆2005年版，第470页。

"少志观、光,许身稷、契,意谓有神之笔,庶几'致君尧舜上,再使风俗淳'。"(《湖海楼词》卷首)① "致君尧舜上,再使风俗淳",一如杜甫所倡之传统儒家士人所拥有的品格愿景,陈维崧也怀抱一颗"仁人君子之用心"。随着年岁增长,这种情怀愈发凸显。陈维崧对于现实社会的关注是随着他寄居如皋水绘园开始的,而现存诗集中第一首关心民生的诗便是于康熙六年(1667)所创作的一首新乐府《开河》。此后,陈维崧在京师及中州漫游期间,不断写下关怀民生的诗作。

康熙九年(1668)春夏之交,陈维崧初入京城。他在《述怀寄季沧苇侍御即次其见赠百五十一原韵》中描述了自己第一次入京逗留期间的遭遇及感受:"都门住半载,珠桂愁纵横。秋霖呵寺塌,夜漏喧墙倾。浑河一夜决,势欲无幽并。老客百忧煎,何异遭笞榜。仰天燕筑裂,碎地胡琴铿。攒眉呕羊酪,染指辞龟羹。"② "老客百忧煎",所忧的多是天灾人祸的不期而至所带来的伤害。如诗人以纪实笔法记录了六七月间京城的恶劣天气,以及其给社会与人民造成的严重损害。《大水行》中写道:

长安急溜白日昏,浑河浊浪何腾掀。是时雷电互激射,十日大雨如翻盆。河流挟雨势益壮,啮堤溃壑冲城根。遂师匠氏嗫不语,苅玉悉索徒狂奔。宣武街头十丈地,险若水柜翻夔门。丞相火城不得过,牛车日出空哼哼。吾闻滹沱之水来塞外,直绕全晋萦昆仑。龠河周颂有恒职,世欲四渎修屏藩。胡为喧豗恣跋扈,坐令韦曲成洼樽。坏庐挟屋虐太甚,嗟此讵独非黎元。圣人已下责躬诏,一言已沛朝廷恩。鲸鱼水蜮莫浪喜,会见金阙开朝暾。③

---

① 陈乃乾:《清名家词》,上海书店1982年版,第4页。
② (清)陈维崧:《陈维崧集》,上海古籍出版社2010年版,第747页。
③ (清)陈维崧:《陈维崧集》,上海古籍出版社2010年版,第694页。

诗的前六句首先描述了大雨从天而降的倾盆气势。"雷电互激射""大雨如翻盆",一连十日,电闪雷鸣,天昏地暗。在雨水的汇集作用下,内城中的河水猛涨,以至于淹没到了地面之上,仿佛要将整座城池冲垮。接着,诗人以夸张的笔法描写各类人物的反应。"遂师匠氏嗫不语,荚玉悉索徒狂奔",走怕是来不及了,只能是疯狂地奔跑起来。使用"嗫不语""徒狂奔"两个极度夸张的动作描写衬托雨势之猛烈。"吾闻滹沱之水来塞外"至"嗟此诅独非黎元"八句是诗人发出的指责。水势过猛,致使京城变成深水洼地,而"坐令韦曲成洼樽,坏庐抉屋虐太甚",居民的屋舍全部被冲毁,损失惨重可以想见。在诗人看来,水灾从天而降,但却有深层次的人为因素,如若及时处理,处置妥当,还是来得及避免的。所幸运的是,统治者意识到了,不仅反躬自责,而且及时下达了治水诏令。"一言已沛朝廷恩",面对康熙朝廷及时而有力采取的民保措施,诗人也深感欣慰。

再如《长安老屋行》,诗人从自身的切实感受出发,描写自然灾害给民生带来的灾难。诗云:

> 七月八日秋雨大,长安老屋同时破。北风飒飒晓更号,铁骑雷硠满城过。街头老革妨熟睡,屋里娇儿损恶卧。后土干泥无一寸,穷巷瘦妻恰千个。老夫此时客古寺,目眙口嗫只无那。倏忽真令万象失,诡谲疑是百灵作。呜呼皇天苟如此,何不还家失饥饿。须臾门外天渐明,雨声未歇风声和。①

诗人以叙事口吻,将七月八日这一天的所见所感娓娓道来。起初,雨下得太大了,街边的老屋因此而坏掉。雨声夹杂着呼呼的风声,让人格外焦躁不安。露宿街头的老兵因为无处躲雨而不得安睡,人家屋里的小孩也被雨声搅扰得难以安静。"老夫此时客古

---

① (清)陈维崧:《陈维崧集》,上海古籍出版社 2010 年版,第 695 页。

寺，目眙口噤只无那"，"老夫"是诗人自指，"古寺"指长椿寺，是诗人此次进京暂栖之地。这样凄惨的情景直让诗人看得目瞪口呆，但却无可奈何。过了一段时间，大雨突然平息了，天空也变得明亮起来。面对这喜怒无常的天公脸色，诗人发出呐喊，"呜呼皇天苟如此，何不还家失饥饿"，诗人追问道，既然能如此随心而为，为何不对无家可归的穷人施以援手？在无效的祈求口吻中暗含着强烈的责备，实则间接表达了诗人深沉的忧民情怀。

陈维崧这次短暂的京城逗留终无所获，遂在秋末离开，既而"游兴入中原"，开启了一段中原情缘。斯时的中原地区，经过明末清初的长期战乱后，人口锐减，田地荒芜，社会经济遭到严重破坏。游走于中原各地，陈维崧既有机会接触到社会下层，也耳闻目睹了种种惨景。康熙九年（1670）五月初，陈维崧途经南阳，创作题为《南阳怀古》组诗八首。如其六写道："堵阳景物不胜愁，戍角征笳警败邮。老卒负墙谈战伐，乱冈凭碣记田畴。五更残月啼莺换，一片荒城赵水流。"① 这是诗人在裕州城边所见景象，令人悲愁：战争的痕迹清晰可见，桓碑林立，田畴无几。倚靠在墙边的老兵已经无家可归，还不断叙说着自己参加战争的旧事。面对此番情景，陈维崧哽咽难言，只得于哀叹中寄予关怀。这年岁末，诗人到达洛阳，"是时秋屑瑟，此地多兵争。残城积砲磨，废墓号狸狌"，一片萧瑟凄凉。所见"巩訾足崖谷，谽谺难为名。南登辕辕滑，西眺潼关晶。天险逼武牢，直视双目瞠。居民半陶复，不顾陵谷更。架空怖累棋，凿孔愁五丁。风景信幽谲，临风自歌赓"（《述怀寄季沧苇侍御即次其见赠百五十一原韵》）②。洛阳这一代的訾姓居民都傍山而居。一路前行中，诗人见证了他们的生存环境："居民数百家，伏处类巢穴。村虚幂巇岘，衡宇补凹凸。玲珑胜鬼工，妥贴俨地设。乃知般倕外，别自有巧拙。"（《巩

---

① （清）陈维崧：《陈维崧集》，上海古籍出版社2010年版，第729页。
② （清）陈维崧：《陈维崧集》，上海古籍出版社2010年版，第748页。

洛道中书所见》）①凿山而居，可见此处居民仍旧生活在封闭落后的原始状态。这里居民的生活状貌是："尽室颇淳熙，聚庐复精洁。嗷咷杂童穉，伛偻半鬐耄。娇女晓涂抹，瘦妻解补缀。春秋放鸡豚，早晚闭门阑。"这里民风淳朴，家家和睦，而且打扫得干干净净，非常整洁。小孩老人得到很好的照顾，妇女也懂得操持家务。这是一种仿若"世外桃源"的美好景象，但如此异于外界人类生活的居所实在让诗人咋舌。紧接着，诗的后半部分借居者之口道明原因："前朝昔丧乱，蛾贼起作孽。秦陇跳铜胫，楚豫潜草窃。峨峨洛阳道，千里大流血。妻奴饱刀巨，骸骨供蠚（薛虫）。鞠辽寰宇清，及见长枪灭。苟活幸至今，枯菀何区别。"因战乱频仍，天灾人祸不断，当地人只能世代隐匿于山谷里，与世隔绝，偷活至今，困苦不堪。

在游走中原期间，陈维崧眼目所接，心思所虑，皆围绕民生展开。所作诗文集中反映了诗人发自内心的民生情怀，蹈扬出诗人湖海般的英雄气概。最具典型性的便是呈现出如杜甫般幽深的忧国忧民情怀，如《二日雪不止》云：

新年雪压客年雪，昨日风吹今日风。飓声只欲发人屋，骇势若遭扬满空。

田夫龟手拾马矢，邻媪猬缩眠牛宫。安得普天免冻馁，白头蹇拙甘送穷。②

该诗作于康熙十一年（1672），"二日"即农历正月初二。诗的前四句描写天气情况。这一天，风啸雪狂得厉害，仿佛要将屋顶掀去，尘土满天飞扬。诗的后四句叙事抒怀。就在这样极端恶劣的天气里，农夫还在田地里徒手拾柴，以至手冻得干裂了；家中的妇人呢，因为无柴取暖，只能蜷缩在牛棚一角，等待丈夫的

---

① （清）陈维崧：《陈维崧集》，上海古籍出版社2010年版，第704页。
② （清）陈维崧：《陈维崧集》，上海古籍出版社2010年版，第780页。

回归。这俨然是一幅悲惨的农家受寒画面。诗人的内心因此受到强烈的震撼,直发出"安得普天免冻馁,白头蹇拙甘送穷"的呼喊,其境界堪与杜甫《茅屋为秋风所破歌》之"安得广厦千万间,大庇天下寒士俱欢颜……吾庐独破受冻死亦足"相媲美。本年冬,陈维崧回到故乡宜兴,在观赏雪景时也心系中原黎民。《咏雪用昌黎韵》云:"楚豫三年旱,淮扬阖郡灾。所忧关粟麦,谁免诉瓶罍。诗献当涂子,时需燮理才。雨工愁鳖蛰,旱魃怕琶琨。祝史休纷若,农官尚敬哉。我生寒到骨,欲语路无媒。襞绩辞空费,艰难志未恢。诗成惭剧肾,聊以斗婴孩。"① 面对天灾人祸,诗人痛心不已。一句"所忧关粟麦,谁免诉瓶罍"直指诗人心灵,诗人极欲作诗上奏为人民请命。可见,此时陈维崧的眼界不再仅仅局限于自己的穷寒生活,而是扩大到了普通的民生。的确,这是诗人历经沧桑坎坷之后思想成熟的表现,也使得作品呈现出一种前所未有的现实感和厚重感。

应该说,陈维崧对于民生的关怀是随着其自身的阶级身份的转变而加以显露的。即身份由最初的地主阶级转变为具有普通民众意识的布衣。康熙十七年(1678)间,陈维崧正是以布衣身份被举荐入京参加特科考试的。后虽进入职史馆工作,但其内心与当时上层的达官贵人公卿之流是格格不入的。他曾在诗中表露此种意识,如《冬日陪益都夫子善果寺看雪》记载:

皇州一望一千里,空明浩淼谁拦遮。西山乘雾失数堵,荆关粉本谁涂鸦。…黄扉燮理我夫子,凤耽禅喜精楞伽。…此时朱门正行酒,锦帷四面笼琵琶。花糕屡切落红雪,那顾后世嘲淫奢。何如我曹淡生活,不斟绿蚁惟斟茶。…风狂腊雪定为瑞,来年饥窭宁无涯。卓锥哂我语狂悖,一笑绝倒相轮斜。②

---

① (清)陈维崧:《陈维崧集》,上海古籍出版社2010年版,第784页。
② (清)陈维崧:《陈维崧集》,上海古籍出版社2010年版,第857页。

这是康熙十八年（1679）冬日的一天，陈维崧陪同座师冯溥赏冬雪所作诗篇。诗中描述富贵之家歌舞酒食的豪奢场面，与自己粗茶淡饭的简疏生活形成鲜明的对照，表达了诗人甘居平淡生活的心态。不仅如此，诗人更加关注天气对日常生活的影响，"风狂腊雪定为瑞，来年饥窘宁无涯"，诗人俨然将自己置于普通民众的一边，再次凸显其内心对民生关怀的一角。

陈维崧不仅在诗中描写社会现象，关心民生之苦，而且也将自己的穷寒凄惨状一一写入诗中，毫不遮掩。康熙九年（1670）是陈维崧游历中原的第二年，秋季，诗人南还途经怀州，有组诗感怀。《怀州岁暮感怀》其一云：

> 黛色凭栏指顾收，太行斜压郡西头。城连沁水喧河北，雪积云中冷泽州。
>
> 落落可怜边塞客，栖栖还作稻粱谋。何当快马嘶风去，老作三关万里愁。①

诗人在外飘荡多年，时常感到疲倦，曾自称"悲秋倦客"。诗的前四句写景，首联写诗人登上高楼，倚靠在阑干上手指目视，远方巍峨高耸的太行山脉尽入眼帘。颔联接着写这一带的城连地势，"城连沁水喧河北，雪积云中冷泽州"，从此望去，河水穿城而过，大雪覆盖了整个州县，气势茫阔。后四句抒怀，"边塞客"是诗人自指，联系生平，陈维崧未曾出塞边疆，此处显然属于借用，暗指自己怀有雄心抱负，欲有一番作为。"稻粱谋"化用杜甫诗意，出自《同诸公登慈恩寺塔》"君看随阳雁，各有稻粱谋"句，本指禽鸟寻觅食物，借用为形容人为谋求衣食的状态犹如鸟兽，此为诗人自道。从意义而言，"落落"与"栖栖"以形容词性的叠词互现将诗人的窘迫之态尽显；而"边塞客"与"稻粱谋"

---

① （清）陈维崧：《陈维崧集》，上海古籍出版社2010年版，第752页。

的身份对照,则在矛盾统一的二元维度中引出最后一联诗人的立志,气魄豪迈。

陈维崧曾作《雨雪不止和杜陵〈后苦寒行二首〉示叔岱梁紫》,诗云:

> 荒村凛冽人迹绝,昨雪嵯峨伴今雪。千条檐溜只揨门,化作虬枝敲不折。
> 群鸦欺我屋昏黑,公然噪呼口流血,老夫髯张更眦裂。(其一)
> 楼北阴森多宰木,挟以寒风号我屋。三年忍冻皮肉僵,多谢故人半当轴。
> 我生时命一何酷。客冬骑马冲流澌,河深冰滑心自知。(其二)①

这是陈维崧典型的学杜体诗篇。诗作于康熙十年(1671)冬天,从康熙七年(1668)秋至此,陈维崧辗转中原已有三个年头。"三年忍冻皮肉僵,多谢故人半当轴"精准地概括了诗人三年间的生命状态,穷寒之士落魄不已。诗的主题即是表现自己此一时段穷愁潦倒的艰难生活状态。诗的语词、情感格调都极力模仿杜诗,诗意化用,如"群鸦欺我屋昏黑,公然噪呼口流血,老夫髯张更眦裂"句,显然化用自"南村群童欺我老无力,忍能对面为盗贼。公然抱茅入竹去,唇焦口燥呼不得,归来倚杖自叹息",境界堪称一致。"我生时命一何酷"是诗人心底再次发出的呐喊,深冬的夜晚,独自骑马行走在路上,不难想见此时此刻诗人内心的孤独悲凉。这一年的年末,诗人滞留睢阳,不得归乡,年末作组诗剖白心迹,抒发情怀。试看《岁暮客居自述仿渭南体,柬知我数公》前三首:

---

① (清)陈维崧:《陈维崧集》,上海古籍出版社2010年版,第770页。

此生自断只由天,僦屋睢阳也偶然。闶喜墙头赊秋过,慵贪床脚拨书眠。

定辜旧隐梅花约,判结他乡柏酒缘。总苦差强穷塞主,阴山雪窖十多年。(谓陆子玄、吴汉槎诸子)

三间老屋朔风啼,土炕灰堆掩蔟藜。懒极诗瓢凭压叠,贫来酱瓿累提携。

晴央阿段晨编栅,雨走奴星暮乞酰。自笑一生矜阔达,今年屏当到鸡栖。

三寸毛锥百不成,白头壁立笑浮名。姬愁腊尽催辞?,邻怪囊悭劝入城。

着眼乾坤偏倔侧,撑肠文籍漫膨脖。谁怜吴郡真男子,溷作中原卖饼伧。①

诗中拉杂许多,其中表达了诗人对吴兆骞等故人的挂念之情,又采用细节描写,刻画了自己寄人篱下、穷寒潦倒的种种凄惨情状。应该说,这样悲戚的生活状态是中年陈维崧所惯常的了,经过几年的艰辛奔波,诗人的情志都有了极大的扩充与提高。"自笑一生矜阔达",正是诗人历经人事冷暖、遭遇世态万象之后的心灵沉淀的结果。

直到晚年踏入仕途,陈维崧的物质生活一直是贫困不堪的,所谓"金门索米饥亦得",首先是居京赁屋于人声喧闹的街道边,居住环境十分恶劣。得官后"贫益奇",以致时时向同僚乞食(《柬同年李渭清兼申吃饼之约》)②。康熙二十年(1681)的除夕夜,诗人遭遇追债,"忽然勃溪满门限,煤逋米券纷嘈嘈。官今作人有阶职,何为瑟缩悭钱刀",邻人责难不无道理,诗人唯有恭敬作揖解释,"鞠躬缓颊谢不敏,我实贫薄天所操。今年纵去有来岁,尔

---

① (清)陈维崧:《陈维崧集》,上海古籍出版社2010年版,第776页。
② (清)陈维崧:《陈维崧集》,上海古籍出版社2010年版,第848页。

辈慎勿轻讥嘲"(《除夕钞战国策戏作长句》)①。诗人定下来年之约，岂不知已经没有来年了。就在下一年的五月，诗人终因疾病悲惨去世，至此结束了孤独贫寒的一生。有学者论断陈维崧的一生实质上是游幕乞食过活的一生。的确，贯穿于中老年生涯的四方奔波的苦楚正是陈维崧生命历程的重要组成部分。

第三节 陈维崧的题画诗

在陈维崧的生命历程中，扬州与京城是其中年至老年生涯的两个主要生活地。其间的诗文创作颇多，值得注意的一类便是题画诗，现存共60首。从内容上，大致可以分为三类。第一类便是参加王士禛为首的扬州唱和活动所作步韵唱和诗词，内容多与扬州、秦淮人事相关。如咏叹青溪遗事画册上所绘故明秦淮女子的组诗，借旧事表达了对旧朝追念不已的心绪。清初顺、康年间，文人画像活动趋于繁盛，有关这些画像的题咏也流行开来，成为文士名流社交活动的一项重要内容。在京师期间，陈维崧加入京官文学圈后，也创作了一些题文人画像诗。其本人为画主的《迦陵填词图》更是斯时康熙朝主要题咏对象之一。陈维崧的此类诗篇，主要是就画面景象及画主形象进行精细地描绘与歌颂，表现出自己对画主情志的赞赏态度，有的牵合自己的身世，表达相同志趣之所在。除了以上两类题诗外，陈维崧还有一类品画酬赠诗，主要是体现了其自身受到良好的家教熏染而养成的艺术修养所在。陈维崧曾明确说道："我家画扇百余轴，乃是仇沈文唐之妙笔。发袟能令波浪惊，披图解使蛟龙出。"对于"仇沈文唐"四大家的画作，陈维崧皆有诗述评，可见他对绘画艺术具有相当的鉴赏水平。下面分类论述之。

一 与秦淮旧梦主题有关的作品

陈维崧游走淮扬时期，时常与王士禛等人诗酒流连，所写诗篇

---

① （清）陈维崧：《陈维崧集》，上海古籍出版社2010年版，第942页。

自然与扬州（秦淮）等地的风物人情联系紧密。比如在扬州，王士禛所提倡和主题中较为著名的一种便是"青溪遗事"。清人余宾硕在《金陵览古》中记载了"青溪"一景，并描述了附着此景的美丽传说：

> 由桃叶渡而东北为青溪，其流九曲，上跨七桥。自杨溥城金陵，遂断而湮塞。按吴大帝赤乌四年，凿东渠，名青溪。……南朝鼎族多居其上。今西华门北有青溪小姑祠。《志》谓隋戮张丽华于青溪中桥。后人哀之，即其地立祠。祠中塑二女郎，其一孔贵嫔也。然在晋时乐府已有青溪小姑箜篌歌。①

事情发生于顺治十八年（1661）三月，王士禛因公出差至南京，时寓居丁继之家。期间丁氏曾为其讲述秦淮旧事，王遂作《秦淮杂诗》。《渔洋山人自撰年谱》卷上载惠栋注："山人至金陵，馆于布衣丁继之家。丁故居秦淮，距邀笛步数弓，山人往来赋诗其间。丁年七十有八，为人少习声伎，与歙县潘景升、福清林茂之游最稔，数出入南曲中，及见马湘兰、沙宛在之属，因为山人屡述曲中遗事，娓娓不倦。山人辄抚掌称善，掇拾其语入《秦淮杂诗》中。诗亦流丽悱恻，可咏可诵。"②返回扬州后，王士禛念念不忘，于是延请画家绘成了一幅《青溪遗事画册》。关于画册的形成，冯金伯《词苑萃编》卷一七记载王士禛自道云："仆囊居秦淮，听友人谈旧院遗事，不胜寒堙蔓草之感。因属好手画青溪遗事一册，阳羡生为题诗，仆复成小词八阕，程村倚和。春夜挑灯，回环吟叹，觉菖蒲北里，松柏西陵，风景宛然在目。"③可

---

① （清）余宾硕：《金陵览古》，瓜蒂庵藏明清掌故丛书，上海古籍出版社1983年版，第307—308页。
② 孙言诚点校：《王士禛年谱》，中华书局1992年版，第18页。
③ 唐圭璋编：《词话丛编》，中华书局1986年版，第218页。

见，画册因表"寒煙蔓草之感"而作。复有陈维崧为题诗和词。

王士禛自题《菩萨蛮·咏青溪遗事画册》八阕，陈维崧和邹祗谟、彭孙遹、董以宁等均有和作。该组同步唱和韵词，围绕"青溪遗事"展开，由八幅闺阁图画组成：乍遇、弈棋、私语、迷藏、弹琴、读书、潜窥、秘戏。因是据秦淮旧事所作，所以皆为尽态极妍的香艳之词。唱和主题为贵族女子爱情片断，写的是深闺中旖旎芬芳之追慕，馨香满袖之怀想，蕴含气派、身份、繁华和美丽[1]。词之外，陈维崧并作同题组诗《为阮亭题〈青溪遗事〉画册七首》。组诗以秦淮河畔的风光、人物作为描写对象，再现了秦淮旧地的人情物态，集中展现了秦淮女子的生活情貌。如第二首云，"绿窗棋局一尘无，小妹娇憨博进输。不道南风全不竞，恚将红子打檀奴"，主要写女子下棋之片段。"小妹娇憨博进输"，小妹因输了钱而假装生气，诗中通过"怒打情郎"的动作描写，刻画出该女子娇美可爱之态。第三首则着意描写一位歌妓春睡时的慵懒情态，"门里谢娘春睡懒，不知开到玉簪花"[2]，展现了此地女子生活习惯之一角。第六首则写众女群像，诗云："罗裙窸窣裛潇湘，匿笑争窥绣幔旁。六幅笙囊空似水，细闻声处断人肠。"[3] 分别从外貌、言语、动作等细节处展现女子戏水的可人情景。

论者曾谓，陈维崧的遭遇情怀颇与遗民张岱在《陶庵梦忆序》中所写的"因想余生平，繁华靡丽，过眼皆空，五十年来，总成一梦。今当黍熟黄粱，车旋蚁穴，当作如何消受！遥思往事，忆即书之"[4] 相通。细读陈维崧的步韵诗词，颇能体味。其中第四首尤值得拈出，诗云："东风院落不知愁，小捉迷藏绣带柔。忽忆侬家崇让宅，十年前事到心头。"[5] 此诗妙在用典。"崇让宅"意象源

---

[1] 刘东海：《顺康词坛王士禛首倡扬州多人步韵唱和考述》，《中华文史论丛》2013年第2期，第356页。
[2] （清）陈维崧：《陈维崧集》，上海古籍出版社2010年版，第595页。
[3] （清）陈维崧：《陈维崧集》，上海古籍出版社2010年版，第596页。
[4] （明）张岱：《张岱诗文集》，上海古籍出版社1991年版，第110页。
[5] （清）陈维崧：《陈维崧集》，上海古籍出版社2010年版，第596页。

自李商隐的诗作《正月崇让宅》，刘东海对此提出了自己的解释，他认为此处可作两种解释，"陈诗中'侬家崇让宅'：'侬'作'你'解时，通过同姓的联想专指王士禛府邸；'侬'作'我'解时，则是就陈维崧自己而言"①。与李商隐居住崇让宅的经历相似，陈维崧也曾经历富贵生活。他在《王西樵炊闻卮语序》自述："少年生在甲族，中外悉强盛，小楼前后捉迷藏，及黄昏微雨画帘垂诸景状，往往有之。今虽迟暮矣，然而梦回酒醒，崇让宅中，光延坊底，二十年旧事耿耿于心，庶几不死而犹一遇也。"② 这段话是陈维崧为王士禄词集作序时感伤自己的身世，序文约作于康熙三年。"二十年旧事"即指明崇祯十七年（1644）的甲申国难，"二十年旧事耿耿于心，庶几不死而犹"，魂牵梦绕的旧朝思绪原来一直埋藏于诗人的内心深处。陈维崧少年读书处是亳村浩然堂，堂东面又有开远堂（《满庭芳·亳村旧宅之东有屋一区名开远堂，堂颇宏敞，乃先农部伯父别业也。堂久不存，门内且赁为酒肆矣，赋此感志》）。这些宅第像极了当年的"崇让宅"。易代之祸，导致陈氏基业破散，正如陈维崧自叹的："繁华事，行人说。凄凉债，今生结。"风雅往事缠绕在他的心中久久不能忘怀，因此在依题唱和的群体创作中，便极显明地表达出属于自己的个体情怀。可以说，陈维崧是有意的，是有意咏叹青溪遗事画册上所绘故明秦淮女子旖旎之情态，以达到追念旧朝之风骚怀抱。如此，"侬家崇让宅"便含具了一种久煀深酿的醇厚诗意，恰合地反映了陈维崧在创作"青溪遗事画册"诗词时的旧臣心态。

陈维崧还有一组七绝组诗《题旧院图为王贻上赋》③。旧院，余怀《板桥杂记》记载："旧院，人称曲中，前门对武定桥，后门在钞库街。妓家鳞次，比屋而居，屋宇精洁，绝非尘境。"④ "旧院

---

① 刘东海：《顺康词坛王士禛首倡扬州多人步韵唱和考述》，《中华文史论丛》2013年第2期。
② （清）陈维崧：《陈维崧集》，上海古籍出版社2010年版，第48页。
③ （清）陈维崧：《陈维崧诗》，广陵书社2006年版，第543页。
④ （清）余怀：《板桥杂记》，南京出版社2006年版，第9页。

与贡院遥对,仅隔一河,原为才子佳人而设。逢秋风桂子之年,四方应试者毕集,结驷连骑,选色征歌。转车子之喉,按阳阿之舞。院本之笙歌合奏,回舟之一水皆香。或邀旬日之欢,或订百年之约。蒲桃架下,戏掷金钱。芍药栏边,闲抛玉马,此平康之盛事,乃文战之外篇。迨夫士也色荒,女兮情倦,忽裘敝而金尽,亦遂欢寡而愁殷,虽设阱者之恒情,实冶游者所深戒也。青楼薄幸,彼例人哉。"① 该组诗亦是围绕秦淮旧院的人情风物展开描写,诗的内容多与《为阮亭题〈青溪遗事〉画册七首》相重合,疑为同时所作。

二 京师唱和,以画会友

清初顺治、康熙年间,文人画像活动趋于繁盛。纵览清初名士专集,题画诗词都占据了重要的篇目。嘉庆著名藏书家顾修所辑《读画斋偶辑》附录一卷,可窥清初盛世画廊之一隅。该辑辑刻国初名士11幅画像,包括朱彝尊《烟雨归耕图》《竹垞图》《小长芦图》《豆棚销夏图》,李良年《灌园图》,李符《庐山行脚图》,朱昆田《月波吹笛图》以及新城王士禛《载书图》、阳羡陈维崧《填词图》、长洲尤侗《竹林晏坐图》、德州田雯《秋泛图》。斯时,有关这些著名画像的唱和活动是多而频繁的。居京期间,陈维崧亦加入京官文学圈,参与集体题图活动。值得一提的是,其本人为画主的《迦陵填词图》更是成为其时康熙朝主要题咏对象之一。对此,清人陈康祺《郎潜纪闻四笔》中"康熙朝三图"条记载:

  康熙朝,海内老辈传有三图:一为朱竹垞《烟雨归耕图》,一为李秋锦《灌园图》,一为陈迦陵《填词图》。盖三君皆命世才,仗剑出门,穷老尽气。所交皆天下奇士,胸中郁律不可一世,一题一咏,其诗词尽古今之瓌宝也。②

---

① (清)余怀:《板桥杂记》,南京出版社2006年版,第11页。
② (清)陈康祺:《郎潜纪闻四笔》,中华书局1990年版,第104页。

下面分述与陈维崧相关的画作及题诗情况：

（一）《灌园图》

图主为李良年。李良年（1635—1694），初名法远，字武曾，浙江秀水（今嘉兴市）人。明诸生，着有《秋锦山房集》。关于此图面貌，毛文芳考证云："原画为设色手卷，目前藏于私家，无缘得见。笔者幸寻获顾修《读画斋偶辑》摹印之《灌园图》图版，图像可见一斑。""画面采取左右延展的构图，近景为空阔的土坡，上有散列的菜蔬，一个比例偏小的写意人物正弯身把锄耗地，土坡之后为山石密林，右方为大树遮荫的竹篱茅舍两间。"① 关于此图作者，原画题款为："灌园图，文点为武曾制。"文点，字与也，江南长洲人，为文徵明五世孙，工诗擅画，画史称其笔致细秀，松竹小品尤佳。该图约作于康熙七年（1668）春，时文点负艺游于京师，名动公卿，李良年此年进京，得遇文点，遂请其为作图。关于此图的绘制原由，汪琬《灌园图记》记载："嘉兴李子武曾谋灌园长水之上，因乞其友文与也先为之图，且告之曰：'年非欲为名高者也。年母老矣，盖将归而求数亩之地以遂吾养焉。'此图所以志也。"② 可见，李良年是请画家文点把自己归乡求地以养母的愿望画在了图中。康熙七年（1668）秋，陈维崧到达京师时，李良年已先在，遂得见此图。陈维崧为之题诗，作《为李武曾题灌园图》。诗云：

森森南湖畔，闻君旧隐存。西风一以到，黄叶响空园。
客子久于役，邻翁为掩门。披图重回首，怊怅复何言。③

李氏此图之所以成为当时众人争相题咏的对象，正在于图画所

---

① 毛文芳：《汪琬〈灌园图〉之伦理意涵》，《中国散文研究 中国古代散文国际学术研讨会论文集》，凤凰出版社2011年版，第656页。
② 毛文芳：《汪琬〈灌园图〉之伦理意涵》，《中国散文研究 中国古代散文国际学术研讨会论文集》，凤凰出版社2011年版，第659页。
③ （清）陈维崧：《陈维崧集》，上海古籍出版社2010年版，第702页。

传达出的伦理意义,即"灌园养母"的主题。参看原图后选录诸家题咏,陈维崧之诗并不在其中,但他题画作诗的角度亦是咏赞其归隐之意。陈诗的前四句就画面着笔,描绘出李良年旧居及其周围环境。南湖,是李良年当年隐居地所载。后四句抒发感慨。"客子"当指李良年,"客子久于役"正是李良年后来自述"数载客殊方,飘若风转篷"(《酬别华阴王山史关中天生兄》)的行动写照;结尾两句"披图重回首,怊怅复何言",正与首二句形成对照。如今面对画作,远在京城的诗人悲伤之情溢于言表。想到内心深处的归隐灌园之愿还不能实现,心情自是惆怅而无言以对。

李良年在《酬别华阴王山史关中天生兄》一诗中也亲述《灌园图》及其画面内容:

> 我有数尺画,长洲文点作。老屋三重茅,清渠妙疏沦。隔浦驻渔舟,垂杨蔽山郭。中有抱瓮子,萧然守耕凿。长镵挂青蓑,红藤倚芒屩。俯仰川岩间,置身殊不恶。……数载客殊方,飘若风转篷。春阳忽满眼,雏莺上檐角。闲来展此图,恐负平生约。……览图各枉句,相期在岩壑。①

李良年曾于康熙七年(1668)与康熙十八年(1679)两次进京。从诗的结尾句,"努力副高言,明当去京洛"可以判断,这首诗大约作于他第二次入京前不久。而他是带着这幅画再入京城的。诗中将画面内容娓娓道出,并述及作画的思想寄托。可见,归乡灌园、奉养老母,是李氏的终极愿望。但在眼下,这种愿望是不能实现了,"闲来展此图,恐负平生约""览图各枉句,相期在岩壑"数语,即是他对自己即将离家与心愿难遂的纠结心理的描述。

(二)《雪滩濯足图》

同是表征个人志向,李良年借《灌园图》表达的是仕途中意

---

① (清)李良年:《秋锦山房集》,《清代诗文集汇编》第137册,上海古籍出版社2010年版,第424页。

于归隐的情思，而《雪滩濯足图》传递的则是遗民隐士形象的人格魅力。

《雪滩濯足图》图主顾有孝（1619—1689），字茂伦，晚号雪滩钓叟、雪滩头陀，为愤激的遗民转型成名士的代表性人物。顾氏前期常以"恒饥非士耻，道丧乃为贫"自勉勉人，他深以"叹子固同调，心迩若比邻。笠泽千顷波，照见两逋民"（《和陶寄毛子晋》）为高蹈自豪。当历经"哀笳不与魂俱断，清漏偏将恨比长"（《感兴》）的离乱生涯后，顾有孝与许多遗民一样，"更从何处问沧浪"的迷茫感久久挥之不去①。进入康熙朝后，顾氏把选诗当作自己的事业，广交四方名士。此幅《雪滩濯足图》即是对其晚年形态的生动刻画。关于此图来源，据邓之诚《骨董琐记全编》记载："吴江杨和，工绣佛，用发代线，号为墨绣。女沈关关能传其伎，兼绣山水人物，尝为同邑顾茂伦绣《雪滩濯足图》，过江人士，以不与题词为恨。"②《明诗综》中亦有相关记载。"过江人士，以不与题词为恨"，当时即有陈维崧、朱彝尊等四十余人为此图题诗。这种情形，正如严迪昌先生所论："一方面说明顾有孝后期声名愈显，已成诗界耆宿，韵事班首；但另一方面也表征着这位人称'穷孟尝'的遗民诗人身上闲逸淡散的风习日浓。"③诚如严先生所论，题诗也主要围绕这两方面展开。

如陈维崧《题顾茂伦濯足图》诗云：

顾生顾生尔胡有，足不上白玉阶，亦不践黄金阙。半酣以后旁无人，笑谓王侯脱吾袜。又胡不着高屐踏倡家楼，趿珠履游公子门。胡为芒屩日躠躠，此中有鬼愁心魂。君不见太湖万顷水云白，喧豗恶浪日崩渚。其上嵌空多怪石，翻身失脚八千尺，踏着即是蛟龙宅。顾生大笑吾何求，一生兀臬百不愁。

---

① 严迪昌：《清诗史》，人民文学出版社2011年版，第243页。
② 邓之诚：《骨董琐记全编》，中华书局2008年版，第163页。
③ 严迪昌：《清诗史》，人民文学出版社2011年版，第244页。

金盆盛酒污吾足，斥之濯向春波流。语君辄洗且归去，渔歌渺渺前湾暮。①

陈诗不就画面着笔，而是以人物先入。整首诗的构思落笔是巧妙的，诗人不采用正面描述，而是以连续的问句形式间接表明"濯足"的行为："足不上白玉阶，亦不践黄金阙""不着高屐踏倡家楼"。面对诗人疑惑连连的三次发问，顾生"一生兀鼻百不愁"的回答却是简洁而有力，即放声宣扬了自己高傲倔强、不与浑浊世俗同流合污的真性情。这当是世人意料之中的。如清人朱鹤龄《题〈顾茂伦濯足图〉》"有白水其源，饮之不死，是若木所荫被也，玉禾之所敷荣也"②诸句便描绘出顾生濯足的水样。这正为我们注解了顾茂伦品性如白水般高洁，与陈维崧诗中顾生"金盆盛酒污吾足，斥之濯向春波流"的自释互为映照。

回到陈诗来看，整首诗采用人物对话的方式展开，实际为我们描述了全幅淡泊名利、不为权贵所羁绊的放浪隐士的人物形象。在陈维崧看来，这正是顾生遮掩其内心愁绪的独有方式。题诗之外，陈维崧尚有同题词作。《浪淘沙·题园次收纶濯足图》词云：

滟滪几千堆，溅雪轰雷。巨鳌映日挟山来。舞鬣扬鬐争跋浪，昼夜喧豗。濯足碧溪隈，一笑沿洄。龙窝蛟窟莫相猜。我有珊瑚杆不用，不是无才。③

与题诗不同，陈词显得简洁而明确。词笔直接从画面着手。上片写景，围绕"滟滪堆"展开。滟滪堆是长江瞿塘峡口的一处险滩，宋乐史《太平寰宇记》卷一百四十八记载："滟滪堆，周回二

---

① （清）陈维崧：《陈维崧集》，上海古籍出版社2010年版，第650页。
② （清）朱鹤龄：《愚庵小集》，《文津阁四库全书》第440册，商务印书馆2005年版，第374页。
③ （清）陈维崧：《陈维崧集》，上海古籍出版社2010年版，第1046页。

十丈,在(夔)州西南二百步,蜀江中心,瞿塘峡口。冬水浅,屹然露百余尺。夏水涨,没数十丈,其状如马,舟人不敢进。谚曰:'滟滪大如朴,瞿塘不可触;滟滪大如马,瞿塘不可下;滟滪大如鳖,瞿塘行舟绝;滟滪大如龟,瞿塘不可窥。'"① 陈维崧词的上片即描绘出此滩的险恶状,渲染了人物生存环境之恶劣。下片叙事抒怀,描写顾生在溪水边濯足的心态。"龙窝蛟窟莫相猜",面对眼前的惊涛骇浪,他决然不为所动,只报以微微一笑,淡然之至。最后一句"我有珊瑚杆不用,不是无才"为全词点题之笔。一个"我"的出现,将全幅词情的视角转移到顾生身上,悉见其自负之至。表现了其不恃才华,急流勇退,甘于隐居的淡泊心态。

陈维崧词中专就濯足画面进行写意,用词达意似乎都是从画中人的角度出发,很少见出作者本人强烈的情感态度。而在朱彝尊的题词中,却鲜明地表达了词作者本人强烈的思归情绪。《迈陂塘·题顾茂伦雪滩濯足图,图为松陵女子沈关关所绣》词云:

更无须,调铅吮粉,神针绣出天巧。江村自是科头惯,不用雨巾风帽,木叶少。向独树疏阴,添个渔童小,三高绝倒。笑浅菊莎边,闲鸥矶畔,千载有同调。

蓬门在,深径客来频扫。东篱颇厌枯槁。香山诗卷牛腰重,六十平头木老。贫也好,那似我,黄尘六月长安道。秋风举棹,问斜日鲈香,卜邻定许,归计已先料。②

朱词的上片也是就画像着笔。首先对沈关关的高超绣艺进行了赞扬,称其为"神针绣出天巧"。绣图之精致程度亦能想见。接着对人物所处环境等进行了诗意般的描写。"江村自是科头惯,不用雨巾风帽",可见,画图中的人物是没有戴帽子的。在树荫下,一个小童侍立于其左右,再看周围,"浅菊莎边,闲鸥矶畔",溪边

---

① (宋)乐史:《太平寰宇记》,中华书局2007年版,第2875页。
② (清)朱彝尊:《曝书亭集》,国学整理社1937年版,第320页。

有野菊花、鸥鸟相伴，鸟语花香，一派融洽氛围。下片描绘人物在江边的清贫生活。"蓬门在，深径客来频扫。东篱颇厌枯槁"。"贫也好，那似我，黄尘六月长安道"，笔锋一转，由画中人移情于自己。自然巧妙地描绘画图，实际表达的却是题词者对此种生活的向往之情。所谓"归计已先料"，从此诱发的归隐情绪已十分明显。

以陈维崧与朱彝尊的同题诗词相较，可以发现，陈维崧诗词语调颇带轻偕的特点。以题图诗采用的是七言歌行体，语言颇似醉后放浪语，而又句句是实情，如李白歌行式的飘逸放荡，而自始至终贯穿着至情。题图词中仍然延续了豪放不羁的语言风格。就表情达意而言，似比朱词更能穷形尽相地传达出顾茂伦晚年的姿态与心态。这样遣词造句的诗词情调，在一定程度上，亦是陈维崧本人因身世处境的关系而有意为之。

（三）《石坞山房图》

王咸中的《石坞山房图》当时也为众人题和对象之一。王申荀，字咸中，苏州府吴县人，王鏊六世孙。石坞山房建筑在尧峰山山麓，汤斌在《石坞山房图记》中记载："王子咸中旧家吴市，有亭台池馆之胜，一旦携家卜邻，构楼橼于尧峰之麓。"结尾处道："咸中志趣卓然，其所讲未可量，或亦非仅仅裴迪比，后人见之而向慕当何如也？故为之记。"[1] 点明房主志趣所在。

康熙十八年（1679），因博学宏词科考，四方名士齐聚京师，多为此画题作，如施闰章《石坞山房诗为王咸中作》、王士禛《遥题王咸中石坞山房四首》、吴雯《遥题王咸中石坞山房》、查慎行《石坞山庄为王咸中赋，即送其南归》等。陈维崧为作七言古诗《题石坞山房图为王咸中赋》[2]，诗的前半部分围绕"石坞山房"展开叙述。诗篇的开头叙述题诗缘由，并引出自己对石坞山的怀念之情。石坞山是陈维崧的旧识，他少年时跟随学习经义的钱吉

---

[1] 申远初选注：《元明清文选》，太白文艺出版社2004年版，第298页。
[2] （清）陈维崧：《陈维崧集》，上海古籍出版社2010年版，第834页。

士老师即在石坞山间居住,所以称"石坞溪山我旧识","忆我从师受经义,总角训诂研书辞。师家正嵌尧峰巇,连山骇若奔涛驰。"接着,诗人以追忆的笔法描绘出心目中所熟悉的石坞山水形象,"渔村桥舍雨漠漠,药苗橘刺烟差差。稻畦积叠炼师帔,芋亩错置仙人棋。""山下石湖更清泚,东风吹皱黄玻璃。"烟雨蒙蒙中,山间的村庄依稀可辨,放眼看去,层次错落有致的稻田像是披在道人身上的彩衣,姿态婉娈的芋头树又像是神仙摆出的棋局。山下,则是清澈见底的石湖水,在春风吹拂下,湖水泛起黄色波纹,甚是好看。闭目想象,此图此景可谓是美景如画,引人入胜。诗的后半部分诗人笔锋一转,叙述当前情事,写王咸中购买此山及后来的经历,"闻君斥买数弓地,架屋恰在山之陲","山灵苦君恶嘲弄,令汝无故来京师"。如今,王氏拿着图画来到陈维崧面前,对画倾诉"怀乡之悲",出于对对方的理解,陈维崧心有嗟叹,给予友人以宽慰,"家山大好合归去,看画讵必真疗饥。只愁山神要君恼,乱云封谷归难期。"作为有着同样遭际的同僚友人,陈维崧的劝慰既直白又真实。陈维崧此诗旨在表述"归思难期"之事实,以纪实的态度,采用追忆的方式,引出所题对象,但整首诗篇中并未将笔致精细地落于对画图内容的详实描绘。从自己的亲身经历中写出图画形象,恰与眼前图画相应。写如今的石坞山,以及王咸中似不情愿的京宦现状,笔法时有幽默诙谐。关于此图,李良年作有七绝组诗《题王咸中石坞山房图卷十一首》,主要内容则纯是展现石坞山房风光秀丽之姿态,而人文关怀较为疏淡。

除以上所述,康熙朝京城文人有名的题作对象还有乔莱的《桃花流水图》等,现存原图真迹,画面并载诸人题咏,陈维崧诗亦在其中[1]。正如在本节开头所述,这些一画多题的写作活动实属京城文人文化生活情趣的一方面展示,画主以理想模式身入图里,

---

[1] (清)陈维崧:《陈维崧集》,上海古籍出版社2010年版,第854页。

其旨归或意图往往确定下来,因此从题作主题的表现及意义延伸而言,呈现出很大程度上的趋同性,实为此一文化圈内人士身份确认的标志之一。

三 品画酬赠诗

陈维崧对明末清初有名的画家及画技是比较熟悉的,这从他在题画诗中就画作进行笔法或内容的品评可以看出。这与其家庭传统有密切关系。陈维崧先辈家藏颇丰,仅画扇就百余件,"我家画扇百余轴,乃是仇沈文唐之妙笔。发袱能令波浪惊,披图解使蛟龙出"(《赠阶六叔》),陈维崧自注言"先处士有画扇百余,皆系一时墨妙,《楼山集》中书画扇记是也。后归吾叔,近亦散失"。"仇沈文唐"是指仇英、沈周、文徵明、唐寅,他们四人皆是明代著名画家,被称为"明四家"。关于这四人的画作,陈维崧皆有相关的题诗。陈贞慧生前藏有《仇十洲雪舫图》,陈维崧诗云:

> 本朝画师谁最雄,周臣仇英称矫出。十洲下笔更奇妙,砑矾抹绛擅奇逸。边鸾花鸟徽宗鹰,画马古推韩干能。仇也点缀颇不屑,兴酣直追曹不兴。吾家神迹数雪舫,有时独挂高堂上。丹粉漫漶皴剔工,细致之中饶老放。一翁蓑笠扣小舷,拂银披素神萧然。画楼中妇理砚墨,意思若与诗翁连。嗟乎世人昧画理,谁解将身入图里。(《文杏斋五友歌》)[1]

诗中所提周臣、仇英皆是明代著名画家,二人为师生关系。仇英,号十洲,陈维崧诗中前八句概写仇英画作的艺术地位,"兴酣直追曹不兴",堪与前代画家相媲美。陈家所藏仇英雪舫图,今不见记载,"丹粉漫漶皴剔工,细致之中饶老放",从陈维崧的描写中,可见画家用笔设色呈现出模糊之态,细笔与粗笔相交替使用,使得整幅图画呈现出一种宁静致远的深厚意味。而图画内容正与

---

[1] (清)陈维崧:《陈维崧集》,上海古籍出版社2010年版,第1710页。

画笔色调一致,画面中有两位人物,一老翁一奴婢,"一翁蓑笠扣小舷,拂银披素神萧然。画楼中妇理砚墨,意思若与诗翁连",人物形神闲适而自在,人物之间形成了和谐之美。最后一句是诗人发出的自身感慨,诗人被画面深深吸引,也显然参透了画中之趣,领悟了其"画理"所在,直至表达了自己"将身入图里"的愿望。

沈周,字启南,明代"吴门画派"代表人物,陈维崧曾作《题沈启南松竹梅图》为乡人曹荩臣祝寿,诗云:

> 堂上老松状殊怪,苍皮翠鬣形狡狯。疏梅疑是和靖种,瘦竹亦是湖州派。画之者谁沈启南,写此挂向山中庵。帧首作诗以自寿,此意澹荡谁能参。先生六十健无比,粉壁亦悬此幛子。自笑盘中惟苜蓿,共说门下皆桃李。我知先生真丈夫,盛年讵肯甘菰芦。好将曹霸丹青手,重画凌空天马图。①

诗歌起笔直入画面,分别描述松、竹、梅各自的形态,"堂上老松状殊怪,苍皮翠鬣形狡狯。疏梅疑是和靖种,瘦竹亦是湖州派",首先从形态、颜色的角度写松,体现了画家"用笔老健"的特点。而对于梅花和竹子的特点则直接点出其画法渊源,亦是对画技特点的精确概括。接着,诗人道出作者,并述画意,"画之者谁沈启南,写此挂向山中庵。帧首作诗以自寿,此意澹荡谁能参",沈周作此画,本意是自赏,彰显的是画家澹泊明志的心境与处世态度。如今,前辈乡人自挂此画,其自喻之意不待言说,"盛年讵肯甘菰芦"表达的是一种壮志未泯、老有所为的精神气格。在这首诗中,陈维崧直笔描绘画面,品评画家的画艺,诗人自身的情感经验是不曾介入的,这即是周绚隆先生所谓题画"实用性功能"实现的一种方式②。而正是在理解画作的艺术特点和传递意指后,题画者才能进行切合当下人、事的合理创作。唐寅,为沈

---

① (清)陈维崧:《陈维崧集》,上海古籍出版社 2010 年版,第 676 页。
② 周绚隆:《陈维崧年谱》,人民出版社 2012 年版,第 793 页。

周弟子，同为吴门画派的代表人物。陈维崧曾于友人王士禛处得见其《绿杨红杏图》，题诗云：

  关仝细皴作点染，吴绫滑腻元如脂。心知此是六如笔，瞠目直视徒嗟咨。嗟乎六如本豪士，少年献赋黄金墀。斜风细雨长杨馆，烂醉铜街要马骑。老来蹭蹬几欲死，乡里小儿呼画师。昌门笑挽徐昌穀，拍手狂歌无不为。(《题唐六如绿杨红杏图为阮亭属赋》)①

这段是对唐寅《绿杨红杏图》的画理及其本人的描述。其中，"关仝细皴作点染，吴绫滑腻元如脂"二句，是对唐寅画作的总的评述。关仝，五代后梁画家，与荆浩、董源、巨然并称五代、北宋间四大山水画家。其擅画山水，勾皴之笔简括生动，被誉为"笔愈简而气愈壮，景愈少而意愈长"。"细皴点染"是画法，"皴"是中国画技法之一，是指涂出物体纹理或阴阳向背。"吴绫滑腻元如脂"写该画所用的材料"吴绫"的质地，由此可以想象画面中景物呈现出的流动光华之感。此二句意在说明唐寅画的特点既吸取了前代画家的笔法，又出于己意，形成新的画风，使画中的皴擦之法，别具细劲流动之趣。

居京期间，陈维崧还对文征明的画作进行过赏析。文征明初名璧，以字行，更字征仲，号衡山居士，江南长洲人。在送别高念东还淄川时，陈维崧曾作诗对文征明《雪景图》进行了一番描绘：

  谁铺硬纸写急雪，雪与水墨交珑玲。六花初放未全猛，漠漠洒洒浮长空。俄焉风势拗而怒，鞺鞳珠玉纷撞舂。大寒胶雪雪成块，颠崖踣谷声轰隆。先朝待诏妙擩染，价压董巨高关仝。②

---

① (清)陈维崧：《陈维崧集》，上海古籍出版社2010年版，第569页。
② (清)陈维崧：《陈维崧集》，上海古籍出版社2010年版，第903页。

陈维崧首先以想象之笔对画图中静态的雪进行了动态美的描绘,落脚点在一个"急"字:雪初下,洋洋洒洒从天而降,弥漫了整个天空。不一会儿,随着风势愈来愈猛烈,雪花趁势也飘荡起来,如珠玉相撞,互相冲击,仿佛能够听得见清脆的碰撞声。温度越来越低,雪花凝结成大片雪块,震动得整个悬崖山谷都轰轰隆隆作响。诗人神思飞扬,仿佛看到了画家挥毫作画的全过程。那么,能够给诗人以如此之生动想象力描绘的图画作者是谁呢?"先朝待诏妙擩染,价压董巨高关仝"。文征明54岁时以岁贡生诣吏部试,授翰林院待诏,世称"文待诏"。董、巨、关仝是五代十国时期山水画作的杰出代表,关仝是北方山水画派的代表人物,开创了独特的构图形式,善于描写雄伟壮美的全景式山水。董源、巨然是江南山水画派的代表人物,善于表现江南景色,体现风雨的变化。文征明早年画风严谨,中年较为粗放,晚年渐趋醇正,而得清润自然之致。他的画颇受时人重视,《吴郡丹青志·妙品志》载:"(征明)晚岁德尊行成,海宇钦慕,缣素山积,喧溢里门。寸图才出,千临百摹,家藏市售,真赝纵横。"[1] "价压董巨高关仝"则正是陈维崧对文衡山地位及画作价值的高度赞扬。与题松竹梅图相比较,维崧该诗的作法不同,诗人不是单纯描绘眼前所见静态画像,而是充分发挥想象,运用联想的方式写出动态雪的过程。这即是周绚隆所论述的陈维崧题画词的实用性功能的第二种实现方式,不是简单地停留在评画的层面,而是"运用联想的方式扩大画面意境,使人在视觉感知的范围之外能获得更多的经验"[2]。于诗亦然,在陈维崧笔下,"雪"有"急","风"有"怒",事物一下子活动起来,读完这段文字,在我们的脑海中浮现出一幅风雪交加的动态场景,而这正是诗人展开想象所达到的效果。

---

[1] 王世襄:《中国画论研究》,生活·读书·新知三联书店2013年版,第263页。
[2] 周绚隆:《陈维崧年谱》,人民出版社2012年版,第795页。

第三章　陈维崧诗歌的思想内容　127

除以上对有关明四大家的画作题诗外，陈维崧还有诗题前人画。如康熙十二年（1671）九月，在商丘，陈维崧与宋荦兄弟游处，曾题《宋徽宗画鹰图》。诗中有云：

> 东京艮岳全萧瑟，此图还是徽宗笔。断墨零纨风格苍，画图飒爽森开张。锦池旁识太师印，臣京细楷注两行。御押棱棱如蚕尾，依稀"天下一人字"。墨崩半落不落云，纸湿将倾未倾水。呜呼丹青有道鹰有神，此物趫捷真绝伦。（《宋徽宗画鹰歌为宋景炎吏部赋》）①

此图为商丘宋炌（宋荦弟）所藏。诗篇一起笔首先点明画作者及他的地位。据载，宋徽宗赵佶作画，"用意兼有顾、陆、曹、吴、荆、关、李、范之长；花竹翎毛，专徐熙、黄筌父子之美"（张澄澄《画广遗录》）②。陈诗中"断墨零纨风格苍，画图飒爽森开张"即是对赵佶在此画中体现出的艺术手法的评价，其用笔断续相接，其风格苍老，笔法飒爽，画面寥廓纵横。赵佶的瘦金体字尤其著名，其绘画押款为"天下第一人"，诗中"天下一人字"即指此而言。"呜呼丹青有道鹰有神，此物趫捷真绝伦"则是陈维崧抒发观画的直观感受，画中之鹰眼神犀利，炯炯有神，它身形矫健敏捷，无与伦比，站在枝头，俯视下界，仿佛随时做好了捕捉猎物的准备。透过画面的形象，我们依稀可见徽宗水墨渲染的笔力所在。陈维崧还有诗题自藏图画，诗云：

> 明纱三尺铺秋水，绀垩翠壁空中起。谁将妙手擅丹青，黄鹤山樵契画理。路转疑从毛女家，溪洄恍是桃园里。图中道路知几千，春风深碧何芊绵。绿萝之屋层崖颠，白衣掩映青林边。溪前松花覆深井，舍后修行鸣红泉。

---

① （清）陈维崧：《陈维崧集》，上海古籍出版社2010年版，第768页。
② 刘继才：《中国题画诗发展史》，辽宁人民出版社2010年版，第183页。

披图四顾心茫然，凌风便欲寻羽仙。此图风流绝世传，山樵一去三百年。画图千古垂云烟，更忆山阳泪如霰。延陵赠缟绨袍恋，酒垆还向图中见。(《题黄鹤山樵清弁图》)①

陈维崧此画从友人处得来，诗末自注"此图为吴枫隐先生所赠"。画作内容便是元代王蒙所作《清弁图》。王蒙（1301—1385），字明叔，号黄鹤山樵，是元初著名画家赵孟𫖯外孙，被称为元四家之一。陈维崧所见《清弁图》应指王蒙晚年（约1366年）所作《青卞隐居图》（现藏于上海博物馆），此图所表现的是浙江的卞山风貌。卞山一名弁山，高出云霄，山石莹然如玉，下有玲珑山，石皆嵌空。上有三岩，即碧岩、秀岩、云岩。董其昌曾泊舟山下，赞叹王蒙"能为此山传神写照"。陈维崧诗意明显分为两部分，第一部分，诗从该画所用的材料"明纱"入手，对画面的内容进行了诗意的赏评。画面中道路蜿蜒曲折，错综复杂，引人联想，仿佛这是从仙界绵延而来的天路，春风吹拂林中树，遮掩得道路忽隐忽现，呈现出"芊绵"之态。最后四句是对画中人物及其居所环境的具体勾勒，画家身着一袭白衣站立在林边，身后即是高耸入云的层层山崖。溪水边，松树花落遮盖了水井；屋后头，细窄的小路边瀑布从高山直泻而下。这是雄拔与秀丽并存的人间仙境，犹如陶渊明笔下的世外桃源般静谧、自然，即使不看原作，通过诗人的笔触，我们也能够从中想见画面的内容。诗作至此并没有完结，后半部分接着写诗人因画而思的感慨："画图千古垂云烟，更忆山阳泪如霰。延陵赠缟绨袍恋，酒垆还向图中见。"这样超尘世外的人物与境界，直让观画人心生向往之情。

第四节　陈维崧的写景咏物诗

陈维崧现存诗集中纯粹的写景咏物诗数量不是很多，写作时间

---

① （清）陈维崧：《陈维崧诗》，广陵书社2006年版，第160页。

也比较集中。除了在上节分析其咏物诗中抒发乡关之情外,还有一些写景咏物诗体现了诗人对自然景物本身的热爱之情。论者曾将咏物诗分为两大类,认为其中一类便是"纯粹咏物,抒发人对物的喜爱、赞美等感情的赋体咏物诗",此类诗往往如实地描绘或描写出物象本身,展现其自然之态。如陈维崧有一首五绝,《秋日泛水绘园洗钵池》云:"秋水滑于绫,量之不能尺。女儿语篙师,何似罗裙白。"①"秋水滑于绫""何似罗裙白",描写洗钵池水丝滑的质地与洁白的颜色,刻画出秋水轻柔之态以及在秋日照耀下所泛出的波光粼粼的色彩。五绝诗体短小,用语简练,但往往饶有意味。如此诗中,仅写水之质与色,诗人泛舟的愉快心情便溢于言表。而更多的咏物诗则是比兴类诗,不是单纯地吟咏物象,重点在于借自然物象表达创作者的主观情怀,是为"诗言志"一类。这类诗歌的描写内容与所要表现的人的精神内涵是相互连通的。由于咏物诗往往与吟咏物象直接相关,人们就更加关注这一类作品能否借物抒情、言志。成功的咏物诗往往要通过咏物来表达诗人深沉的感慨与深刻的思想,表现诗人对人生的理解和对社会的认识等。如清纪昀《〈瀛奎律髓〉刊误》卷三五《华严院此君亭》评语云:"咏物无比兴,不免肤浅"②,就提倡这类有内涵指向的创作。

陈维崧的一些短章绝句不乏佳作,避免了直笔铺写的浅显之弊。如少作《咏烛》云:

宝穗结铜盘,春宵宛转看。煎时侬最苦,灭后婿逾欢。
金剪宁除泪,银屏巧障寒。更衣羞见汝,为尔避人难。③

诗题写蜡烛,诗中则未见一"烛"字。"侬"这一通常出现在

---

① (清)陈维崧:《陈维崧集》,上海古籍出版社2010年版,第545页。
② (元)方回:《〈瀛奎律髓〉刊误》,武汉出版社2008年版,第961页。
③ (清)陈维崧:《陈维崧诗》,广陵书社2006年版,第350页。

民歌中指称"你"的代词,在此处代指蜡烛。"煎时侬最苦,灭后婿逾欢",蜡烛燃烧着的时候,给人带来光亮,自己倍受煎熬之痛。待被吹熄后,更是给人们带去极大的欢愉,其奉献精神之伟大见于此。"更衣羞见汝,为尔避人难",则是写在某些日常活动中,人们面对蜡烛略带羞涩之情,以至现出无计可施之窘状。就是这样,物与我之间往往形成了一种相互牵制的作用力。此种效果的实现途径便是赋予无生命之蜡烛以人性。诗人娓娓道来,并不觉生涩,反而将一种简单却深刻的道理寓于自然平淡的字句中加以展现。在诗人的笔下,生活中的所见所闻常常能够触动诗人心灵深处的悲悯情感。如《凫茨》云:

采采凫茨去,城东土一抔。游童谣尽验,搜粟尉仍来。何处金丸逐,相看画角哀。炊烟萧瑟甚,间巷落秋槐。①

凫茨,即荸荠,古时多野生。荒年或青黄不接之时,贫苦农民采之以充饥。这首诗中值得玩味处在中间四句。妙在用典。其中,"游童谣尽验,搜粟尉仍来"化用语典。"游童谣",班固《两都赋》:"礼上下而接山川,究休佑之所用,采游童之欢谣,第从臣之嘉颂。"②《列子》:"尧理天下五十年,不知天下理欤乱欤。尧乃微服,游于康衢,闻儿童谣曰:'立我蒸人,莫非尔极。不识不知,顺帝之则。'"班固借"游童之欢谣"表赞誉之意。意谓其世同于尧时,天下承平。陈维崧此处实为反用其语意。既然天下太平,那么人民安居乐业,官民相安无事,才是应有的样子。事实呢,却是无奈官府暴政不断。"搜粟尉",南宋晁公溯《嵩山集》卷十二《次刘机将仕韵》:"承平玉烛四时和,处处惟闻击壤歌。富国不须搜粟尉,劝民当应力田科。"清人毛奇龄《寄山右方伯》诗中也有"经国不须搜粟尉,安疆重藉富民侯"之句,表达的都

---

① (清)陈维崧:《陈维崧诗》,广陵书社2006年版,第338页。
② (宋)范晔:《后汉书》,中华书局2014年版,第399页。

是一种以农为本的民本思想。陈维崧却道"搜粟尉仍来",反用其意,以表讽喻。在强烈的对比中,为民代言,谴责了这种官府迫害生民,以致民不聊生的现实状况。"何处金丸逐,相看画角哀"化用事典。出自"韩嫣好弹"的故事。晋葛洪《西京杂记》卷四记载:"韩嫣好弹,常以金为丸,所失者日有十余。长安为之语曰:'苦饥寒,逐金丸'。"① 故事中充满了恶富济贫的反讽意味。陈维崧反用其意,表达的是贫民实际生活中的饥寒不堪之状。转承此意,全诗的结尾处回到现实,以哀景作结。"炊烟萧瑟甚,间巷落秋槐"两句描写秋天傍晚的凄凉景象,以哀景表哀情,则哀景更伤,哀情更悲。诗人选取炊烟与秋槐两个典型意象总结全诗的悲悯之慨,体现了诗人对现实社会中不平等现象的批判,是诗人民生情怀的一种深度展现。

陈维崧还有描写禽鸟的组诗,也蕴含着丰富的思想意义。如《咏鸟杂诗》其一"画眉":

搦管忽不乐,含凄似有因。情多还尔辈,家远只斯人。
闺阁关河外,乾坤载伐辰。呼名休避忌,儿女亦天真。②

这组诗是陈维崧初到如皋时所作。一起笔,诗人就介绍了自己的心情:"搦管忽不乐,含凄似有因"。本来伏案写作,忽然间感到心情不高兴了,这是为什么呢?接下来两句即道明原因,"情多还尔辈,家远只斯人",诗人大概是听到了画眉鸟的叫声。这凄凄之音勾起了自己的思乡之情,乡思突发,而诗笔难继。诗的后四句接写此种情绪的延展,时空相隔的远方,正是诗人所思念的妻子儿女,若想念就直接大声呼喊出对方的名字好了。诗题虽为咏画眉鸟,诗笔所及却是由此牵发出的诗人浓浓的思乡之情,这种瞬间引发的情思表达正是借着诗人的联想手法表现出来的。又如

---

① (晋)葛洪:《西京杂记》,三秦出版社2005年版,第175页。
② (清)陈维崧:《陈维崧诗》,广陵书社2006年版,第364页。

其二"白头翁"云：

> 如此竟白头，谁令尔尚存。忧生同贾谊，解唱似汪伦。
> 对汝真三叹，怜君敢一言。古来催皓首，只为稻粱恩。①

比起上首诗，这首诗的思想内涵就更加丰富了。首句既写鸟，"尔"指白头翁鸟，是诗人的倾吐对象，又以鸟之白头暗合人之衰年。"忧生同贾谊，解唱似汪伦"为用典警句。"忧生同贾谊"，西汉贾谊因遭权贵毁谤而被贬长沙，忧居期间写了《鵩鸟赋》，表达自己贬谪生涯的惶恐不安状。"解唱似汪伦"化用李白诗。汪伦是李白的一位友人，其意化自李白《赠汪伦》之"忽听岸上踏歌声""不及汪伦送我情"。合而观之，陈维崧的这两句诗，一说生命状态，一说亲密情谊。好似在对鸟说：眼下世事沧桑多变，还好有你的鸣叫声相伴，如解我意，宽慰我心。诗歌的后半首感情递进一层，话题也更加沉重。"汝"指白头翁鸟，"君"为诗人自指。在这忧生多难的世道，诗人唯有对鸟哀叹，可怜自己却不能像你一样说出心中之志。只如今，头白年老，奔走江湖也只是为谋生所迫罢了。整首诗采用人与鸟的对话形式，犹如诗人在对一位友人话衷肠，实际表达的是诗人忧生叹嗟的深沉内心。再如其三"斑鸠"云：

> 亦有飞腾意，其如误此生。色分湘岸竹，调激楚妃筝。
> 失计身原拙，相呼妇有情。隔笼鹦鹉在，对汝作聪明。②

诗歌的前六句对主要描写对象斑鸠进行了书写。"亦有飞腾意，其如误此生"，写出这是一只被关在笼子里丧失腾飞机会的失意斑鸠。"色分湘岸竹，调激楚妃筝"，巧妙的比喻手法，描绘出

---

① （清）陈维崧：《陈维崧诗》，广陵书社2006年版，第364页。
② （清）陈维崧：《陈维崧诗》，广陵书社2006年版，第364页。

这只斑鸠鸟有着好看的翠绿色的羽毛和好听的清脆空灵的鸣叫声。"失计身原拙,相呼妇有情",自然生灵也是有情有意,有美好追求的,如若不是失策被抓,想来是该与它的爱慕者成双成对的。"隔笼鹦鹉在,对汝作聪明","汝",你,指斑鸠。鹦鹉学舌,习惯为人所豢养,摆出一副聪明过人的样子。结尾句以鹦鹉出之,为的是进行对比描写,实指聪明的原本不聪明,并无真正的可炫耀之处。此诗原无深意,写两只被关在笼子里的鸟儿不同的生活情态,通过将其人格化,借指两种不同状态的人类生存境遇,也使得这首简单的咏物诗含有一丝动物寓言诗的味道,值得深味。

康熙三年(1664),陈维崧创作了一系列的名物律诗,颇有可观处。如《邻莺》云:

> 借得枝头宿,飘零别五湖。有情论旧事,能语累微躯。
> 风急声还断,墙高听转无。邻家居不易,缄口是良图。①

读罢此诗,我们眼前仿佛浮现出寒风中莺啼枝头的画面,又仿佛看见诗人独自微叹的无奈身影。的确,就在此年,陈维崧离开家乡,游荡于扬州与如皋之间。全诗写莺,实为句句写人。"借得枝头宿,飘零别五湖"中,"五湖"即太湖,此处指诗人的家乡所在地。"枝头宿"刻画出诗人离开家乡在外飘荡、四处寄居的情态。中间四句"有情论旧事,能语累微躯。风急声还断,墙高听转无",表面写莺,实则暗指诗人艰辛的生活环境。结尾两句"邻家居不易,缄口是良图",字面写莺并邻而居、不敢自由言语的情形,实则是诗人辗转流落、寄人篱下的畏惧心态的委曲表达。在另一首五律中,诗人同样是采用拟人化的手法,借写物表达一己情怀。《暮春皆山庭砌菊生》诗云:

---

① (清)陈维崧:《陈维崧集》,上海古籍出版社2010年版,第577页。

> 芽菊当春暮，偏惊物态新。江城无老伴，霜雪认前身。
> 违俗生何早，逢时气不驯。寄言桃李辈，相傍莫相嗔。①

此篇为陈维崧托物言志代表作。采用对比描写手法，写早开的菊花与桃李花儿的对话。"违俗生何早，逢时气不驯"，芽菊的早发并不是故意为之，虽然违背了约定俗成的时间，但拜托桃李花儿们莫要嘲笑，众花儿要和睦相处才是啊。写物实为写人，将菊花、桃李花儿拟人化，芽菊早于时节的开放及其遭遇，实是写诗人自己生不逢时的感叹，以及飘落江湖孤苦伶仃的愁态。希望桃李辈"相傍莫相嗔"，表达了诗人愿与世俗和谐相处的美好愿望。

陈维崧有赏花的爱好，自言"野人一生负花癖""信宿看花我不辞，逢花欲去更何之"（《过仲衡西村看牡丹同恭士叔岱梁紫子万弟赋》）。在居家及游走期间，诗人常与友人饮酒聚会，流连花下。有的诗篇表达了自己对花的由衷喜爱之情，如感谢友人赠花的诗《恭士折牡丹一枝见贻，走笔寄而绝句》：

> 野夫见花狂欲死，一枝折寄劳相将。游蜂落絮故相恼，不是诗人底许忙。
> 燧人陵畔开千朵，微子城南放几枝。凭谁寄语徐卿道，不分看花头白时。②

诗中描写了城郭内河畔花开盛况，诗人感谢友人及时送来好花相赏。"见花狂欲死"虽为夸张之词，却见出诗人嗜花程度之深。前贤杜甫也有诗谈到对花的态度，他在《绝句漫兴》的第九首说："不是爱花即肯死，只恐花尽老相催。繁枝容易纷纷落，嫩叶商量细细开"③，表达了爱花怕花飞的忧惧心理，反映出人对自然界美

---

① （清）陈维崧：《陈维崧集》，上海古籍出版社2010年版，第684页。
② （清）陈维崧：《陈维崧集》，上海古籍出版社2010年版，第716页。
③ （清）钱谦益：《钱注杜诗》，上海古籍出版社2009年版，第406页。

好事物的赏赖心理。陈维崧亦是如此。看花的乐趣,常常在于醉倒花下,忘却现实的痛苦。如陈维崧《上巳后二日雨集黄珍百宾月楼分得十五删韵二首》之二云:"辛夷花落解禊后,酒伴相牵讵肯还。花经沾湿态偏好,觞到欢呶人自闲。"① 在与老友欢聚畅饮的情境下,诗人暂时忘却了因家庭纠纷而带来的苦恼。在这繁花盛开的春日,生命的意识被唤醒,生活的希望被点燃。有的诗篇借赏花之际表达内心的深沉之思。如《和几士兄过周文夏园亭看牡丹之作》云:

绕柱循廊槛阁新,不堪车过又残春。记为嵇阮林中客,曾吐笙歌座上茵。

莺语正圆如话旧,好花将谢倍愁人。何须浪作存亡感,飞燕昭阳迹尚存。②

此诗写于康熙七年诗人居家期间。诗的首联对应题目,点明赏花的时间、地点。颔联"记为嵇阮林中客,曾吐笙歌座上茵",触景生情,回忆往昔。陈维崧与故友经常于林中花下诗酒流连,行迹犹如林中七贤。往事一幕幕,令人回味不已。颈联"莺语正圆如话旧,好花将谢倍愁人",转写眼前景物。耳边的莺啼,眼中的美花,从听觉与视觉两方面表达惆怅之情。圆润清亮的莺叫声,仿佛诉说着昔日的美好,牡丹花开终将凋零,更加使人惆怅不已。想到这里,诗人不禁思绪飞扬。惆怅啊,但未消沉至极,反出之以自我宽解,心生积极。花开花谢乃自然界中的物理常态,与人事相较,则往往着意显示出人类生命状态的不堪与痛苦。显然,陈维崧是清楚地认识到了这一点,所以才说"何须浪作存亡感"。

陈维崧晚年居京期间,常与同僚在丰台观赏芍药。有诗记载赏花情形,《丰台看花歌》诗云:

---

① (清)陈维崧:《陈维崧集》,上海古籍出版社2010年版,第680页。
② (清)陈维崧:《陈维崧集》,上海古籍出版社2010年版,第683页。

>南人为园种花蕊,北花只在野田里。园里栽花爱惜多,花时其奈狂风何。田里栽花不如草,偏到开时花倍好。燕市风光谷雨余,丰台芍药弄晴初。绝怜紫艳红香队,不在高楼小院居。畴醉曲栏供掩映,谁添软幔助扶疏。空村细雨行人摘,破庙斜阳野叟锄。
>
>今年偶向花间走,狼藉娇香一回首。人世遭逢亦复然,沉吟且进杯中酒。更忆睢阳看牡丹,鞓红欧碧望中宽。我怜青帝千堆锦,人作神农百草看。刈去宋清帘底卖,捆归扁鹊市中摊。将花持比南中菜,菜亦南中有人爱。君不见四月东吴赏菜花,千围绣幄灿朝霞。此间芍药如泥贱,苦荬瓜蒌共一车。①

诗的前半部分围绕芍药花的身世展开描写。首先从南北两地芍药花的悬殊遭际写起。"南人为园种花蕊,北花只在野田里",南方的芍药花养在花园中,北方的芍药花长在田野里。长成后,花的结果恰好相反:"田里栽花不如草,偏到开时花倍好"。很显然,一个"偏"字透露出诗人对北地芍药花的喜爱之情。自然地引出下文对丰台芍药花的描写:"绝怜紫艳红香队,不在高楼小院居。畴醉曲栏供掩映,谁添软幔助扶疏。空村细雨行人摘,破庙斜阳野叟锄。"姹紫嫣红的芍药花让人心生怜爱。它不是种植在城市人家,而是随意盛开在人迹罕至的村落庙宇旁。盛开时节,也只有偶尔经过的路人会采摘。常常是在夕阳西下的片刻,有好心的农夫来铲除杂草。诗人是用充满人情味的悲悯眼光看待它的,"绝怜"一词尤其表明诗人强烈的怜惜之情达到极点。以花拟人,暗指芍药实在不该有如此的遭遇。诗歌的后半部分紧承上文,抒发感慨。首先,眼前"狼藉娇香"的芍药花引发诗人联想。所谓"人世遭逢亦复然",人花虽异世,而其理相通。接着,诗人引入睢阳牡丹花与东吴菜花的描写。中州牡丹皮常常是人们入药的好

---

① (清)陈维崧:《陈维崧集》,上海古籍出版社2010年版,第915页。

物，东吴四月盛开的油菜花常常是人们观赏的首选。两者受人眷顾爱怜的程度之深与丰台芍药"苦荬瓜蒌共一车""如泥贱"的遭遇形成鲜明对比,表达了诗人对芍药花的无限怜惜之情。

最后来简要探讨陈维崧写景咏物诗中的情感体验。在写景观物的过程中,诗人常常将自己的情感、情绪等投射到客观的物象之中,使其具有与主体相同或相似的情感体验。陈维崧在一些近体诗中常因眼前之景而触动内心情愫,如《垂虹桥》《莺脰湖》两首即为借景抒情佳作。如《垂虹桥》诗云:

晴川晓郭碧萋萋,突兀官桥控大堤。十里彩梁鸣鹳鹤,三秋金堰锁鲸鲵。

气蒸震泽湖声合,路人菰城草色齐。独倚亦阑愁落日,此身亲在海天西。①

"垂虹桥",一名"利往桥",俗称"长桥"。在江苏吴江县松陵镇上,跨太湖支流塘河。宋祝穆《方舆胜览·平江府》"垂虹亭"引宋米芾诗:"断云一叶洞庭帆,玉破鲈鱼霜破柑。好作新诗继桑苎,垂虹秋色满东南。"② 又:"垂虹桥,……东西千余尺,用木万计,前临具区(太湖),横绝松陵,湖光海气,荡漾一色,乃三吴之绝景,桥之中有亭曰垂虹……郑毅夫诗:三百阑干锁画桥,行人波上踏琼瑶,……路直凿开元气白,影寒压破大江豪。此中自是银河接,不必仙槎八月高。"③ 从以上诗文记载可见此桥形态之优美。陈维崧此诗也写得激昂澎湃。首联为远景描写,交代大桥独特的地理位置。颔联"十里彩梁鸣鹳鹤,三秋金堰锁鲸鲵",具体描绘桥身的姿态,色彩斑斓。颈联"气蒸震泽湖声合,路人

---

① (清)陈维崧:《陈维崧诗》,广陵书社2006年版,第406页。
② (宋)祝穆撰,(宋)祝洙增订,施和金点校:《方舆胜览》,中华书局2003年版,第37页。
③ 钱玉林、黄丽丽主编:《中华传统文化辞典》,上海大学出版社2009年版,第174页。

菰城草色齐",则是具象描写桥下的湖水及邻城景象。其中,"气蒸震泽湖声合"化用唐孟浩然《望洞庭湖赠张丞相》"气蒸云梦泽,波撼岳阳城"之句意。通过对洞庭湖畔的联想可以想见此垂虹桥湖的壮阔气势。尾联情势陡转,"独倚亦阑愁落日,此身亲在海天西"。面对此幅宏大震撼之壮观场景,诗人于夕阳西下之际倚栏而望,愁从中出,抒发了深沉的身世之慨。整篇诗情即景生,情景契合,相融无间。再如《莺脰湖》诗云:

  檇李重游入画图,清江一望更踟蹰。黄鹂欲语春潮急,紫燕将归夜月孤。
  袤袤村墟纷雁鹜,萧萧泽国乱菰蒲。故园花落行将半,独对东风莺脰湖。①

莺脰湖,在江苏省吴江县南四十里,北接太湖。"天目东流之水,至荻塘会灿溪水并出平望,汇于此。其形似莺脰,故名。"② 诗一起笔便将人物情绪透露出来:"入图画""更踟蹰",故地重游,诗人内心踟蹰不已。接着,中间四句写所"望"之画面。这是一幅由八种意象组合而成的湖景图。诗人巧妙地采用拟人与对仗的修辞手法将这些意象有意义地组合在一起。如前两句"黄鹂欲语春潮急,紫燕将归夜月孤",从时令的纵向维度写起:黄鹂鸟儿欢快地鸣叫起来,牵动着潮水翻腾起来,而燕子的暗夜返巢暗示着夜空中的明月将无人作伴。索漠之情暗自生起。所谓"以我观物,物皆着我之色彩",这两句看似写实,实则是诗人由眼前桥亭湖景引发的诗意联想。在此情景下,诗人进而选取的描写物象,如"村墟""雁鹜""泽国""菰蒲"等,皆非明亮积极,而是略带凄凉之色。这又自然地导引出诗人在尾联的触景生情。诗人由眼前花飞燕舞的纷繁场景联想到故乡此时落花纷纷的场景,一个

---

 ① (清)陈维崧:《陈维崧诗》,广陵书社2006年版,第406页。
 ② 段木干:《中外地名大辞典》,人文出版社1981年版,第5405页。

"独对"将诗人客游在外的孤独悲戚之感宣泄殆尽。至此,情与景自然融合连接在一起。

关于诗歌中情与景两端的密切关系,清人王夫之有着精辟的分析,他说:"情景名为二,而实不可离。神于诗者,妙合无垠。"① 又道:"关情者景,自与情为珀芥也。情景虽有在心在物之分,而景生情,情生景,哀乐之触,荣悴之迎,互藏其宅。天情物理,可哀而可乐,用之无穷,流而不滞,穷且滞者不知尔。"② 所谓"情景妙合,风格自上",情与景的交融,堪称诗歌所表现出来的上乘境界。我们试看陈维崧的一首五言诗,《春日过闻湛上人寺楼》云:

楼外即春山,山晴意更闲。鸟声沉寺磬,花影扣禅关。
便觉离言说,谁堪共往还。晚归忘曳杖,乘月弄潺湲。③

诗的前四句写景,描写登楼所见景象。诗的后四句写人,描述登山又下山的经历。诗中虽没有直言人物的情感,但"句句景语皆情语"。对景色诗意般的描绘,正是诗人有情为之。这种情思淡淡吐露,却极为醇厚。全诗即以"春山""鸟声""花影"等意象的描绘衬托出人物当下的闲适心情。情蕴于景,淡化无痕,言有尽而意无穷。颇有一种让人流连忘己的禅丝深意。

陈维崧的景物诗还应该提到他的《秋柳四首和王贻上韵》④。顺治十七年(1660)十月,陈维崧在扬州初识王士禛,组诗即作于当时。王士禛的原作本已为众人熟知,为时人广泛唱和。诗歌模糊不定的主题意义也成为人们争相讨论的议题。这种风气随着王士禛的南下而传到江南。组诗名为秋柳,而陈诗中并未仅就秋

---

① (清)王夫之等撰:《清诗话》,上海古籍出版社2015年版,第10页。
② (清)王夫之等撰:《清诗话》,上海古籍出版社2015年版,第6页。
③ (清)陈维崧:《陈维崧集》,上海古籍出版社2010年版,第679页。
④ (清)陈维崧:《陈维崧诗》,广陵书社2006年版,第439页。

柳这一物象本身展开描写,更多的是借写柳枝而表达更广泛的思想感情。刘利侠曾论:"咏物诗可分为两大类:'一、纯粹咏物,抒发人对物的喜爱、赞美等感情的赋体咏物诗;二、抒发人自我情感的比兴体咏物诗。'""若要细分,第二类咏物诗又可分为:一、感物而发(兴)的兴体;二、借物喻人(比)的比体;三、既有物感的因素,人与物之间又有一定的比类关系的比兴混合体。"① 陈维崧此诗则属于比兴体咏物诗的第三类,既写秋柳本身,又由秋柳感发出人事兴叹。组诗在手法上表现为"立象尽意"。如第一首:

> 暮霭荒原镇断魂,枝枝瘦影锁横门。依然和月多眉妩,何处临风少泪痕。
> 千尺苹花流水岸,几家枫树夕阳村。江南子弟头都白,青眼窥人忍再论。②

诗篇一开始便以"暮霭荒原"的物象作为起兴,明白道出悲伤之情,以"瘦影"代替秋柳本身,写出其形态。颔联"依然和月多眉妩,何处临风少泪痕",则以拟人手法,描摹物态,尽抒离愁别绪。颈联转而描写远近的两处典型景物苹花和枫树,流水落花皆无情,夕阳西下晚朝天,暗伤迟暮之感。尾联明白写人,"江南子弟"实为诗人自指,"青眼"则是运用阮籍典故,写身世遭遇。《晋书》卷四十九列传第十九载:"阮籍,字嗣宗,陈留尉氏人也。""籍又能为青白眼,见礼俗之士,以白眼对之。及嵇喜来吊,籍作白眼,喜不怿而退。喜弟康闻之,乃赍酒挟琴造焉,籍大悦,乃见青眼。由是礼法之士疾之若雠,而帝每保护之。"③ 陈

---

① 刘利侠:《清初咏物诗研究》,博士学位论文,陕西师范大学,2011年。
② (清)陈维崧:《陈维崧集》,上海古籍出版社2010年版,第1738页。
③ 商务印书馆四库全书工作委员会编:《晋书》,《文津阁四库全书》史部正史类88册,商务印书馆2005年版,第774页。

维崧在此化用其意,意思是说自己不像前人那样恃才放旷,待人也都是出于同样的真诚态度,但即使是如此,也没有人肯来垂青自己,伤心无奈直至无言再论,暗含对时光易逝而无所作为的惋惜之情。又如第二首:

> 平明帘幕落青霜,剩得轻阴满曲塘。似尔陌头还拂地,有人楼上怕开箱。
> 可怜古戍苏兼李,不见朱门谢与王。若问一春攀折处,钿辕斜过善和坊。①

首联写天刚刚亮的时候,帘幕上落满了秋霜,疏淡的树荫遮盖了池塘水面。颔联"似尔陌头还拂地,有人楼上怕开箱",将人与柳进行对照,一个"怕"字将楼上少妇的悄怅心态展露无遗。第三联则转为抒发悲古之情,"古戍苏兼李",苏武与李陵,"朱门谢与王",王谢子弟也已成往事。诗人吊古人,伤往昔,悲叹曾经的武功业绩与繁华富贵竟也一去不复返了。尾联情绪再转,回到现实中与柳有关的描写。"善和坊",唐代范摅《云溪友议》载:"崔涯者,吴楚之狂生也,与张祜齐名。每题一诗于娼肆,无不诵之于衢路……祜涯久在维扬,天下晏清,篇词纵逸,贵达钦惮,呼吸风生,颇畅此时之意也。赠端端(李端端)诗曰:'觅得黄骝鞁绣鞍,善和坊里取端端,扬州近日浑相诧,一朵能行白牡丹。'"② 后因以"善和坊"指士人冶游赋诗之地。尾联即用此典事比附如今文人雅游之盛况。清人袁枚曾就该组诗的有意创新作出评论:"咏物已难,而和前人之韵则更难。近惟陈其年之和王新城《秋柳》,奇丽川方伯之和高青邱《梅花》,能不袭旧语,而自出新裁。"(《随园诗话》)③ 这样的评价无疑是对陈维崧创作成绩的高度认可。

---

① (清)陈维崧:《陈维崧集》,上海古籍出版社 2010 年版,第 1738 页。
② (唐)范摅:《云溪友议》,古典文学出版社 1957 年版,第 32 页。
③ (清)袁枚:《随园诗话》,人民文学出版社 1982 年版,第 25 页。

第四章

陈维崧的乐府诗和古近体诗

明末清初时期,不少文人对古乐府诗创作持有批判态度,如侯方域、王士禛等。与时人不同,陈维崧别有新调。他在《与宋尚木论诗书》一文中强调,古乐府诗的创作须要发挥作者才情之主观效用,"以为才情之士,不妨模范,用见倩眄耳"。在《胡二斋拟古乐府序》中,陈维崧进一步明确提出了"别裁伪体,直举天怀"的具体观点,主张模范古人,并非拟古不化,重在创新性。

第一节 陈维崧的乐府诗创作

陈维崧的乐府诗篇现存《湖海楼诗稿》中,共193首。包括"汉铙歌十八曲"20首,"西曲"29题56首,"神弦歌"11题17首,"梁鼓角横吹曲"17题54首及"吴声歌曲"21题46首。关于乐府诗的创作,陈维崧经历了一个由模拟写作到摸索创新,直至抒写心声的渐进过程。在这个过程中,他从自己的实际创作出发,提出了"别裁伪体,直举天怀"的创新原则,具有一定的理论性高度。

一 古乐府诗创作

陈维崧早年曾跟随云间陈子龙学诗。对此,他在《许漱石诗集序》中有明确自述:"忆余十四五时,学诗于云间陈黄门先生,于诗之情与声十审其六七矣。"①《行路难》诗中自述:"昔年十四五,染翰为乐府。颇着行路辞,聊以告辛苦。"② 可见,陈维崧创作乐府诗即以十四五岁为开端。

创作初期,陈维崧的乐府作品受到陈子龙的深刻影响,大抵不出其囿,极尽模拟原作之态。在具体作法上,陈维崧模拟原作的作品,往往取用原标题,仿照原作的内容、情感及旨归等,尽量将自己化作原作的作者而身临其境。如《巫山高》《思悲翁》《白头吟》等皆属此类。如汉乐府本辞《巫山高》:

> 巫山高,高以大;淮水深,难以逝。我欲东归,害梁不为?我集无高曳,水何[梁]汤汤回回。临水远望,泣下沾衣。远道之人心思归,谓之何!③

宋郭茂倩《乐府解题》:"古词言,江淮水深,无梁可度,临水远望,思归而已。"说明这是一首抒写游子怀乡思归的诗作。诗中描写了一个身在异地、漂泊难归的游子,站在淮河边上遥望故乡的情景。再看陈维崧的拟作《巫山高》:

> 巫山高,自言高。江水深,自言深。膧膧膊膊,往来反复。梁害焉臧,水深焉穀。回回山冈,客行彷徨。狐嗥上头,熊舐两傍。君有两心思归之,人谓之何妃呼豨。④

陈诗采用了与原诗一致的语词语调,甚至叙述的顺序都是一致的。此类作品亦步亦趋地仿效原作内容、情感,所以创作者自身的情感渗入是很少的。又如《将进酒》原辞:"将进酒,乘大白。辨

---

① (清)陈维崧:《陈维崧集》,上海古籍出版社2010年版,第18页。
② (清)陈维崧:《陈维崧诗》,广陵书社2006年版,第36页。
③ (宋)郭茂倩:《乐府诗集》,中华书局1979年版,第228页。
④ (清)陈维崧:《陈维崧诗》,广陵书社2006年版,第3页。

加哉,诗审搏。放故歌,心所作。同阴气,诗悉索。使禹良工观者苦。"宋郭茂倩《乐府解题》:古词曰"'将进酒,乘大白。'大略以饮酒放歌为言。"① 可见,"饮酒放歌"为本辞旨归。再看陈维崧同题拟作《将进酒》:"将进酒,浮大爵。肴旨哉,无萧索。搏拊陈,悉索举。良工歌,心所苦。谁使观者心悲乎。"② 应该说,陈维崧初期的乐府创作首先是出于自己对古乐府的喜爱。他在《杜辍耕哭弟诗序》一文自言:"尝读乐府《上留田行》,见其缠绵恺恻,恳挚沉吟,未尝不临文浩叹,莫能去怀。及观陈思王《怨歌行》,寄兴《金縢》,寓言管蔡,又何其动人至是也。甚矣,友于同气之际深矣哉!"③ "友于同气"正是陈维崧喜爱并写出大量乐府诗的感情基础。加之陈子龙复古诗学思想的影响加持,使得陈维崧在后期的学习过程中,能够进一步物为我用,借乐府体制来传达自己内心的情思。

值得注意的是,初期的作品虽多为模仿原作,表达了与原作者相近的情感格调,但在具体的写作手法上却不尽相同。如有的作品是在原文基础上的扩写,以《有所思》为例,诗云:

> 有所思,乃在大江东。何用问遗君,金钗双盘龙。闻君有一心,金钗亦成双。金钗不成双,南亦一大江,北亦一大江。投钗大江中,不复烧成灰,当令君心自思之。相思之人不足道,鸡鸣狗吠何用兄嫂为。若复相思,还君此钗,反袂以障之。风从江南来,江南之风一何多。④

在不改变原作主旨的基础上,陈诗用较多的笔墨来描述"投钗"过程。"闻君有一心,金钗亦成双。金钗不成双,南亦一大江,北亦一大江。投钗大江中,不复烧成灰,当令君心自思之",这样繁复的

---

① (宋)郭茂倩:《乐府诗集》,中华书局1979年版,第228页。
② (清)陈维崧:《陈维崧诗》,广陵书社2006年版,第3页。
③ (清)陈维崧:《陈维崧集》,上海古籍出版社2010年版,第35页。
④ (清)陈维崧:《陈维崧诗》,广陵书社2006年版,第4页。

话语替代了原文"摧烧瑻簪""当风扬其灰"的简洁描述。诗的结尾处也不似原文的语气用词那样唯一的决绝。相比较而言,陈诗用语颇为婉转,所描写女子形象尽显柔婉之态,更多了一份诗情描写。

陈维崧初期的拟作,还有一种值得注意。即在原作基础上,取用相似的声情口吻,意旨却正与原文相对。如《上邪》:"上邪!我欲与君相知,长命无绝衰!山无陵,江水为竭,冬雷阵阵,夏雨雪,天地合,乃敢与君绝。"① 陈维崧《上邪》:"上邪,我欲与君相思,谗言恐多使心悲。马生角,乌头白,江水西流日东没。洁如璧,剖为玦,玦可合,乃敢与君不相绝。"② 原诗表达了女子对爱情的忠贞不渝,誓与男子相知相守,宣示了一份"相知而不与君绝"的坚定决心。而陈诗却正相反。它强调的是两人的爱情已然受到世间的非议。再看女子所举事例,也并非如原诗中那样不可实现。所以,忌惮于现实中的"谗言",女子只得与君相绝。又如《白头吟》:

皑如山上雪,皎若云间月。闻君有两意,故来相决绝。今日斗酒会,明旦沟水头。躞蹀御沟上,沟水东西流。凄凄复凄凄,嫁娶不须啼。愿得一心人,白头不相离。竹竿何袅袅,鱼尾何簁簁。男儿重意气,何用钱刀为。③

宋郭茂倩《乐府解题》:"古辞云:'皑如山上雪,皎若云间月。'又云:'愿得一心人,白头不相离。'始言良人有两意,故来与之相决绝。次言别于沟水之上,叙其本情。终言男儿重意气,何用于钱刀。"④ 其意显明。陈维崧的拟作《白头吟》:

金罍正调和,为君烹伏雌。今日烹伏雌,明日即东西。自

---

① (宋)郭茂倩:《乐府诗集》,中华书局1979年版,第231页。
② (清)陈维崧:《陈维崧诗》,广陵书社2006年版,第5页。
③ (宋)郭茂倩:《乐府诗集》,中华书局1979年版,第600页。
④ (宋)郭茂倩:《乐府诗集》,中华书局1979年版,第599页。

非双黄鹄,焉能无分离。入亦复惆怅,出亦复惆怅。忆昔初嫁君,白头不相忘。葱薤固足嗜,不若鱼肉鲜。故人虽可念,不若新人妍。饮酒召陆博,张灯呼其曹。亮无百年分,勿虑明星高。凄凄勿凄凄,嫁娶当自豪。男儿薄意气,女儿鄙钱刀。①

陈诗中已不见"愿得一心人,白头不相离"的坚守,诗情渲染更多的是新妇与旧人的对比。其中突显的是一个极明事理而又耿直坦言的女子形象,由此自然而然地引出结尾"凄凄勿凄凄,嫁娶当自豪。男儿薄意气,女儿鄙钱刀"的结论。

通过以上的分析,我们可以看到,陈维崧初期的古乐府创作大都没有跳脱出乐府古辞的范围。但值得肯定的是,后期的一些作品有了创新发展的表现,不拘泥于原作,亦异于其师。如以《野田黄雀行》为例,原诗云:

置酒高殿上,亲交从我游。中厨办丰膳,烹羊宰肥牛。秦筝何慷慨,齐瑟和且柔。阳阿奏奇舞,京洛出名讴。乐饮过三爵,缓带倾庶羞。主称千金寿,宾奉万年酬。久要不可忘,薄终义所尤。谦谦君子德,磬折欲何求。惊风飘白日,光景驰西流。盛时不再来,百年忽我遒。生存华屋处,零落归山丘。先民谁不死,知命复何忧?②

宋郭茂倩《乐府解题》:"晋乐奏东阿王'置酒高殿上',始言丰膳乐饮,盛宾主之献酬。中言欢极而悲,嗟盛时不再。终言归于知命而无忧也。"③ 原诗感叹乐往哀来,表达"知命而无忧"的主题意义。再看陈维崧同题诗《野田黄雀行》,诗云:

---

① (清)陈维崧:《陈维崧诗》,广陵书社2006年版,第32页。
② (宋)郭茂倩:《乐府诗集》,中华书局1979年版,第570页。
③ (宋)郭茂倩:《乐府诗集》,中华书局1979年版,第570页。

岐山高高栖凤凰，野田黄雀随飞扬。丹鞯飘翩下云际，凤凰整翰凌风翔。青鸾歌舞迎宵客，玉京夜补五色石。霏微素女弄绡青，宛转琼舆骖鹿白。骖鹿白，餐紫霞，百鸟见之徒叹嗟。玉笙缥缈流天畔，云愁海思茫无涯。野田黄雀鸣喷喷，朝逐飞篷暮啄麦。空抱衔恩白玉环，恐遇旁人见弹射。①

这俨然是一首咏物诗了。首句即点明歌咏对象。接着，诗笔采用"欲抑先扬"的艺术手法展开描写。首先，以大段文字极力渲染凤凰从天而降的华丽场面，以致"百鸟见之徒叹嗟"。再看跟随在左右的黄雀呢？"朝逐飞篷暮啄麦，空抱衔恩白玉环"，混迹于田野，空怀一腔热情，"恐遇旁人见弹射"。这是一只委行于凤凰身后，躲躲闪闪，唯恐被伤的黄雀。诗意至此结束。与原作相比，留给我们的印象是，陈诗中黄雀的遭遇似暗指有志之士空怀抱负而不被重视的愤懑境遇。这是一只暂且沉沦、欲奋发有为的黄雀形象，陈子龙诗中则塑造了一只不慕名利、安于清贫的黄雀形象：

枯桑动寒风，苍苍天地凉。黄雀甘篱落，不慕高翱翔。物小易为群，相呼入空苍。空苍诚可乐，鸷鸟徒茫茫。冥冥蒲苇衰，水清见鱼行。野老徐投竿，鲜鳞遂登堂。西山饶草实，东家多余粮。出入在溪涧，感兹不能忘。(《野田黄雀行》)②

诗篇重点刻画了黄雀安于浅草溪水间，以杂粮为食，感恩于自然与人类给予的馈赠的形象。与古辞相比，二陈之诗皆已完全脱离了原意，将原诗的哲理抒发变为纯粹的咏物诗，将黄雀形象赋予了各自不同的情感内涵。

又如，郭茂倩《乐府诗集》中的《东门行》云：

---

① （清）陈维崧：《陈维崧诗》，广陵书社2006年版，第33页。
② （明）陈子龙著，施蛰存、马祖熙标校：《陈子龙诗集》，上海古籍出版社1983年版，第12页。

出东门，不顾归；来入门，怅欲悲；盎中无斗米储，还视架上无悬衣。拔剑东门去，舍中儿母牵衣啼："他家但愿富贵，贱妾与君共哺糜。上用仓浪天故，下当用此黄口儿，今非！""咄！行！吾去为迟！白发时下难久居。"

原诗描写的是一个为极端穷困所迫的下层平民不得不拔剑而起，走上反抗道路的故事。诗歌句法变化自如，随内容而定，尤其是夫妇的对话，长短不一，参差不齐。妻子的委曲哀怨，丈夫的急迫愤怒，活脱脱地刻画出了两人对话时的声音和形象。陈维崧《东门行》则采用叙事手法，纪时事，诗云：

出东门，车轮摧。停车一踌躇，乃闻道旁啧啧秦家儿。（一解）秦家儿，一何奇。母病连年累月，里中之人皆言不能治。（二解）不能治，故（兄）左手搯臂肉，刲以短刀持作糜。（三解）阿弟自外归，头多疮痂面多鼍。适见厨前有刀斧有糜，持刀雪涕前致辞，将糜杂肉缭绕之。（四解）不见东家年少儿，母病不救吹笙篪。不见西家年少儿，母病不救吹笙篪。（五解）秦家儿，一何奇，短刀是何物，以刀刲股甘如饴。兄刲弟不察，弟刲兄不知，兄肥弟瘦争一时。东门行，试歌之。①

此诗完全摆脱原作诗意，用叙事手法重新讲述了一个有关孝子的故事，纯粹以第三人称作为叙述人，将秦家两儿刲股救母的事迹娓娓道出。诗中也有行为、心理、人物描写，事情发展过程层次分明，语句反复，加强了作者情感的表达，突出主旨。与其师陈子龙的《东门行》可堪一比，陈子龙《东门行》：

出东门，何时来归？中心尝苦悲。同游承明庐，独无黄金

---

① （清）陈维崧：《陈维崧诗》，广陵书社2006年版，第38页。

为尔私。(一解)拔我井上葵,终日不言饥。乘时作奸受赇,长安田宅何陆离。(二解)何陆离,内府交州犀蛤,外廄冀北骏骊。诏付廷尉,籍入县官,君言贪吏安可为?(三解)诏付廷尉,籍入县官,君言贪吏安可为?为善人所嗤,行清廉,君知之。(四解)①

此诗前半部分抒发主人公的身世不遇之痛,后半部分主要是鞭挞贪官污吏的"作奸受赇"、巧取豪夺以及对清官廉吏的赞美。二陈之诗与原诗比较,都是荡开原作的戏剧性的行动和对话描写,在新的主题内容的指引下,以不同的方式抒发诗人内心的感受。两诗中都采用了重叠句式,为原诗所没有,取得了更为强烈的抒情效果。

二 新乐府诗创作

新乐府,是相对于古乐府而言的,产生于唐代。北宋郭茂倩说:"新乐府者,皆唐之新歌也。以其辞实乐府,而未尝被于声,故曰新乐府也。"② 陈维崧的新乐府数量极少,其中《王公怨》《萧鸾误》及《赤章奏》三首,内容皆为咏史。其中,《王公怨》是写谢朓事。谢朓娶王敬则女为妻,后上书告发王敬则,王被捕。不久,因江佑的弹劾,谢朓亦被捕入狱。诗中"一纸南徐告变书,归来难见红颜妇""妇欲报仇仇未得,江家(江佑)尉罗横相索"③ 数句,即叙述此一事件。《萧鸾误》则是写王融。诗云:"是何年少称王融,绛衫戎服真英雄。开口欲解穰侯印,作人拟立博陆功。""可怜举事不一当,狱吏居然来榜掠。搔头弄姿诬李固,官家拍手大笑乐。曲水序,文亦好。云龙门,悔不蚤。囚欲不言心自捣,囚欲一言奈母老。"④ "举事"指的是493年,王融欲矫诏拥立萧子良即位之事。事未成,王融因依附萧子良而下狱,后被孔稚圭奏劾,赐死。"曲水序"是指

---

① (明)陈子龙著,施蛰存、马祖熙标校:《陈子龙诗集》,上海古籍出版社1983年版,第52页。
② (宋)郭茂倩:《乐府诗集》,中华书局1979年版,第1263页。
③ (清)陈维崧:《陈维崧诗》,广陵书社2006年版,第36页。
④ (清)陈维崧:《陈维崧诗》,广陵书社2006年版,第37页。

永明九年（491），武帝在芳林园禊宴群臣时，王融所作《三月三日曲水诗序》。此序文文藻富丽，当世称誉。诗中表达了对王融遭遇以及才华埋没的同情。《赤章奏》专刺沈约，诗中有云："仕宦当学沈休文，不然衣带日趋缓""一朝密语寿光阁，云龙变化非常见。范云来，沈约出，徘徊宫门真可惜。赤章一夜飞上天，带孔频移更何益"①。述其遭遇，表达了惋惜之情。

陈维崧的这三首诗自题为仿照李西涯新乐府而作。李西涯即李东阳，为明初成化、弘治间的诗坛盟主。关于乐府诗创作，李东阳在《拟古乐府引》中说："间取史册所载，忠臣义士，幽人贞妇，奇踪异事，触之目而感之于心，喜愕忧惧，愤懑无聊不平之气，或因人命题，或缘事立义，托诸韵语，各为篇什。"②可以说，西涯所作古乐府，其内容皆为"史册所载"，所写人物都为"忠臣义士，幽人贞妇"，所述之事都是能令人"喜愕忧惧"，产生"愤懑无聊不平之气"的"奇踪异事"。其"因人命题"之法完全是一种自创，即以主人公名字命名的方式开门见山，直揭主旨，有其独特的好处。陈维崧咏史三首，即完全袭用其法，以人物名字命名，讲述历史，鲜明地表达了对谢朓、王融、沈约三位历史人物的不同态度。《王公怨》为"责谢朓"，《萧鸾误》为"悲王融"，《赤章奏》为讽刺沈约。对于李东阳以咏史写古乐府，时人多有批评。如钱良择《唐音审体》说："有明之世，李茶陵（指李东阳）以咏史诗为乐府，文极奇而体则谬。"③明代王世贞对李东阳的古乐府创作也有一个认识过程，他说：

> 吾向者妄谓乐府发自性情，规沿风雅，大篇贵朴，天然浑成；小语虽巧，勿离本色。以故于李宾之拟古乐府，病其太涉

---

① （清）陈维崧：《陈维崧诗》，广陵书社2006年版，第37页。
② （明）李东阳著，周寅宾、钱振民校点：《李东阳集》，岳麓书社2008年版，第3页。
③ 申骏：《中国历代诗话词话选粹》，光明日报出版社1999年版，第430页。

论议，遇尔抑剪，以为十不得一。自今观之，亦何可少？夫其奇旨创造，名语叠出，纵不可被之管弦，自是天地间一种文字。若使字字求谐于《房中》《铙吹》之调，取其声语断烂者而模仿之，以为乐府在是，毋亦西子之颦，邯郸之步而已。（《书李西涯古乐府后》）①

王世贞最终认为西涯古乐府"奇旨创造，名语叠出，纵不可被之管弦，自是天地间一种文字"，即表示了对其创新一格的做法的肯定。钱谦益更是推其咏古乐府为"有明一代第一"（《汤次曾乐府和序》）②。作为晚辈，陈维崧在自己的早期创作中，择其为榜样，创作乐府诗咏史事，可见其有意学习乐府诗创作的认真态度，有勇于尝试的创新精神。陈维崧还有一首《开河》诗，自标为新乐府，实际上继承了白居易的现实主义讽喻传统，诗云：

前年大水庐舍没，今年无雨井泉竭。江南江北尽开河，官司夜点开河卒。朝开河，暮开河，河身龟坼将如何！千夫畚锸竟邪许，淤泥堆积成陂陀。三日开一尺，五日开十步。监河使者河上住，虎须锦伞一何怒。峉峩大舮谁家子，枫林祭赛刲羊豕。船头打鼓催发船，那得河中一杯水！官舱骂吏吏骂夫，尔曹饱饭何为乎？河夫闻言泪双堕，家贫路远夫常饿！君不见河干田焦冬复春，滂沱须赖皇天仁。缺钗淘得送沽酒，官莫枉却开河人。③

诗歌采用古代叙事诗的手法，以片段式的场景描写为背景，通过动作描写、语言描写，形象地刻画了不同人物形象的鲜明特点。

---

① 郭绍虞：《中国历代文论选》，上海古籍出版社2001年版，第110页。
② （清）顾景星：《白茅堂集》，《清代诗文集汇编》第76册，上海古籍出版社2010年版，第564页。
③ （清）陈维崧：《陈维崧集》，上海古籍出版社2010年版，第645页。

三 陈维崧乐府诗的评价

陈维崧在《与宋尚木论诗书》中云："至于拟古乐府，当日贵池吴次尾师谓予以不宜多作；近则梁园侯朝宗亦以沿习为讥。然仆以为才情之士，不妨模范，用见倩盻耳。"① 明末以写作乐府诗名世的诗人顾景星曾言："辞生于情，声生于辞，初非以辞合声，而后谓之乐府也。乐府之诗心可得知，口弗能授，博习既久，油然乃生。"（《汤次曾乐府和序》）② "感于哀乐，缘事而发"为汉乐府的鲜明特点，从以上对陈维崧诗的分析可以看出，在师从陈子龙的复古道路上，陈维崧乐府诗创作从最初的亦步亦趋、墨守格局，到摆脱原作，自由地抒发自我情感，表现出了活泼的生气，正是"博习既久，油然乃生"。典型地体现在《行路难》组诗创作中，诗歌原题是抒写世道的艰难，人生的坎坷。陈维崧在旧有主题的基础上加以扩展，抒发了自己青春年少时期的各种情怀，诸如人生苦闷、功业追求和神仙向往等。如其二写"男儿辞赋过邹枚，往往不为乡党喜。好我者少疾者多，出门故人但熟视"，表达了内心因才被妒的失落感和无助感。其三以细腻温婉的手法描写莫愁女窗边弄花之情态："霏微稍觉东风起，片片吹作春城霞。或坠长干玄武湖，或傍行人油壁车。"由花的飘落想到美人的衰颜，遂感叹年华易逝、容颜易老。接着，诗人开始倾诉自己"才思如鸿翔"却"有才空自伤"的苦闷。诗人的情绪趋于高昂，开始反思，以东方朔和淳于髡的例子反照自身，二人皆为游戏之伶人，如若一味忧愁，竟是连神仙也绝不会接纳啊。这虽为幻想之词，但表现出诗人深切的清醒的自嘲意味。最后一首为全篇的主旨所在：诗人左右不能行，索性"闭门不行路，罍酒以自宽"。全篇感情或高昂，或低沉，诗人纵才使气、驰骋文笔，情感一泄无余，很能代表其乐府语言风格的特点。

陈维崧在论及拟乐府创作时，表达了不袭前人、自出新意的观

---

① （清）陈维崧：《陈维崧集》，上海古籍出版社2010年版，第91页。
② （清）顾景星：《白茅堂集》，《清代诗文集汇编》第76册，上海古籍出版社2010年版，第565页。

点。他认为,作为"才情之士",是可以以"模范"的态度进行诗艺地创新创作的。就陈维崧自身而言,其创作实践与其所倡文学主张是一致的。从"别裁伪体"的鉴习角度出发,陈维崧认为古乐府诗可作。他特别指出是"模范"而不是"模拟",正在于强调作者的才情之主观效用。"模范"即意味着脱于窠臼,意味着创新。他尤其在《胡二斋拟古乐府序》中发表了对于古乐府创作的看法,明确提出"别裁伪体,直举天怀"的创作态度。杜甫曾言"别裁伪体亲风雅",即主张对待前人的诗歌要采取比较鉴别的态度,而决定取舍之用。"天怀"是出自天性的心怀,强调本真,不假修饰,直接内心。陈维崧此意亦是讲乐府创作不应该专拟古人,一味拟窃,而应该取舍有度,从自己内心的真情出发,他提出的具体做法见于《胡二斋拟古乐府序》:"纬昔事以今情,传新声于古意,绝无依傍,略少抚摹。"① 古乐府创作虽是拟古,但经此努力,便能于拟古中见出创新,从而达到表达作者真情实意的目的了。

第二节　陈维崧的古近体诗

陈维崧的诗歌体裁众多,五七言古体、近体兼备。经笔者统计,陈维崧现存七律445首,七绝314首,七古278首,七排2首,五律237首,五古213首,五排23首,五绝15首。② 由此可见,陈维崧极擅七律和七绝的创作,其次是七古和五律。本节试分别论述之。

一　陈维崧的古体诗

从思想内容而言,陈维崧古体诗的一个重要内容便是故国情怀

---

① (清)陈维崧:《陈维崧集》,上海古籍出版社2010年版,第400页。
② 笔者经查阅国家图书馆所藏陈维崧各诗集版本及今人专著等,去其重复,按体统计,得出上述结果。刘世南先生在《论陈维崧及其诗》一文中,总结陈维崧诗歌:五古(135首)、五律(82首)、五排(4首)、五绝(3首)、七古(265首)、七律(215首)、七排(2首)、七绝(174首),共780首。按,陈维崧有八卷本《湖海楼诗集》,共778首。收录康熙元年至康熙二十一年的作品,即37岁以后的诗歌作品;陈维崧37岁以前的作品,集为《湖海楼稿》,共835首。

的抒发。诗中多次提及的便是明清鼎革之际的"甲乙之变"。如《夜饮葛瑞五斋中作歌以赠》云:"歌声半是南朝曲,客泪欲作东流波。张生叶生慎莫嗔,十年之事我具陈。忆昔结交赵李辈,皋桥三月桃杏春。宫体倡楼怜荡子,冶游名士悦倾城。谁知老大不称意,迩来竟作寻常人。……"①作为明臣遗民之子,陈维崧的身世之感是很强烈的。听吴儿演奏"南朝曲"之际,他便深陷其中不能自持,感动于凄清哀婉的旋律,竟至潸然泪下。"十年之事我具陈",一个"十年"将人们的思绪拉回到心痛的过往。想到,昔日的自己是多么光彩照人,如今却过着寻常人的生活,怎能不泪目?就在这感叹身世之外,诗人留恋的还有那浓得化不开的故国情思。又如《教坊行》,追述的是那曾经"狎客千金争买笑,妖姬一曲不知愁"的淫靡生活。诗的后半部分写道:"十余年来市朝徙,临风阁外只江水。惆怅徐娘半面妆,凄凉李主南乡子。青楼一望草如烟,马粪诸王大可怜。好将北里胭脂记,谱入南朝玉树篇。"②"十余年来市朝徙,临风阁外只江水",此句直述明、清朝代更替之事实。江水滔滔,日夜东流。人世沧桑,面目全非。全句即从时间与空间两个维度进行人、事对比,突出人世之可怜。陈维崧不愧是史学能手,经典往往顺手拈来,贴切而准确。"惆怅徐娘半面妆,凄凉李主南乡子"一句中,《南乡子》,又名《好离乡》《蕉叶怨》,唐教坊曲。南唐后主李煜曾作《南乡子》,下片云:"鸳梦不承圆,骤起干戈七庙残。举目凭栏思故国,河山,湮灭悲风泪雨间。"清军的铁蹄踏入中原,南明小朝廷最终沦丧。陈维崧化用此语典来表达一己故国之思。"好将北里胭脂记,谱入南朝玉树篇"一句中,《胭脂记》又名《绣鞋记》,是明代童养中的传奇。该传奇讲述了书生郭华和王月英的爱情故事。"南朝玉树篇",当指南朝后主李煜所作艳体诗《玉树后庭花》。两句合而观之,则是应和了诗题,将凄美的爱情和隐灭的国事完美融合在一起。通过化用古典,陈维崧将自己的身世之感一并写出,兴

---

① (清)陈维崧:《陈维崧诗》,广陵书社2006年版,第195页。
② (清)陈维崧:《陈维崧诗》,广陵书社2006年版,第196页。

亡之慨绵延不尽。其他如七言古体《长干行》《银杏树中观音像歌》《报恩寺塔灯歌》等篇，皆属此类。

过故地，念往昔；听旧曲，亦悲怀。听乐观剧作为陈维崧生活的一个重要组成部分，在古体诗中也多有表达。顺治十三年（1656），陈维崧的父亲陈贞慧去世。按照父亲的遗愿，陈维崧历经一番曲折，最终在顺治十五年（1658）冬季到达如皋冒襄家。在冒襄为其接风所安排的家乐班剧演中，陈维崧一连创作了《秦箫曲》《徐郎曲》《杨枝曲》三首七古。演剧虽充耳目之愉，但陈维崧内心颇为伤感。对陈维崧而言，眼前的歌舞戏曲牵惹起更多对往日奢靡生活的回忆，与眼下的身世遭遇形成鲜明的对比。难怪诗中"二十年来事可怜，化作迷楼楼下土"（《秦箫曲》）、"二十年来事沾臆，南园北馆生荆棘"（《徐郎曲》）这类的句子便反复出现。值得注意的是，此类活动的主题往往隐含着重大的心理意义，那就是，观赏者多是出于趋同的心理需求而同赏一剧。耳目所接是表面的笙歌月舞，心灵所触却是趋同心理对人生意义的相似追问。如陈维崧在七古《青儿弦索行》序中云："青儿，故杨中丞家歌人也。归文友家监奴。夏夜过玉虬宅，青儿适在此间。玉虬令屏风后鼓琵琶一再行，杂以吴歌。座客坚坐听之，悲风飒飒，从帘前来。因作歌以纪事。"[1] 听杨青儿弹奏琵琶，叙说自己的悲惨身世，诗人的心绪也被牵引其中。所谓"拨残法部无多曲，眼见王公第几郎"，"言罢众宾默不语，哀多反觉弦龃龉"[2]。如此，歌者的身世之悲感染了听众。听乐反而成为一场表达心声的集会，诗人内心又怎会不生凄凄？

与七古不同，陈维崧的五古比较平淡。从现存《湖海楼诗集》来看，五古多创作于前期，尤其在康熙十年（1671）后，几于不作。从内容而言，陈维崧的五古多是赠答、送别、纪游类。但其中也有值得注意处，如组诗《五哀诗》，写陆庆会、吴兆骞、孙崖旸、潘隐如、方育盛五人，此五人皆是陈维崧好友，都在清廷"通海案"中

---

[1] （清）陈维崧：《陈维崧诗》，广陵书社2006年版，第207页。
[2] （清）陈维崧：《陈维崧诗》，广陵书社2006年版，第207页。

被贬受罚，这五首诗就是为此而作。陈维崧以饱含深情的笔触，追忆过往，述及友人无故遭受谗言毁谤，痛心其被贬流放，如哀叹陆子玄庆会"白首御穷边，青云成左计。陆君纵得归，多恐长城闭"①，古有杞梁妻哭倒长城的传说，但那毕竟是传说，真的有长城坍塌的一天吗？如此，友人恐怕竟也没有归来的一天了。又如写吴兆骞，诗的末尾云"琵琶何所言，一半悲王嫱。穷庐逢薄怒，远嫁只彷徨"②，吴兆骞与陈维崧并为"江左三凤凰"，在此，陈维崧以王昭君远嫁匈奴的悲剧史实比附好友惨遭流放宁古塔的事实，其痛心之切可以想见。

　　从表现手法而言，陈维崧的古体诗创作自有渊源。关于七古一体，杨际昌《国朝诗话》有言，"歌行佳者似梅村"③，邓绍基也认为："陈氏工于七言，七古歌行学梅村，婉转流畅，风华典瞻。"④陈维崧早期的七古有意学习"梅村体"。如上文所引《青儿弦索行》即为显例，主要表现为重辞藻、工对偶、好用典故。比较典型的还有顺治九年（1652）所作《寄云间宋子建并令嗣楚鸿》。诗歌开篇对宋子建家世及文学进行颂赞："西京遗老江东彦，秋日潜行泪如霰。绿柳青蒲殿阁清，长江空照行人面。昔日风华不可当，君家昆季雄文章。温陶江表论兵客，王谢乌衣年少场。"⑤接着，中间部分采用繁复绮丽的辞藻渲染出宋氏早期风流之盛："此时词客解风流，此时公子善遨游。雀网流苏红斗帐，鸦鬟禅夹紫绨裘。诸郎作使宜春馆，幼妇承恩青漆楼。"⑥最后，以古典入诗，哀叹宋家之衰落："玉女窗扉愁蟋蟀，江流一去无归日。徐摛回首东宫夜，庾信伤心北地时。"⑦通篇叙述秋至，节奏低沉，情调哀婉，动人心弦。又如

---

① （清）陈维崧：《陈维崧诗》，广陵书社2006年版，第63页。
② （清）陈维崧：《陈维崧诗》，广陵书社2006年版，第64页。
③ 钱仲联主编：《清诗纪事》，江苏古籍出版社1987年版，第2841页。
④ 杨镰、薛天纬：《中国文学通典·诗歌通典》，解放军文艺出版社1999年版，第732页。
⑤ （清）陈维崧：《陈维崧集》，上海古籍出版社2010年版，第1694页。
⑥ （清）陈维崧：《陈维崧集》，上海古籍出版社2010年版，第1694页。
⑦ （清）陈维崧：《陈维崧集》，上海古籍出版社2010年版，第1694页。

《金陵行》篇，诗人以秾丽的笔调、繁复的色彩，叙述金陵古都的兴衰过往。如其中写道"忆昔江流宫禁下，紫殿椒房恣潇洒。玄武湖深莲舸回，乌衣巷悄金茎泻"；"教成供奉胭脂曲，学得宫娥翡翠妆。碧钩斜挂人如绮，檀板低敲夜似霜。金铺绣榍须臾改，自古烟花不相待"；"两院萧条画阁无，六宫黯淡银筝在。血飞青盖不还家，洒泪南天问翠华"①。皆是对仗工整的七言句式，节奏鲜明；手法上，比喻与拟人两种修辞相结合，表意恰切，表情到位，哀婉至极。再如诗的结尾："君不见结绮阁中陈叔宝，通天台畔沈初明"，不忘拈出事典，以两个极具悲剧性色彩的历史人物收束全篇。正如邓汉仪评语所谓"写来极浓艳，却极凄凉，元白虽工于言情，笔墨正尔不及"②。

陈维崧七古一体虽极学梅村，但在境界与表现上有所拓宽。我们知道，陈维崧的早期诗学以盛唐为宗。随着身世浮沉以及受到清初诗坛风向的影响，他中晚期的诗歌创作已浸染三唐，以至"出入杜、苏"，呈现出异于"梅村体"的宋调。与此相应，前期诗歌重视华词丽藻，多用典故，表达绮艳情感。而后期创作则转向以叙述为主，情感的表达、语词的选用趋于平实，集中于日常生活中人事往来的抒写。其中描写较多的是纪事与酬赠类诗。比如，纪事诗多以具体的时间、人物、事件为诗题，如《三月三日畲山豹人约同上金山修禊，阴雨不果，长歌纪事》《丁未冬月黄子珍百太夫人称八十觞，是岁，珍百亦复六十，长歌奉赠》《仲春九日牧仲堂中大合乐走笔作歌，次昌黎赠崔立之评事韵》等。尤其是晚年入京之后，陈维崧经常与同僚出游聚饮等，其间诗作多是一日一题。后期随着人事的调动，送别诗也颇为集中。

二　陈维崧的绝句

除五七言古体与律诗外，陈维崧的绝句也自有特色。陈维崧对七言绝句的喜爱大大超过五绝。从内容而言，陈维崧的七绝有的写

---

① （清）陈维崧：《陈维崧集》，上海古籍出版社 2010 年版，第 1694 页。
② （清）陈维崧：《陈维崧集》，上海古籍出版社 2010 年版，第 1694 页。

少女情思,刻画了不同姿态的人物形象。如《汉苑行》云:"绿玉阑干映水晶,杨花如雪少人行。日长莺语明廉外,啼乱宫娥笑语声。"① 这是写某位汉宫侍女的日常生活,她虽然地位低下,但并无任何哀怨愁思。《春闺曲》中则刻画了一位满怀哀愁的少妇:"家住长桥红板头,桥头舞柳几时休。可怜踠地花如雪,吹入东邻不解愁。"② 这两位少女,一在深宫,一在深闺,各怀心事,一个表现得淡然,一个表现得强烈。她们的心思局限在眼前,与此相对立的还有这样一位少女形象,一首《宫中曲》云:"宫娥学骑凤楼前,绣帢珠翚白玉鞭。何事汉皇名好武,不教钩弋度祈连。"③ 她长于汉宫,与一般侍女从事琴棋书画不同,她学的是骑马之术。这首诗从立意上而言,就与前两首形成了对比。所刻画的少女形象,一为柔媚,一为刚强,形成了鲜明比照。在《席上赠琵琶伎》中,作者刻画了一位娇羞的女伎形象,诗云:"斜抱银筝不敢前,春山无语蹙冰弦。自从学得南朝曲,红豆消魂十四年。"④ 这首诗应该是陈维崧早期的作品,诗的首句刻画女子的出场,恰似"千呼万唤始出来,犹抱琵琶半遮面","不敢前"的动作描写将该女子的畏怯心理淋漓尽致地表现出来。第二句写弹琴的场面,大家都在安静地听女伎弹奏,诗中虽未直接写出人的专注,但一个"春山无语"便将众人的听乐反应刻画出来,想来大家是被女伎所弹奏的内容深深吸引,以至于沉醉其中,无言以对。后两句既是对前两句的续写,又是进一步地交代弹奏内容。女子所弹奏的曲调是"南朝曲",在陈维崧的诗中,"南朝"固定为一个具有深刻内涵的意象,多与作者的家国之情相联系,多表达的是对旧朝、旧地繁华生活一去不复返的伤悼之情。听歌赏曲,是陈维崧早期生活的重要内容,就陈维崧的诗歌作品来看,所听之曲大多与时事相牵合,比如"歌声半是南朝曲"等。在此诗

---

① (清)陈维崧:《陈维崧诗》,广陵书社2006年版,第534页。
② (清)陈维崧:《陈维崧诗》,广陵书社2006年版,第536页。
③ (清)陈维崧:《陈维崧诗》,广陵书社2006年版,第534页。
④ (清)陈维崧:《陈维崧诗》,广陵书社2006年版,第540页。

中，该女子所研习的曲子应该也是反映故明时事的内容。"自从学得南朝曲，红豆消魂十四年"既是写该女伎的经历，又暗地表达了作者及友人听乐怀旧的心绪。

在写人的诗中，陈维崧的七绝有一组《感旧绝句》值得注意，这组诗共15首，所怀之人皆为同乡旧里，这些人物身份多样，有平民布衣，有同辈同学，有抗清义士，有道士、僧人等，每首诗的后面都有一段简短的文字叙述该人的生平事迹。七绝本为短体，陈维崧却能在二十八字之中，以叙事、抒情、议论三者相结合的手法，详略得当地叙述每位人物的身份与主要事迹，叙其事，怀其人，表达出作者深深的哀悼与赞叹之情。陈维崧的七绝中值得一提的还有《怊怅词二十首别云郎》，赠诗的对象是徐紫云，即诗题中的"云郎"。顺治十五年（1658），陈维崧因避家难而寄居如皋冒襄家，得识冒家歌童徐紫云，由此牵发出一段缠绵情缘。这组诗约作于康熙三年（1662），时陈维崧暂离如皋，诗的开头一句"作客天涯四载余"，接着回忆了两人初次见面时的情景与感受，"乍见筵前意便亲，今生怜惜夙生因"，仿佛冥冥之中姻缘已定，为日后两人的亲密关系埋下了伏笔。陈维崧对徐紫云是有着相当尊重的，他说"莫言自小青衣贱，也是江淹传里人"，在陈维崧眼里，徐紫云虽为歌童，身份低下，但也是有尊严之人，决不能自轻自贱。组诗中细数了两人在如皋的一些生活细节，着意地表现出两人在生活中"相依相怜"的深厚情意。陈维崧直言"旅愁若少云郎顾，海角寒更倍许长"，直至分别后，也时时记起。蒋大鸿曾为组诗作《怊怅词序》，详述二人的相见相识及分别时的难舍难分之状。对于此诗，当时还有许多人为其和诗，惜已不载。

陈维崧的七绝中有两组竹枝词，"《词律》云：'《竹枝》之音，起于巴蜀。唐人所作，皆言蜀中风景。后人因效其体，于各地为之。'这时《竹枝》已成了一种叙述风土的诗体了。"[1] 王士禛《香

---

[1] 朱自清：《中国歌谣》，金城出版社2005年版，第125页。

祖笔记》亦云:"唐人《柳枝词》专咏柳,《竹枝词》则泛言风土,如杨廉夫《西湖竹枝词》之类,前人亦有一二专咏竹者,殊无意致。"① 陈维崧的《双溪竹枝词》十首,全面展示了故乡宜兴风情。专门描绘家乡宜兴的秀丽风光,如其一、二云:

  斜日苏椵罨画游,可怜春水滑如油。回船乱泊虾笼嘴,三月风光似小秋。

  斑竹妆楼水上多,楼前流水是官河。钩帘才觉西风起,一幅吴绫已作波。②

"罨画溪,在县东南三十六里,本名东溪,任昉诗有'长溪水东舍'之句,故名。"③ 诗中生动地描绘了如初秋般的三月春光,溪水碧绿如油,夕阳的余晖下,返航的船只凌乱地停靠在虾笼嘴港口,劳累一天的船民们终于能上岸休息了。再看官河上,零星散落着座座斑竹妆楼,此时西风泛起,窗帘飘动;从楼上往下看,官河的水面在斜阳的映照下,借着风力飘荡起来,那姿态如吴绫般柔滑。诗人用精细的笔致将家乡的水文风貌勾勒尽致。其三写有名的"荆溪":

  荆溪士女多明秀,眠食青山与碧潭。周处庙连珠巷北,牧之陂在石桥南。

"荆溪在县南,以近荆南山得名。周处斩蛟在此。自明中叶后,水口阻隘,其流日淤。唐杜牧尝作水榭于是溪之上,宋苏轼又欲买田种橘其间,盖山水致为佳胜。"④ 此外组诗还写了宜兴的名山,以

---

① (清)王士禛:《香祖笔记》,商务印书馆1934年版,第28页。
② (清)陈维崧:《陈维崧集》,上海古籍出版社2010年版,第1765页。
③ (清)阮升基修,(清)宁楷纂:《重刊宜兴县旧志》,清嘉庆二年刊本影印,成文出版社1970年版,第416页。
④ (清)阮升基修,(清)宁楷纂:《重刊宜兴县旧志》,清嘉庆二年刊本影印,成文出版社1970年版,第34页。

及当地的古人古迹,如铜官山、善权洞与张公洞等。如其八云:"百合场西战垒存,射蛟桥上暮云昏。尚留雨后铜官色,泼翠流丹到县门。"① 据载,百合场在铜官山北麓,相传为南宋年间,民族英雄岳飞和金兀术大战百余回合的地方。射蛟桥即周处斩蛟之地。铜官山,即君山,位于县城西南二十里。诗的前两句怀古,表达了对古人英雄气概的慨叹。后两句描绘出铜官山雨后"泼翠流丹"的绮丽风光。通过古今对比描写,表现了历史的兴衰变化。

关于七绝突出的艺术特点,杨际昌《国朝诗话》云:"(陈维崧)七言绝清词丽句,足擅一家。"② 杜甫在《戏为六绝句》中云:"不薄今人爱古人,清词丽句必为邻",取"清"与"丽"两种文风并存,"清"是着重于清新、清雅的境界,"丽"是指华丽、秀丽的语词表达。诗人将两者相融,着意追求诗境的清新淡雅,以及辞藻的秀丽而不腻。顺治十七年(1660)至康熙五年(1666),在维扬唱和期间,陈维崧所作写景诗多呈现出此种风范。③ 陈维崧的五言绝句仅15首,大多带有民歌情调,如《代赠》《代答》《又代赠》《又代答》等,语言简洁,情感真挚,呈现出清新自然的民歌风味。

三 陈维崧的律诗

陈维崧的律诗创作历来颇受评论家注目。如清代郭麐《灵芬馆诗话》云:"(陈维崧)七律则高华典重,而稍有窠臼,与其后集如出二手。"④ 清代杨际昌《国朝诗话》云:"律佳者似云间派,大约风华是其本色,惟骨少耳。"⑤ 两者所论主要是陈维崧37岁前的七律作品而言。我们知道,世家公子出身的陈维崧,早年家世兴盛,生活优越。早期的创作多表现一种旖旎婉丽之态。中年开始,陈维崧身经坎坷,阅历增多。后期的创作更加充实,情感愈发深沉蕴藉。这种前后期的不同特点极为鲜明地体现在陈维崧的律诗创作中。

---

① (清)陈维崧:《陈维崧集》,上海古籍出版社2010年版,第1765页。
② 钱仲联主编:《清诗纪事》,江苏古籍出版社1987年版,第2841页。
③ 详参本书第二章第二节所述内容。
④ 钱仲联主编:《清诗纪事》,江苏古籍出版社1987年版,第2842页。
⑤ 钱仲联主编:《清诗纪事》,江苏古籍出版社1987年版,第2841页。

应该说，陈维崧的创作实践有着自己独到的理性思考。陈维崧对七律诗体有着较为成熟的认识与思考。早在他写给宋荦的书信中便有体现。如《与宋尚木论诗书》云，"七律善学维颀"，明确推尊唐代王维、李颀的七律。明清时人对王维、李颀两人的七律创作有着较高且一致的认识，许多诗论家皆有提及。最早是李攀龙《唐诗选·序》提及："七言律体，诸家所难，王维、李颀颇致其妙，即子美篇什虽众，愦焉自放矣。"此言一出，诗坛上对王、李七言律诗开始有所注意，进而备受青睐。胡应麟《诗薮·内编》论七律时，亦将王、岑、高、李等人列为正鹄，更进一步将王维与李颀七律并论，以为"王、李二家和平而不累气，深厚而不伤格，浓丽而不乏情，几于色相俱空，风雅备极"①。指出王、李律诗之佳，在于以风雅神韵取胜。又如王士禛在《师友诗传录》中云："唐人七言律，以李东川、王右丞为正宗。"② 宋荦《漫堂说诗》也提到，"盛唐王维、李颀、岑参诸公，声调气格，种种超越，尤为正宗"③，指出三人七律格调出色，推其为"正宗"。

清人沈德潜对李颀仅有的七首七律诗评价颇高。他在《唐诗别裁集》卷十三云：

东川七律，故难与少陵、右丞比肩，然自是安和正声。自明代嘉隆诸子奉为圭臬，又不善学之，只存肤面，宜招毛秋晴太史之讥也。然讥诸子而痛扫东川，毋乃因噎而废食乎？④

沈氏指出李颀七律诗歌具有"安和正声"的特点。陈维崧也曾发出"更怜绝代东川李，七首吟成万颗珠"（《钞唐人七言律竟》其三）的评论，给予其很高的赞誉。对于陈维崧而言，无论是师承影

---

① （明）胡应麟：《诗薮》，中华书局1958年版，第80页。
② （清）王夫之等撰：《清诗话》，上海古籍出版社2015年版，第135页。
③ （清）王夫之等撰：《清诗话》，上海古籍出版社2015年版，第431页。
④ （清）沈德潜：《唐诗别裁集》，上海古籍出版社1979年版，第301页。

响,还是时风导向,都促使他关注并接受唐人七律。再如对王维诗,陈维崧也有独到的评价。《钞唐人七言律竟》其二云:"长鸣万马皆喑日,独立六宫无色时。湖海高楼无长物,龙门列传辋川诗。"①"湖海高楼"是陈维崧自家藏书楼。他讲自己所藏书籍有两种:一种是司马迁《史记》,一种是王维的辋川诗集。除此,别无他物。虽为夸饰之词,但足见他对王维七律诗的高度评价。正如诗的前两句所言,它们犹如振鬣长鸣的骏马使得"万马皆喑",又如美人杨玉环使得"六宫粉黛无颜色"。通过这样巧妙的比喻,实际给予王维七律诗与《史记》同等高的地位。同时说明了诗人所看重的正是王维数量不多的七律诗所体现出的华美秀丽而有风骨的特点。应该说,诗人的创作面貌不是唯一的,在同一诗体中因内容及情感表达的需要而呈现出不同的风格特点。在追溯源流的同时,陈维崧并不是独专一家,他对唐人七律的态度是兼容并包的,这就不同于陈子龙"文当规摹两汉,诗必宗趣开元"(《壬申文选凡例》)②的主张。

在"辨体"的过程中,陈维崧曾进一步深入、具体地讨论了七言律体的创作理论,他在《与宋尚木论诗书》提出:"夫诗,一贵于境地,二贵于音节。音节圆亮,七律便属长城。境地缥缈,七古乃为合作。"③着眼于诗歌的音调与境界,陈维崧归纳出"音节圆亮"与"境地缥缈"两个法则。不惟如此,他还进一步总结出七律具体的写作法则。《与宋尚木论诗书》云:

> 若夫七律,起伏安顿,承接照应。八句之中,情事互宣;七字之中,波澜莫贰。忽然而始,不知所自;卒然而止,不知所往。抑扬浓淡,反复悠长。要而论之:七律之佳者,必其可歌者也;其不可歌者,必其音节有不安也。④

---

① (清)陈维崧:《陈维崧集》,上海古籍出版社2010年版,第613页。
② 上海文献丛书编委会编:《陈子龙文集》,华东师范大学出版社1988年版,第667页。
③ (清)陈维崧:《陈维崧集》,上海古籍出版社2010年版,第90页。
④ (清)陈维崧:《陈维崧集》,上海古籍出版社2010年版,第90页。

"情事互宣""波澜莫贰",正如沈德潜所讲"总归于血脉动荡,首尾浑成",追求的是诗作内容在情感、形式上的一致性,以达到"抑扬浓淡,反复悠长"的审美效果。强调诗歌的节奏整齐,只有诵读起来觉得朗朗上口,才能算是佳作。从自己的创作实践出发,陈维崧提出不宜之作法:"是以仆于七律,一忌拗韵,恐伤气也;一忌和韵,恐伤格也;一忌七言排律,恐伤篇法也。"从用韵、格调、篇法等角度对作诗进行了规整。这些对帮助我们赏析他的七言律诗也大有裨益。

陈维崧的律诗往往气韵流畅,"以气为主,故虽镂金错采,绝无堆垛襞积之痕"(杨伦《湖海楼集序》)[1]。陈维崧诗中的"气"多是由内而外透出的精神气,映射到所关照的事物对象中,使之人格化,在遣词造句中呈现出豪放气势。如《同钱瞻百允武任青际观西湖闸飞瀑》中云:"西风萧飒浪花堆,一片潮声万里来。匣里宝刀晴自吼,天边玉笛暮偏哀。"[2]西湖瀑布气势如飞的壮阔景观,直击诗人内心,引起诗人的思古之情,直至发出"何年同上射蛟台"的豪情壮志。又如《冬日过雉皋访冒巢民先生燕集出歌童演剧即席限韵》中"十队宝刀春结客,三更银甲夜开尊",描绘燕集聚会的场面,数词的对用,以及两种不寻常兵器意象的使用,加强了诗句的刚强之气。邓汉仪评价此句为"以气魄夺人",可谓确论。诗中之"气"是诗人郁积于中而不得不发于外的悲沉之气。悲沉之气出以豁达,便成就了诗人的豪情。又如一首登高之作,《登慈仁寺内毗卢阁分赋登高》其二云:

四围铃铎响刁骚,一线穿云缔构牢。且以登楼当戏马,何妨啜茗代持螯。

天连赵魏晴俱出,松历金元腊更高。目断昆明池畔将,何

---

[1] 钱仲联主编:《清诗纪事》,江苏古籍出版社1987年版,第2841页。
[2] (清)陈维崧:《陈维崧诗》,广陵书社2006年版,第414页。

时归（金登）压鞬刀。（时望平南之信最急）①

这首七律是康熙二十年（1681）九月十九日，陈维崧与寮友登高时所作。诗人自注："时望平南之信最急"，可见当时心中所系。此种情怀反映到诗作中便形成了一种刚健的风格特色。律诗往往以颔联与颈联为最佳。如此诗，"且以登楼当戏马，何妨啜茗代持螯。天连赵魏晴俱出，松历金元腊更高"，两联均为工对。前两句格式分别为副词对副词，动宾短语对动宾短语，后两句则皆为主谓短语对主谓短语。所用语词多为气质之语，读来不仅节奏规整，而且音调高昂、洪亮，颇能让人感受到诗人晚年豪情不减的气概。

陈维崧律诗中修辞精妙，时见佳句。字斟句酌，对仗精工。比喻手法的运用突出且有新意，如《招林茂之先生小饮红桥野园越日枉赠奉酬一首》："此间帘影空于水，何处琴声细若尘。"② 两句诗之间采用了精工的对仗手法，"此间"对"何处"，地点状语对地点状语；"帘影"对"琴丝"，名词对名词；"空"对"细"，形容词对形容词。修辞上，则采用了巧妙的比喻手法，帘影的空明程度如水般晶莹光亮，琴弦的温声细语如尘埃般渺小，几于不见；"漫不相关的事物经过诗人的意匠经营，都可以生出关系了"③，陈维崧此句正是采用了"变形"类的类似联想手法，将听觉上的琴声比作视觉上的微尘，又采用了通感手法。林昌彝评价此诗为"七律到此境界，几于羚羊挂角、无迹可寻矣"，我想其着眼点正在于其中景物的描写精致到位，构成浑然无化的澄明境地。又如《题邺下闻秦亭》："伎帷繁奏疑铜雀，朔客哀丝类洞庭。"将女伎演奏比作铜雀台上的表演，客人哀伤的丝管吹奏效果比作洞庭湖水声。一个"疑"字、一个"类"字，又是由人的主观猜测出发，将两类事物连类而及，增添了诗意的厚重感。有的句子比喻巧妙，将两类看似普通无关的事物放

---

① （清）陈维崧：《陈维崧集》，上海古籍出版社2010年版，第933页。
② （清）陈维崧：《陈维崧集》，上海古籍出版社2010年版，第560页。
③ 朱光潜：《谈美 文艺心理学》（新编增订本），中华书局2013年版，第291页。

置一起，如《夏口河间舟次》："扁鹊庙荒帆似雪，卯兮城暮草如烟。"①《怀州岁暮感怀》（其三）："月上沙洲帆似豆，冰萦栈阁路如毛。"② 二者皆属于原诗中的景物描写，分别采用了精工的对仗手法，并且都采用了比喻的修辞手法。从句式而言，采用了相同的构句法，音节上都是"二二三"节奏。这两句话分别都是各自诗中的写景句，全部由名词性的意象组成，其中"扁鹊庙""卯兮城""沙洲""栈阁"皆为河间、怀州两地专有的历史古迹名称，而"帆""草""路"则分别是从属于前者的小的事物。"帆似雪""草如烟""路如毛"，比喻恰切，形象地展现了"帆""草""路"等原事物在日暮十分映入诗人眼帘的视觉即视感。这样的写法通俗且又巧妙，很好地突显了诗人眼目所及物象的独特点所在。

陈维崧律诗中的拟人手法也颇有佳处，典型的如《怀州岁暮感怀》其四："枕欺独客眠难着，衣迫长途绽复开。"其中的"枕""衣"被人格化，具有了人物的动作心态，具备了人物的心理，这便是诗人的主观"移情作用"发生的结果。诗人以这种看似与我无关的原因进行解释，实际上隐曲地表达了自己客游异乡的孤独凄凉之状。像这样拟人而移情的艺术手法的使用还有很多，比如《巢民先生招陪水绘庵即席分赋》的"樽能话旧方难得，草是将离倍可怜"③，《登江阴君山同侯朝宗赋》的"多情墓草荒今古，无意江风冷佩环"等，都是通过赋予客观物象以人的主观情志，将人的离别情、今古情、戍边情等通过相对应的景物描写表达出来，以此突出人事的苍凉。再如《同钱瞻百允武任青际观西湖闸飞瀑》中"匣里宝刀晴自吼，天边玉笛暮偏哀"，多种艺术手法综合运用，不仅工对，而且使用了比喻、拟人的修辞手法。字面意思是写潮声带给人的直观感受，将潮水声分别比作挥动宝剑时发出的鸣叫声，以及天边吹奏玉笛发出的哀怨声。比喻巧妙，本体为"水声"，喻体则为

---

① （清）陈维崧：《陈维崧集》，上海古籍出版社 2010 年版，第 691 页。
② （清）陈维崧：《陈维崧集》，上海古籍出版社 2010 年版，第 753 页。
③ （清）陈维崧：《陈维崧诗》，广陵书社 2006 年版，第 433 页。

"刀声"与"笛声",一"吼"一"哀",又渗透了主体对客体赋予的情感色彩。形式上,对仗精工,音节响亮,节奏鲜明,更有力地突显了湖景的壮阔气势。

陈维崧律诗中值得一提的还有用字的功夫。有的动词使用精炼,如《怀州岁暮感怀》其一:"城连沁水喧河北,雪积云中冷泽州。"其中"喧""冷"两个动词用得精巧,将大自然山水生生不息的永久活力刻画尽致。还有的副词使用恰切、到位,如《上巳修禊万柳堂和益都夫子原韵》其一:"野圃秋寻甫昨年,从游更值入春偏。空潭水色才新织,出谷莺声已暗传。"其中,"才""已"两个表示相对意思的程度副词的使用,就将春日迫不及待来到人间的形态表现地淋漓尽致。又如名篇《花朝待毛亦史不至》"最不分明惟燕语,绝无聊赖是花朝"中,"最不""绝无"两个副词的使用,间接地加深了诗人在花朝节待人而不得的沮丧心理。

检阅陈维崧七律诗,典故的运用约37对,计七十多例,多出现于酬赠、送答诗中。陈维崧律诗中的用典多是"借故事于语中","以相(关)之人物而设言今事"。主要有三种,有的用来暗合身世经历,如《岁暮客居自述仿渭南体柬知我数公》其八:"庄舃病犹思返越,孟明囚岂忘归秦?"诗人选取"庄舃越吟""孟明思乡"这两个历史上具有典型思乡意义的典故来表达自己的思归之情,但并未直接说出,而是出之以反问。在问中自答,强化了思归的迫切心情。比较典型的诗例还有陈维崧写给姜垓的两首诗,其中《过吴门赠姜如须》:"仲宣词赋频思土,梅福功名竟桂冠。"[①] 从姜垓的情感归属与才名功业两方面着笔,分别选取的是东汉王粲与西汉梅福的典事进行比附说明。王粲,字仲宣,东汉末年文学家。王粲是"建安七子"之一,原居荆州,依附刘表,后归曹操,为其所用,后期所作诗文多有思乡成分。梅福,字子真,西汉九江郡寿春(今安徽寿县)人。少年求学长安,是《尚书》和《谷梁春秋》专家。曾任

---

① (清)陈维崧:《陈维崧诗》,广陵书社2006年版,第400页。

南昌县尉,后去官归寿春。陈维崧以王粲思归和梅福才盛的典故,暗合姜垓身怀学识却不被重用而流落异乡的身世经历,可谓是如实的写照。在后来写姜垓的悼哀诗中,诗人用同样的笔法勾勒了姜垓悲凄的一生,其中道"十年沈炯思乡疏,永夜钟仪越客吟"(《哭姜如须先生》)①,则又是以思乡心切的沈炯和钟仪相比,揭露了姜垓数年流落在外,不能回归乡土的悲剧性事实。有的则借用典事,赞扬对方的卓越才华。最典型的如《捧读石斋黄公所撰先少保神道碑赋此追感》:"哀诔南朝颜特进,碑铭东汉蔡中郎。"② 其中,"颜特进"指颜延之,"蔡中郎"指蔡邕,两人工于格律,都是当时写作的高手。陈维崧不直言黄石斋创作的成就高度,而是采用以古典入句的方式,不下虚词,以典成对,将石斋比作前贤,响亮而有力地赞颂了黄石斋是写作铭诔的高手。碑文出其手下,暗示了诗人隆厚的祖德,自是一番荣耀。陈维崧还以典事称引自己的归隐志向,如《秋日送范秋涛暂假归里》中云:"即归耦已惭沮溺,纵老游须继向禽。"③ 沮、溺是春秋时期的两位隐士,诗人反用隐士"沮、溺"和"向、禽"的故实,表达出自己想归不得归的无奈现况。

陈维崧的七言律诗有如上诸处值得品味。他的七言律诗数量多,其中也不免有粗率之作。另外,陈维崧的五律作品虽少于七律,但也有写得不错的,如前章所述描写禽鸟的组诗、描写名物的组诗等,思想与艺术俱佳④。下面再来看两首。

《荥阳》诗云:"北风连夜吼,白日冷荥阳。绝壁龙形陡,奔崖虎气藏。"⑤ 诗题为行役,该四句集中描写途中所见所感。前两句以"流水对"写出眼前景象,其中"吼""冷"为炼字,突显恶劣的旅途环境,强化了诗人的亲身体验。后两句写具体而微的荥阳山地形,巧妙的比拟手法将险峻山势刻画得淋漓尽致,极具震撼气势,可见

---

① (清)陈维崧:《陈维崧诗》,广陵书社2006年版,第405页。
② (清)陈维崧:《陈维崧集》,上海古籍出版社2010年版,第1744页。
③ (清)陈维崧:《陈维崧集》,上海古籍出版社2010年版,第931页。
④ 具体内容参见本书第三章第四节的相关论述。
⑤ (清)陈维崧:《陈维崧集》,上海古籍出版社2010年版,第703页。

诗人涉笔构思的不凡。又如送别诗《送弟宗石之归德》:"萧飒二千里,伶仃十五儿。黄河风正怒,白日命如丝。"[①] 顺治十四年(1657),陈维崧四弟宗石的生母去世,宗石归里后又返回商丘,这组诗即作于送别之际。全诗充斥着明显的悲伤之情,其中,"萧飒二千里,伶仃十五儿"两句写人事,从地域(空间距离)与时间(年岁)两个维度,一言返乡路途的遥远坎坷,一言年幼悲凄的异乡生活,悲怜之情溢于言表。"黄河风正怒,白日命如丝"两句尤为精警,写送别当下的天气情况,狂风吹翻黄河水浪,一个"怒"字既是写风浪的咆哮之态,又是暗合了诗人与诸弟此时翻腾不已的悲凄心绪。离别难奈,无法言说,只能借由这无情的环境描写强烈地渲染出来。"命如丝"则明白地道出诗人及诸弟从此开始真正的旧巢难栖的生存境遇。两句诗采用拟人、夸张及比喻的手法,既是写景又处处写人,烘托渲染出送别场面的悲壮,微妙地传达出诗人对于未来生存的担忧。

[①] (清)陈维崧:《陈维崧集》,上海古籍出版社2010年版,第1729页。

第五章

陈维崧诗歌的唐风宋调

关于陈维崧诗歌的风格特点，现有研究略有涉及。王亚峰《陈维崧诗歌艺术论》从宏观角度论述陈维崧"诗文词诸体融合"的艺术特色，表现在"散文章法""议论说理""词采华丽""悲沉刚健"四个方面①。姜鹏《如皋八年与陈维崧文风转变》以"如皋八年"为限，概述其文风特点为"哀艳激昂、慷慨沉郁"②。刘飞从诗歌体裁角度，分析了陈维崧七古、七律、七绝及五绝诗的艺术风格与语言特色，但是其论述不够深入透彻，有的以偏概全，也不尽恰当。刘世南先生在《清诗流派史》的一节中重点分析了陈维崧七言古诗的艺术特点，认为其歌行既具有典型的"梅村体"特点，又有新的发展，表现为以气为主，结构上以散文章法入诗，手法上议论、抒情、叙事三者结合的特点，所论精确。③对于这一点，王亚峰、刘飞在分析陈维崧七古时亦不出其囿。

在清初诗坛唐宋诗风并立的时代背景下，陈维崧的诗歌呈现出一种唐宋诗风融合的艺术面貌。本章拟从陈维崧诗歌原典文本出发，从"沉郁顿挫、典秀精工"与"转益多师、瓣香宋调"两个方面展开论述。具体作法是，溯源陈维崧对唐宋先贤杜甫、李商隐与韩愈、苏轼等人的诗歌学法历程，深入阐述陈维崧诗歌创作在明末清初诗

---

① 王亚峰：《陈维崧诗歌艺术论》，硕士学位论文，湘潭大学，2011年。
② 姜鹏：《如皋八年与陈维崧文风转变》，硕士学位论文，吉林大学，2009年。
③ 刘世南：《清诗流派史》，人民文学出版社2004年版，第126—137页。

坛上所焕发的独特面貌。

第一节　沉郁顿挫，典秀精工

关于学诗，陈维崧在《与宋尚木论诗书》中自述："幼好玉台、西昆、长吉诸体，少年才思猖冶，上灵惑溺，既已染指。"[①]"二十以外出入愁，飘然竟从梅村游"，"独是心慕手追，在云间陈李贤门昆季、娄东梅村先生数公而已"[②]。这几段话大致勾勒出陈维崧早期诗学历程。其中，"玉台"指的是"玉台体"，因南朝徐陵所编《玉台新咏》一书而得名。玉台体诗歌内容上多描写男女闺情、离情别绪，形式上追求辞藻华艳、声律和谐。"西昆"指的是"西昆体"，北宋初期出现的一种诗风，以杨亿为代表。西昆体最大特点便是模仿晚唐李商隐，创作上追求绮词丽藻，对仗精工，多使典故。"长吉"指的是严羽《沧浪诗话·诗体》中提到的"李长吉体"，唐代元和年间诗人李贺所独有的诗风意境。由上述可知，陈维崧的诗学好尚在少年时代便已明晰，其传承渊源最早可追溯至中晚唐时期。而后，陈维崧拜师于陈子龙、吴伟业等人，专事诗歌的创作。

结合陈维崧的自述以及现存诗歌作品的风貌，可以肯定的是，早期诗风所呈现出的"风致特胜""高浑鲜丽""高华典重"等特点，首先是他有意识地学习唐贤艳体而来。不仅如此，陈维崧在后续的诗歌创作中，也未曾中断对先贤的关注。如徐乾学后来为其作序评价道："其沈思怫郁，尤一往全注于诗，近体似玉溪。"[③]"玉溪"即李商隐。陈维崧曾就唐人七律做过诗评，其中就包括李商隐，"浣花翁死诗人少，商隐篇章剧老成"[④]。结合两者所言，可见，陈维崧对李商隐的关注与学习多集中于律诗、绝句等近体诗中。而他

[①]　（清）陈维崧：《陈维崧集》，上海古籍出版社2010年版，第89页。
[②]　（清）陈维崧：《陈维崧集》，上海古籍出版社2010年版，第90页。
[③]　（清）陈维崧：《陈维崧集》，上海古籍出版社2010年版，第1820页。
[④]　（清）陈维崧：《陈维崧集》，上海古籍出版社2010年版，第615页。

的这两句诗评阐述的另一个事实也值得关注，那就是：中唐伟大诗人杜甫去世后，晚唐的李商隐承继了杜诗风格中的"老成"的特点。"老成"一词，实出自杜甫《戏为六绝句六首》之"庾信文章老更成，凌云健笔意纵横"，本是杜甫对南北朝庾信诗风的点评。杜甫将庾信晚年的诗风格总结为"老成"，以"凌云健笔"，"纵横"命"意"，推尊的是庾信晚年诗文成熟老练的突出成就。陈维崧以"老成"来评价李商隐诗，实际看到了从庾信至杜甫进而至李商隐的一脉传承。就其自身而言，不仅言之，而且行之。尤其是在中期"客游羁旅，跌荡顿挫"的颠沛生涯中，陈维崧的创作逐渐"以沉郁发其悲慨"。

这里有必要先述陈维崧师杜的发端。陈维崧对杜甫的关注晚于他对同时代的其他唐代诗人的关注。而这种关注的起点，不得不提到陈维崧的一位好友——任源祥。作为关系密切的同里好友，任源祥可谓是最早关注陈维崧文学创作的。他在《与陈其年论诗书》曾点评过陈维崧的早期创作，称其"当稠人广众之中，以仓卒取办为奇，以使事凑泊为工"，① 可谓恰切。任氏所言"仓卒取办""使事凑泊"，恰是陈维崧由于"材多""易成"而导致的弊病。任氏尤其举出陈维崧在"吴门之会"时所赋《上巳行》篇进行指摘，认为其有"才"，而无"情"。值得注意的是，任源祥的此番点评并不是发生在陈维崧诗学的最初阶段。《与陈其年论诗书》云："足下少年，一误于长吉，再误于艳体，及卧病三年而尽革其心，涣然有得，归诸大道，此天实启之，亦足以验足下之苦心矣。湖海楼集具见风旨，虽然，抑更有进。"② 而此时陈维崧所好者，"远则李白，近则何景明，又近则陈子龙，此数公者足下之所好也，而不及杜也"③。按，

---

① （清）任源祥：《任王谷先生文集》（《鸣鹤堂文集》），光绪己丑仲春重刊，国图古籍馆藏本。
② （清）任源祥：《任王谷先生文集》（《鸣鹤堂文集》），光绪己丑仲春重刊，国图古籍馆藏本。
③ （清）任源祥：《任王谷先生文集》（《鸣鹤堂文集》），光绪己丑仲春重刊，国图古籍馆藏本。

此番话是任源祥针对陈维崧写给宋征璧的论诗书信内容而发的。而陈维崧写给宋征璧的《与宋尚木论诗书》作于顺治九年（1652），陈维崧时年28岁。这一时期，陈维崧的诗学好尚已脱离艳体而注意到了盛唐诗学的好处。在任源祥看来，陈维崧"归诸大道"的苦心终有所至。但是还远远不够，那就是"不及杜也"，而这一点也才是任源祥此次书信讨论的重点。任源祥的这封《与陈其年论诗书》主要是对陈维崧诗歌创作成绩的肯定，他在一开始即言："吾二人生芜秽之余，草昧之际，既不得志而幽忧穷愁，思奋袂而一当千秋之绝业。"①"思奋袂"以成"千秋之绝业"，是任源祥对陈维崧的极致期盼。在任源祥看来，少年陈维崧耽于长吉、艳体之流，卧病三年之后一改于前，归于大道。但时至今日，陈维崧仍有可进益处，那就是学习杜甫。对此，任源祥分析到，陈维崧诗"婉转飘逸"，虽"足以驰骋江东，成名当世"，但若成"千秋之业，非得力杜甫不可"。"以维崧之才，得杜甫之神力结构，则向之婉缛飘逸者必无不近情之病。而所好之李白、何、陈不专美于前矣，而后可以为千秋之绝业矣。"②总之，以杜甫之"沉雄""厚重"，增色于陈维崧的"婉缛""飘逸"，才可得"千秋之绝业"。而今看来，任氏当时所言即具有预言性。因为对陈维崧来讲，从他人生的中年阶段开始，确实也具备了学杜的切实助力。即如任源祥所言，陈维崧今遭"无妄之阨"，其材老，而其思深，终于导向杜甫一途了。任氏之功深不可没。

就诗歌创作来看，陈维崧受到杜甫的深刻影响，首先在于"沉郁顿挫"的风貌上。"沉郁"，深沉蕴藉，是就诗歌的思想内容及情感表达而言。"顿挫"，停顿转折，是就诗歌的声调格律形式而言。"沉郁顿挫"原是杜甫早年对自己创作风格的一种描述，他在《进雕赋表》中说："臣之述作，虽不能鼓吹六经，先鸣数子，至于沉郁

---

① （清）任源祥：《任王谷先生文集》（《鸣鹤堂文集》），光绪己丑仲春重刊，国图古籍馆藏本。
② （清）任源祥：《任王谷先生文集》（《鸣鹤堂文集》），光绪己丑仲春重刊，国图古籍馆藏本。

顿挫，随时敏捷，而扬雄、枚皋之流，庶可企及也。"① 应该说，陈维崧是有意地向杜甫的沉郁顿挫诗风学习的。

陈维崧学习杜甫，首先有着相似的社会文化背景及个人身世经历作为铺垫。就社会经历而言，两人都是少年无忧、青年清狂、中年遭乱的典型代表。确切地说，杜甫的沉郁顿挫诗风是在他经历了战乱流离和人生困苦之后表现出丰富的内涵，忧愤深广、潜气内转而波澜老成。陈维崧也是在遭遇国破家难后的湖海飘零生涯中变得深沉了，正如他自己所讲的那样，"嗣后流浪戎马，纠缠疾病，幽忧督乱，无所不至"（《与宋尚木论诗书》）②。坎坷悲苦的生涯造就了诗人的一颗用世之心。同时，诗人对诗歌艺术的社会政治功能也有了深刻领悟，"常涉历于人情世故之间，因之浸淫于性命述作之事，益知诗者，先民所以致其忠厚，感君父而向鬼神也"（《与宋尚木论诗书》）③。正是在这种忠君爱民思想的主导下，陈维崧的诗歌创作彻底脱出早期的旖旎之态而显露出新的精神风貌。这种变化始于康熙七年（1668）陈维崧初次入京无果之后，集中体现在《戊己诗集》④中。应该说，长期沉沦下层民众生活的经历已然孕育了陈维崧的平民意识。如面对自然灾害，诗人便发出嗟叹："久嗟民力亦以竭，颇怪天怒殊难回。"诗人以"久嗟""颇怪"两组带有极强感情色彩的用词，着实突显出自己对拯救大众的无能为力与对自然的无可奈何之心情。这一时期，陈维崧创作了大量咏史怀古及社会民生类诗，典型地体现了他向杜甫及其顿挫沉郁诗风的学习与借鉴之功。

诗歌是时代的产物。诗歌风格亦然。杜甫的沉郁诗风，是安史之乱前后特定历史时期的产物。后期蜀地漂泊旅居的经历更加推动了其沉郁诗风走向成熟与高峰。尤其到了晚年，悲剧气氛愈加浓厚。呈现于笔端的则是诗人性情的饱满欲发与低徊转折的情感压抑。作

---

① 周绍良：《全唐文新编》，吉林文史出版社2000年版，第4120页。
② （清）陈维崧：《陈维崧集》，上海古籍出版社2010年版，第89页。
③ （清）陈维崧：《陈维崧集》，上海古籍出版社2010年版，第89页。
④ 该集专门收录陈维崧康熙七年和康熙八年间的诗歌作品，任源祥《陈其年戊己诗序》称其："独别戊己为集者，一以纪游，一以著格调之有变也。"

为一位至情至性之人，杜甫虽然不满于时局的昏暗堕落，虽然也有一肚子为民请命的诉求，但他总能克制压抑。表现在诗歌中便是情感的抒发低沉而又回环往复，流露于笔端则是力透纸背的起伏顿挫，给人以气韵沉雄、波澜老成之感。这种以回环往复之体抒发深沉悲慨之气的风格，恰是时代社会心理与诗人对曲折痛苦的身世经历的感受的一种反映。胡适在《白话文学史》里曾说："陶潜与杜甫都是有诙谐风趣的人，诉穷说苦，都不肯抛弃这一点风趣。因为他们有这一点说笑话做打油诗的风趣，故虽在穷饿之中不至于发狂，也不至于堕落。"[1] 陶渊明、杜甫都是伤心人而有豁达风度，表面上虽诙谐，骨子里却极沉痛严肃[2]。在这一点上，陈维崧也极为相似。如他在《宛城咏古》（其二）自述："生世事不谐，乃值离乱秋。结发读诗书，岁月忽已遒。出门徇衣食，洟涩增我羞。"[3] 诗人自叹命运多舛，生不逢时，心情极度压抑。而天生的羞怯心理又阻隔了他与外界的畅达交流，于是内心压抑的壮志雄心只得化作无尽悲愁，犹如"郁郁张平子，端居咏四愁"了。

诚然，因个人与时代的局限，陈维崧与杜甫绝不处于同一境界层面上。两人虽然都是乱世之志士，但一在官途，一在民间。杜甫眼光多在江山社稷、黎民百姓，而陈维崧发声的角度多是从自身出发，由内到外，寻找到物我契合点。这在大量的作品中有所体现。如康熙八年（1669）春日的一天，陈维崧由大梁奔赴许昌。途经尉氏县时，道路两旁的野田景象引起诗人内心的波动，即作诗一首，《自汴赴许途中》云：

> 荒逵蔓古蒿，颓垣漾清浍。沟浍浩纵横，墟落半倾圮。絓马驻野田，据鞍百忧起。末流处实难，亮节人所鄙。持此硁硁

---

[1] 胡适：《白话文学史》，岳麓书社1986年版，第334页。
[2] 朱光潜：《诗论》，生活·读书·新知三联书店1998年版，第31页。
[3] （清）陈维崧：《陈维崧集》，上海古籍出版社2010年版，第733页。

怀,长为客游子。踌躇复何言,愁经阮公里。①

　　荒芜的田间小道上,长满了高高的蒿草。颓败凋零的垣墙,倒映在一旁的清水中。放眼望去,大大小小的水沟纵横交织,坍塌的废墟似倾未倾。这一派荒凉、凋敝的春日景象反映出的是历史古城萧条而破败不堪的现实。此番景象正击中了刚刚失意离京的诗人,一时间,种种忧思涌上心头。"末流处实难,亮节人所鄙。持此硁硁怀,长为客游子",这既是诗人对自己此番入京感受的抒写,又是深刻而坚定地向世人表白了自己的心迹。诗人深深地认识到:作为一个名不见经传的下层布衣,要想在上层社会求得一席之地,仅凭自视的才华是不够的,徒有坚贞的节操也是不被人重视的。如今,离京而返,诗人纵是无可奈何,且怀着一份坚定与固执会意于古人罢了。可以看出,异代同质的社会环境与坎坷身世,是陈维崧向先贤学习的源动力所在。但陈维崧又绝不是狭隘的,正如他自己所讲,"于其所至也,见漕艘之络驿,黄河之奔放,凡有关于国计民生也,尤必咨嗟而三叹焉"(《王怿民北游草序》)②。"咨嗟而三叹",正是他以"仁人君子之用心"的沉稳心态对待万物生灵的坚定行为所在。

　　除了在人格精神和思想内容上导源于杜甫,陈维崧还主动学习杜甫的诗歌创作艺术。一方面,与同时代人一样,陈维崧是有意识地以杜甫为学习榜样的;另一方面,他对杜甫诗歌创作的具体风貌又是用心去了解的。如他在《钞唐人七言律辄题数断句楮尾》系列诗中的第四首专写杜甫:"三唐作者细如毛,杜老波澜一代豪。吟到安时殊细腻,体当拗处更风骚。"③ 作为集大成之人,杜甫的诗歌风貌是多样的,有深沉慷慨的古体诗,有细腻妥帖的近体诗,还有风趣骚雅的拗体。在实践创作中,陈维崧就有意识贴近先贤。他不仅以杜诗作为次(和)韵的对象,而且将杜诗引用或化用到自己的

---

① (清)陈维崧:《陈维崧集》,上海古籍出版社2010年版,第711页。
② (清)陈维崧:《陈维崧集》,上海古籍出版社2010年版,第37页。
③ (清)陈维崧:《陈维崧集》,上海古籍出版社2010年版,第614页。

作品中。这种融化无迹的艺术手法着实为陈维崧表达悲沉激昂的诗情增色不少。如《三月三日庭中牡丹盛开》第一首:

> 道政坊中长绿苔,当春犹见数枝开。金铃紫幔都无分,日炙风吹更可哀。
>
> 士女两京愁战伐,莺花三月傍楼台。曲江旧事吞声甚,野老分明见劫灰。①

康熙元年(1662)春日的一天,陈维崧同二弟陈维嵋一同赏花之际,不禁感叹时局,遂作此诗。其中,"曲江旧事吞声甚,野老分明见劫灰"两句出自杜甫《哀江头》"少陵野老吞声哭,春日潜行曲江曲"②。《哀江头》是至德二载春天,杜甫经过曲江时有感而作。诗以唐玄宗与杨贵妃马嵬之事抒发兴亡之感。"曲江旧事"概括杜诗大意,暗指南明覆灭之旧事。"吞声",无声的悲泣。想哭,但不敢哭出声音。"甚",很,极言诗人内心的压抑之态。旧事萦绕于心头,悲痛至极,而无法言说。"野老",杜甫自号,陈维崧借以自指。"劫灰",劫火烧剩的灰烬,借指清军发动战争。两句结合来看,春光明媚的时节,诗人在自家院子欣赏牡丹,思绪却萦绕在时局。作为明朝子弟,一想到南明小朝廷刚刚覆亡的事实,诗人内心便悲恸难言。通过化用杜诗,诗人将杜甫深沉的忧国之情转移到自己身上,仿佛感同身受,实则体现了诗人经历家国剧变后思想的成熟与内心的沉潜。又如《清明》"新蒲细柳吞声处,把酒看花忆弟时"③ 之句也是化用杜甫《哀江头》。对此,叶嘉莹先生有着极为精彩的解释。她在《陈维崧词平议》中指出:"当时长安沦陷在安禄山手中,杜甫偷偷来到曲江的江边,吞声地哭泣。想当年开元盛世,曲江边上士女如云,大家都来游春,现在经过战乱,曲江边上没有一个人,

---

① (清)陈维崧:《陈维崧集》,上海古籍出版社2010年版,第534页。
② (清)钱谦益:《钱注杜诗》,上海古籍出版社2009年版,第42页。
③ (清)陈维崧:《陈维崧集》,上海古籍出版社2010年版,第599页。

那些王公贵人也都逃走了。"①"物是人非事事休,欲语泪先流",不解人间盛衰兴亡的蒲柳,"到春天一样长成了,一样是如此美丽的绿色,但是没有人来欣赏了。杜甫看到曲江岸边的宫殿千门紧锁,不禁感叹这眼前细细的柳丝和新生的水蒲为谁而绿?"②就像当年的杜甫一样,佳节之际,陈维崧也会暗自哭泣,哀痛明清国变之沦亡事实。"新蒲细柳"意象代表新朝,更含有亡国的悲音。前半句为伤悼国事,后半句为叙述家事。"把酒看花忆旧弟时","把酒看花"通常是处于比较欢乐的氛围里,但因出之以"忆弟",所以极带伤感。手法上"以乐景写哀情",表意更进一步。

陈维崧对于杜诗的化用,不仅单用其字句,而且情境取其一致。异代同质的遭遇增强了陈维崧诗的充实感与厚重感。随着阅历的增加,陈维崧后期的诗作内容扩大,反映民生,蹈扬出一股湖海般的英雄气概,以至于呈现出如杜甫般幽深的忧国忧民情怀。以七律佳作《二日雪不止》为例,诗云:

新年雪压客年雪,昨日风吹今日风。诇声只欲发人屋,骇势若遭扬满空。

田夫龟手拾马矢,邻媪猬缩眠牛宫。安得普天免冻馁,白头蹇拙甘送穷。③

此诗作于康熙十一年(1672),"二日"即农历正月初二。诗的前四句描写天气。这一天,风啸雪狂得厉害,试将整个屋顶掀去,尘土满天飞扬。诗的后四句叙事抒怀。就在这样极端恶劣的天气里,农夫还在田地里徒手拾柴,以至手都冻裂了;家中的妇人因为无柴取暖,只能蜷缩在牛棚里,等待丈夫归来。这是一幅悲惨的农家受寒画面,诗人心灵受到震撼,直发出杜甫式的呐喊,"安得普天免冻

---

① 叶嘉莹:《陈维崧词平议》,《南开学报》(哲学社会科学版)2015年第6期。
② 叶嘉莹:《陈维崧词平议》,《南开学报》(哲学社会科学版)2015年第6期。
③ (清)陈维崧:《陈维崧集》,上海古籍出版社2010年版,第780页。

馁,白头蹇拙甘送穷",境界堪与杜甫《茅屋为秋风所破歌》"安得广厦千万间,大庇天下寒士俱欢颜……吾庐独破受冻死亦足"相媲美。陈维崧典型的学杜诗篇还有《雨雪不止和杜陵后苦寒行二首示叔岱梁紫》,诗云:

>荒村凛冽人迹绝,昨雪嵯峨伴今雪。千条檐溜只撑门,化作虬枝敲不折。
>
>群鸦欺我屋昏黑,公然噪呼口流血,老夫髯张更眦裂。(其一)
>
>楼北阴森多宰木,挟以寒风号我屋。三年忍冻皮肉僵,多谢故人半当轴。
>
>我生时命一何酷。客冬骑马冲流澌,河深冰滑心自知。(其二)①

组诗作于康熙十年(1671)冬天。诗的语词、声吻、格调,都极力仿照原作而来。尤其"群鸦欺我屋昏黑,公然噪呼口流血,老夫髯张更眦裂"句,再次贴切化用了《茅屋为秋风所破歌》"南村群童欺我老无力,忍能对面为盗贼。公然抱茅入竹去,唇焦口燥呼不得,归来倚杖自叹息"。声情、口吻高度相似,境界堪称一致。就在这个深冬的夜晚,诗人骑马独行,不禁再次发出"我生时命一何酷"的呐喊。其内心的孤独凄凉亦不难想见。

在中期的客游生活中,诗人的创作进一步成熟起来。如康熙九年(1670),陈维崧过汝宁,作怀古诗《汝宁杂感》:

>茫茫平舆对水开,年年汝水抱城隈。已拚客到中原老,更值秋从绝嶂来。
>
>沙接郡楼寒拂槛,风传戍鼓暮衔杯。秦川公子飘蓬甚,废

---

① (清)陈维崧:《陈维崧集》,上海古籍出版社2010年版,第770页。

宅重经只自哀。(郡有王粲宅)①

从诗尾句的注释"郡有王粲宅"可知，诗人这次是专门去到汝水边上的王粲宅。在分析典故时，我们曾讨论过陈维崧善用王粲典事比附自己身世。这次诗人自己来到先贤的故居，自当感慨良多。诗歌的首两句写景，即突显出一种苍郁之气。手法上，"茫茫""年年"叠词相对，句式整齐，节奏感强。内容上，画面从空间和时间两个维度展开。苍茫辽阔而又久远迷离的水城景象让人印象十分深刻，自然地为下文的抒情作好了铺垫。"自古逢秋悲寂寥"，颔联转而写人。句式上，"已拚"对"更值"，对仗精工。意义上，"客到"对"秋来"，形成对照。在这种"物与我"两相观照下，"我"之悲秋意味就更加浓厚了。颈联紧扣"秋"意，描写戍边情景。"寒拂槛""暮衔杯"，分别从触觉和视觉写起，运用拟人化的艺术手法，将秋风萧飒中的自然场景和人物活动的场面表现出来，富有典型性。尾联再次移笔自身。诗人以"秦川公子"自指。"自哀"表明诗人无人可诉，只能将各种悲愤之情压抑在心里，表达了自己孤独漂泊、居无定所的哀痛。整首诗节奏顿挫起伏，前后一气贯注，诗情的表达深厚而又低徊婉曲。这一时期因着家庭变故，陈维崧颇多感怀，诗情愈发沉稳。康熙十一年（1672）仲夏，弟弟陈维嵋因贫病在故乡亳村去世。陈维崧遂作诗进行哀悼，情辞颇为感伤。《哭弟诗四首》其二云："日日提壶只独倾，年年痛饮似刘伶。不关人事惟疏放，每到论文剧老成。"② 多年以来，诗人与世龃龉，性情依旧放纵不羁。而正是这种潦倒不羁的坎凛遭遇，为诗人找到了追摹古贤的契合点，以至"每到论文剧老成"。可以说，诗人的全部身心感受都落在笔端，换化成文。此时，这种诗文创作上的"剧老成"特征也便成为诗人人生历练之后所独具的精神气格。

陈维崧有些诗篇写得的确好，以至得到了时人的好评。如《赠

---

① （清）陈维崧：《陈维崧集》，上海古籍出版社2010年版，第735页。
② （清）陈维崧：《陈维崧集》，上海古籍出版社2010年版，第1757页。

宋尚木》云：

  幕府山前铁骑围，舍人从此亦南归。独怜画省高名重，转忆沧江雅志违。
  金阙嶙峋流夜月，玉珂腰袅映晴晖。十年内史伤心地，头白班联在亦稀。①

宋征璧，字尚木，为陈维崧好友。诗歌围绕送别展开，首联即点明"南归"主题。中间两联集中描写人事变换。眼前的离别引起对往昔的回忆。一"怜"一"忆"，表明情思之所重。多年的朝班生活，总无法抵挡内心的夙愿。如今年岁已至，终于可以离开这"伤心地"。至此，送别进入尾声，气氛愈发低沉。整首诗笔触沉健，情感悲沉。邓汉仪评价为"如此诗便苍健"，即着眼于诗词语境的厚重，以及情感的低沉徘徊而言。又如五律《送弟宗石之归德》：

  麻衣霜肃候，古道弟行时。萧飒二千里，伶仃十五儿。黄河风正怒，白日命如丝。莫道为兄易，啼痕伏汝知。
  忆尔趋庭日，飞扬气食牛。只今贫到骨，无那月当头。索饭怜犹小，还家好趁秋。辛勤惭老仆，扶汝至商丘。②

顺治十四年（1657），陈维崧四弟陈宗石的生母去世，宗石归里后又返回商丘。陈维崧遂作诗送别。五言句短，但感情蕴藉，往往也有言简意深的效果。即如此诗。全诗尽显悲伤之情，尤其在第一首中，通过环境的描写渲染出强烈的氛围。"萧飒二千里，伶仃十五儿"，短短十个字，就道尽陈宗石的悲苦状。具体写法上，在地域与时间两个维度的观照下，一言返乡路途的遥远坎坷，一言年幼悲凄的异乡生活，悲怜之情溢于言表。律诗颈联往往多警句，此诗亦然。

---

① （清）陈维崧：《陈维崧诗》，广陵书社2006年版，第402页。
② （清）陈维崧：《陈维崧集》，上海古籍出版社2010年版，第1729页。

"黄河风正怒，白日命如丝"转而写环境。写送别当下的天气情况，狂风吹翻黄河水浪，一个"怒"字既是写风浪的咆哮之态，又暗合了诗人自己与弟弟此时翻腾不已的悲凄心绪。离别难奈，无法言说，只能借由这无情的环境描写强烈地渲染出来。"命如丝"则直白地道出自己与弟弟从此将开始真正的旧巢难栖的艰难生活。此两句诗综合运用拟人、夸张及比喻的手法，既是写景又是处处写人，烘托渲染出送别场面的悲壮，微妙地传达出诗人对未来生存境遇的担忧。整首诗写景凄凉，叙事悲沉，抒情浑厚，颇显老杜沉郁苍健的诗风特点。无怪乎邓汉仪称"如此等诗，何让老杜"，是为确论。他如《冬日广陵杂感》之"重忆南朝霸业空，潇洒风流汉武皇"，博得"绮思出以妙笔，固是少陵《秋兴》之遗"的高赞。着眼处也正在于陈诗向杜诗的靠拢。如此，我们便可以更加肯定，陈维崧是用心学习先贤而来，不仅为（wèi）其诗，更是为（wéi）其人。

前面我们已经提到，陈维崧赞赏李商隐宗学杜甫的行为。而这种赏赞一方面说明陈维崧自己对杜甫的尊崇，另一方面也说明陈维崧肯定李商隐所师承杜甫的沉郁风格。关于李商隐诗的风格，清代袁枚《随园诗话》云："古人之诗，少陵似厚，太白似薄；义山似厚，飞卿似薄：俱为名家。"① 李商隐的诗丽而不薄，其"厚"也包括情感的深沉厚度。而这种厚度就和他接武杜甫的沉郁诗风有关。关于李商隐宗学杜甫，最早是由北宋王安石提出的。南宋胡仔《苕溪渔隐丛话》前集卷二十二引《蔡宽夫诗话》云："王荆公晚年亦喜称义山诗，以为唐人知学老杜而得其藩篱，唯义山一人而已。每诵其'雪岭未归天外使，松州犹驻殿前军'，'永忆江湖归白发，欲回天地入扁舟'之类，虽老杜亡以过也。"② 可见，王安石所标举赏爱的李商隐诗都是有关忧时伤世之作。而李商隐与杜甫之间一脉传承的也正是此类作品。陈维崧通过赞李商隐而溯源至杜甫，正是看到了李商隐与杜甫之间在"剧老成"这一政治思想内容表达上的传

---

① （清）袁枚：《随园诗话》，江苏古籍出版社2000年版，第88页。
② （宋）胡仔：《苕溪渔隐丛话前集》，耘经楼藏板，国图古籍馆藏，86698。

承,即饱含忧念时事、系心国运的时代精神。陈维崧本人对李商隐和杜甫的诗思和诗艺的体认,也就此而来。如前文所述,陈维崧幼年喜好西昆体,间接也有对李商隐的承接,其时的注意力多集中于对绮丽典复诗风的体认。中年以后,他进一步认识到"浣花翁死诗人少,商隐篇章剧老成",明确地指出李商隐与杜甫之间的承继关系。而这种认识恰恰是随着陈维崧自身诗风的变化而出现的。"老成"不仅是陈维崧对李商隐一种诗风的体认,而且这种体认与时人所论颇有相合之处。如清朱鹤龄曾笺注李商隐诗集,他在《笺注李义山诗集序》云:"义山之诗,乃风人之绪音,屈宋之遗响,盖得子美之深而变出之者也,岂徒以征事奥博,撷采妍华,与飞卿、柯古争霸一时哉。"[1] 朱氏指出李商隐诗源出杜甫,寄托深意而有"风人之旨"。正如陈维崧所论:"却怪后来多傅会,金荃那抵玉溪生。"[2] "金荃",指《金荃集》,是五代温庭筠的别集。该集辞藻华丽,秾艳精致,内容多写闺情。正是因为看到了商隐诗中的"高情远意",所以陈维崧认为商隐诗比金荃多了一份更加深厚的思想内容,所谓"温薄不如李厚",亦是着眼于此。

李商隐的诗歌是密致幽丽与沉实高华等多样风格的融合体。陈维崧的诗歌表意婉曲,往往借用典事,以至诗境呈现出"含蓄蕴藉"的特点。这一点与李商隐近体诗有相似之处。如陈维崧七律《赠侯硕肤》:

> 汝是同昌小凤凰,王家禁脔姓名香。金钱春讲天潢礼,脂泽晨颁爱女妆。
>
> 事去青门萧史老,愁来朱邸沁园荒。谁怜戚畹何平叔,曾作西京执戟郎。[3]

---

[1] (清)朱鹤龄:《愚庵小集》,上海古籍出版社1978年版,第307页。
[2] (清)陈维崧:《陈维崧集》,上海古籍出版社2010年版,第615页。
[3] (清)陈维崧:《陈维崧集》,上海古籍出版社2010年版,第1735页。

这首诗大约作于顺治七年（1650）间。侯硕肤，陈维崧自注云："驸马孙也，先朝曾为锦衣。"陈维崧另有《侯硕肤诗序》，盖为同时之作。《诗序》云："（侯）世籍北平，才性诞放。家本尚主，少时出入两宫，十一补博士弟子员，十六例袭执金吾，声势煊奕，拟汉之大长公主家。数年以来，宫殿煨烬，世事溃决。自昔清河戚畹之宅，富平小侯之家，莫不流离戎马，辗转贩掠。"①这一段文字大致叙述了侯家在先朝因党祸之故而致衰落的过程始末。赠诗中"事去青门萧史老，愁来朱邸沁园荒"两句便是对此一盛衰始末的注脚。诗歌的前四句围绕侯公子展开描写，突显其华贵地位。他是人中凤凰，深受君王宠爱，名姓甚著。诗歌的后四句则专意描述其家世的衰败，光景颇为凄凉。其中前两句"事去青门萧史老，愁来朱邸沁园荒"，内容上，典事对用；形式上，对仗精工。一"去"一"来"即变换了天地。结尾两句"谁怜戚畹何平叔，曾作西京执戟郎"，则专用三国时期魏国何晏去就的故事比附侯生在新朝的衰落事实，婉转地表达了诗人对侯生身世萧条的悲悯之情。诗中凄伤之情借色彩繁复的词语以及典事委婉地说出，身世之慨隐于世事繁华盛衰之间。整首诗的情调哀婉低沉，婉约含蓄。邓汉仪因此评价为"字字典秀"，实为确论。

在精致的咏物诗中，陈维崧也往往以秀致的笔调描写物态，情感含蓄而描写细腻。如写秋柳云："依然和月多眉妩，何处临风少泪痕。"柳若美人，尽显其婀娜多姿的软绵情意。再如《小饮恭士斋头，饮次，出野蔬佐酒，色晕碧似苔，味清苦而殊脆。问何名，曰栗花也，洛阳山中多有之》写洛阳山中小花："巩洛山山绽栗花，摘来风味果然佳。流匙滑想经盐豉，入齿松尤胜笋芽。"②从栗花的色泽、气味两方面着笔，尽显花朵风味之佳。诗人对大自然的喜爱之情也随之自然地潜存于对物态的刻画之中。清词丽藻与好用典事是陈维崧靠拢李商隐的依据所在，但是应该看到两者是有差别的。以

---

① （清）陈维崧：《陈维崧集》，上海古籍出版社 2010 年版，第 22 页。
② （清）陈维崧：《陈维崧集》，上海古籍出版社 2010 年版，第 1749 页。

用典为例，李商隐所汲取的典故主要从是否适于表现绮情艳景的角度考虑，而陈维崧则是广泛搜罗，不拘一端。这与陈维崧多年的史学积累关系密切。他曾自言："忆余八九岁，熟读史汉编。……经史并坟索，散佚手自汇。秦汉迄六朝，栉比分经纬。"（《古诗十首》之九）[1] 不仅拿来用，而且有意识地保存史料，汇编成册。如此，陈维崧诗作中的典故多取材于经史，在诗境的表达上就突显出历史感与厚重感，增强了诗歌的力度美。

总体而言，陈维崧的七律刚柔并济，七绝则表现出始终如一的风貌。关于七绝一体，陈维崧认为"王李独臻其胜"，提倡学习王维、李商隐。早期他也曾创作了一些描写闺情的绝句，如《宫中曲》《汉苑行》《西宫春怨》《秋闺情》《春闺情》等，一目了然。这些早期的写情的诗，很有古乐府诗歌的味道。在这一点上，陈维崧诗中的"情"就与李商隐诗中的"情"有了相当的区别。李商隐的诗以"密丽"为主，情意的表达往往浓重、华贵、艳丽；而陈维崧的诗以"丽"为主，主要是指"清丽""秀丽"。他没有切身的闺情或艳情的可靠依托，不具备李商隐那种加入了自身气质的柔情蜜意，所以，写情，但不"艳靡"，更多的是一种明亮又含蓄的婉约之情。陈维崧此类创作更多地是有意模仿或仿照玉台及西昆之体，进行声情的实践创作。他的情感表达程度远没有李商隐诗中极尽缠绵靡靡之态，反而多呈现出清新优美的境界。清杨际昌《国朝诗话》中说陈维崧"七言绝清词丽句，足擅一家"，我想正是着眼于此。在这里，我们还联想到杜甫《戏为六绝句》中"不薄今人爱古人，清词丽句必为邻"的话来。这里引起注意的是"清词丽句"的含义。曹慕樊先生曾专门论"清词丽句"，认为杜诗此言的含义是取"清"与"丽"两种文风并存。[2]"清"是着重于清新、清雅的境界，"丽"是指华丽、秀丽的语词表达。浓与淡两种相对的风尚结合在一起，属诗人有意为之。因为诗人着意追求的是诗境的清新淡雅，以及辞藻的秀

---

[1] （清）陈维崧：《陈维崧诗》，广陵书社2006年版，第47页。
[2] 曹慕樊：《杜诗杂说全编》，生活·读书·新知三联书店2009年版，第123页。

丽不腻。进而营造出一种婉转含蓄的情绪氛围。这种追求往往通过不同的吟写方式呈现出来。例如，有的诗往往不是借助于描写物象传达情意，如《小秦淮曲》：

十年情绪不曾消，又过扬州第几桥。小倚曲阑思往事，伤心斜日柳条条。

思乡浑似欲眠蚕，自入新秋百不堪。正是水云寥落处，斜铺楚簟梦江南。

大妇贪居茭叶庄，小姑爱住捕鱼塘。沿流画舸自来去，欸乃一声江月黄。①

这组诗蕴含着淡淡的哀伤之情。其中有思乡，有怀古，都是借助秦淮周边的景物传递出来。伤情寄于景物中，还带有一丝淳朴的生活气息。还有的注重追求诗歌整体情境的浑融一体，使其达到诗思流畅、音调婉转、节奏分明的效果。如《秦淮即席赠姜绮季》：

洗马无端也渡江，秋风偏送木兰艭。只今水阁垂杨外，钗影书声共一窗。

台城说法老公狂，一夜军声坠玉床。处处王家门巷改，只余燕子认诸郎。②

单就诗歌的声律音韵的表达而言，自是流畅通达的，无怪邓汉仪评价它"音节妍宛，当令二八女郎按拍歌之"。比较典型的还有红桥唱和期间创作的诗歌，如《红桥二首》《和阮亭冶春绝句》等诗，如《和阮亭冶春绝句》一首云："与客且衔金屈卮，锦帆天子系人思。孝廉闻一当知几，琐琐兴亡君怨谁。"言简意赅，妙处在说不尽。沈德潜在《说诗晬语》卷上第118条论七绝时说："七言绝句，

---

① （清）陈维崧：《陈维崧集》，上海古籍出版社2010年版，第604页。
② （清）陈维崧：《陈维崧集》，上海古籍出版社2010年版，第1766页。

以语近情遥，含吐不露为主。只眼前景，口头语，而有弦外音、味外味。"① 陈维崧此类诗正体现了这种言有尽而意未穷的特点。

第二节　转益多师，瓣香宋调

清初，诗坛上存在唐、宋诗风分流并存的现象。对此，罗时进先生指出："对于清人来说，在唐诗、宋诗建立了两大诗学格局，囊括了尽可能多的诗学范畴、诗法家数以后，要想完全超离于这两大格局而另辟天地实际上是不可能的，因此这时的所谓'变'，似乎只能是对既有的两大格局重新体认、选择和融通。"② 如清初诗人邵长蘅《剩稿诗文》卷四《研堂诗稿序》云："诗之不得不趋于宋，势也。盖宋人实学唐，而能泛逸唐轨，大放厥辞。唐人尚蕴藉，宋人喜径露；唐人情与景涵，才为法敛，宋人无不可状之景，无不可刨之情。故负奇之士，不趋宋，不足以泄其纵横驰骤之气，而逞其瞻博雄悍之才。故曰势也。"③ 说明了诗歌发展趋宋的必然趋势所在。有清一代，诗人对唐诗的学法自然是承续不绝，而对宋诗的注目则经历了一番循序渐进的过程。清人对宋诗的趋好，源自于晚明七子"瞎盛唐"行为之弊。对此，清纪昀《精华录提要》中说："我朝开国之初，人皆厌明代王、李之肤廓，钟、谭之纤仄，于是谈诗者竞尚宋元。"④《敬业堂集提要》云："明人喜称唐诗，自国朝康熙初年，窠臼渐深，往往厌而学宋。"⑤ 为了廓清明末诗风的弊端，清初士人纷纷寻找新的创作途径。其中，钱谦益被推为开此风气之先的第一人。早在明朝天启、崇祯年间，钱谦益就注意并开始改变晚明

---

① （清）叶燮、薛雪、沈德潜著，霍松林、杜维沫校注：《原诗·一瓢诗话·说诗晬语》，人民文学出版社2006年版，第219页。
② 罗时进：《地域·家族·文学：清代江南诗文研究》，上海古籍出版社2010年版，第314页。
③ （清）邵长蘅：《邵子湘全集》，青门草堂藏版，国图古籍馆藏，86805。
④ （清）纪昀：《四库全书总目提要》，商务印书馆1933年版，第1103页。
⑤ （清）纪昀：《四库全书总目提要》，商务印书馆1933年版，第1151页。

的诗风。对此，清人李振裕《善鸣集序》云："虞山钱牧斋先生乃始排时代升降之论而悉去之，其指示学者，以少陵、香山、眉山、剑南、道园诸家为标准，天下始知宋金元诗之不可废，而诗体翕然其一变。"① 之后，沈德潜在《与陈耻庵书》中谈及清初宗宋诗风盛行，也详加评论：

> 明初虽沿元季余习，然如刘伯温、高季迪辈，飚然自异，亦一时之盛；洪宣以后，疲苶无力衰矣，李献吉、何大复奋然挽之，边庭实、徐昌谷诸人辅之，古体取法八代，近体取法盛唐，虽未尽得古人之真，而风格遒上，彬彬大盛；后王、李继述，亦称蔚然，而拟议太过，末学同声，冠裳剑佩，等于土偶，盛者渐趋于衰。公安袁氏有心矫弊，失之于俚；竟陵钟、谭立意标新，失之于魔，衰极矣！于是钱受之意气挥霍，一空前人，于古体中揭出韩、苏，于近体中揭出剑南，受之之学，高于众人，而又当钟、谭极衰之后，钱氏之学，行于天下，较前此为盛矣。②

沈德潜通过梳理自明代以来的诗歌发展历程，釐清宗宋诗风在清初盛行的原因。极推钱学之盛。清人朱庭珍《筱园诗话》卷二也指出这一事实："钱牧斋厌前后七子优孟衣冠之习，诋为伪体，奉韩、苏为标准。当时风尚，为之一变。"③

清人对宋诗的注意，大约从康熙初年伊始。较明显的一个事件便发生在康熙二年（1663）。该年夏季，吴之振、吕留良、吴自牧、黄宗羲等人开始编选《宋诗钞》。序云："黜宋诗者曰'腐'，此未见宋诗也。宋人之诗，变化于唐，而出其所自得，皮毛落尽，精神

---

① （清）李振裕：《白石山房集》，康熙间香雪堂刊本，国图古籍馆藏，24356。
② 叶庆炳、吴宏一编，国立编译馆主编：《清代文学批评资料汇编》，成文出版社1979年版，第407页。
③ 郭绍虞编选，富寿荪校点：《清诗话续编》，上海古籍出版社1983年版，第2348页。

独存。"① 这就分明地肯定了宋诗学唐而变的独特价值。吴氏诸人反对贬黜宋诗，诗学的对象也以韩愈、苏轼、陆游等人为主。直至康熙十七年（1678）左右，宋诗风在清初诗坛上盛行开来。但在此之前已大有不满宗唐者的呼声，只是未敢明白说出。如吴之振就曾讲述了自己的体会，《八家诗选序》云："余辛亥至京师，初未敢对客言诗，兼与宋荔裳诸公相游宴，酒阑拈韵，窃窥群制，非世所谓唐法也。故态复狂，诸公亦不以余为怪，还往倡酬，因尽得其平日之所作而论次之。"② 这段话说明的是早在康熙十年（1671），吴之振就推扬宋诗了。趁这次进京的机会，他便把随身带来的《宋诗钞》大胆分与诸人。今天看来，吴氏的这一举动无疑加深了京师文人对宋诗的喜爱程度，加速了宋诗的流行。实际上，在很长一段时间里，清初诗坛是宗唐、宗宋诗风并存的。赵永纪先生《清初诗坛上的宗唐与宗宋》指出，在清初诗坛的最初三十年，即康熙十几年前，诗坛上仍是宗唐派多，只有到了康熙十几年之后，诗坛上才出现了"竞尚宋元"③的局面。如清人宋荦《漫堂说诗》云："明自嘉、隆以后，称诗家皆讳言宋，至举以相訾謷；故宋人诗集，庋阁不行。近二十年来，乃专尚宋诗。至余友吴孟举《宋诗钞》出，几于家有其书矣。孟举序云：'黜宋者日腐，此未见宋诗也；今之尊唐者，目未及唐诗之全。宋嘉、隆间固陋之本，陈陈相因，乃所谓腐也。'"④ 按，宋荦此书作于康熙三十七年（1698）间。所谓"近二十年"，当是指康熙十七年（1678）左右。由此可见，宋诗风正式流行于康熙诗坛便是此时。而这时，陈维崧也已经进入京师了。

从现存资料来看，陈维崧自己并没有专门的语言文字论及自己对宋诗风的师学或师法，但是他在为好友吴绮的《宋元诗选》所作启文中透露出自己对宋、元诗的一些看法。陈维崧《征刻吴园次宋

---

① （清）吴之振等：《宋诗钞》，中华书局1986年版，第3页。
② 蒋寅：《王渔洋事迹征略》，人民文学出版社2001年版，第176页。
③ 赵永纪：《清初诗坛上的宗唐与宗宋》，《社会科学战线》1989年第1期。
④ （清）王夫之等撰：《清诗话》，上海古籍出版社2015年版，第428页。

元诗选启》云："夫其语必生新,篇皆矜俊。龙编鸟篆,书得之坏冢之中;禁脔侯鲭,味乃在庶羞之外。"① 对此,陈维崧三弟陈维岳在阐述陈维崧晚年诗风时也提及:"(维崧)晚而与当代大家诸先生上下议论,纵横奔放,多学少陵、昌黎、东坡、放翁,而诗又一变。"② 康熙十七年(1678)初秋,陈维崧因应清廷特科考试而进入京师。前后居住共四年的时间,无疑是赶上了当时诗坛风气的转变。对他晚年诗风唐、宋并收的特点已有定论。他自己也明确说过:"吾诗在唐、宋、元、明之间,不拘一格。"③

陈维崧晚年诗风靠拢的主要对象有韩愈、杜甫及苏轼、陆游。陈维崧对杜甫的学习,一直是没有中断的。如上节所论,他在创作的中期开始,学杜尤其集中。而这时也逐渐显露出对于韩愈诗歌的注意。早在康熙十一年(1672)春,在商丘,陈维崧即用韩愈诗韵作古体长诗。联系诗歌的创作背景,可以发现,在这几首诗中,诗人抒发的情感多蕴含着一种激愤、昂扬的情绪,与同期所作其他题材的诗大不相同。如五言排律《咏雪用昌黎韵》写雪。雪本身是一种轻柔、美好的自然生灵,它降落于人间应该是一个喜事,但诗人笔下的雪并非如此。诗人尽情挥洒笔墨,极尽文笔之能事,用大段文字写出雪降临人间的非凡气势,着重刻画的是下雪时一种肆无忌惮的态势:

  轻飐花六出,重叠雪千堆。月出凭相照,风轻任却回。骤惊翔屋杪,旋遣糁庭隈。瑟瑟天枢断,琤琤月斧摧。一军银铠甲,三户玉楼台。素倩班姬织,绡从鲛女裁。行天疑鼋羽,铺地遍莓苔。那许金盆掬,惟容缟袂搀。辞难穷诡谲,状益讶环瑰。急下团成片,徐筛薄类埃。捕空翻冉冉,辨色总皑皑。瑶瑟弹天女,琼扉舞善财。……仙人持作饭,邻女认为梅。……

---

① (清)陈维崧:《陈维崧集》,上海古籍出版社2010年版,第246页。
② (清)陈维崧:《陈维崧集》,上海古籍出版社2010年版,第1821页。
③ (清)陈维崧:《陈维崧集》,上海古籍出版社2010年版,第1821页。

倏忽成三岛，须臾匝九垓。冷堪随汉节，酷更剧秦灰。幡已迟花信，炉方热芋魁。蒙头银海眩，企脚玉山颓。压背儿童闹，张颐语笑豗。捏狮脂筑玉，燃蜡火成胎。刻画形偏肖，雕镂理莫推。①

面对变化多端而难于揣测的雪势，诗人也只得发出"辞难穷诡谲，状益讶环瑰"的嗟叹。诗人借助想象、夸张、联想等手法，写自己才思的枯竭，实则衬托出下雪情状的难以描述。雪片纵横于人间的万般姿态，令人难以捉摸。而奇异的仙人故事，尽显人们面对"冷""酷"无情的大雪来势难挡的反应。整个文本语词生涩，情感激昂，极似韩愈生硬险怪的诗风特点，使人读来仿佛能够深切地感受到诗人内心的激荡澎湃。在另外一首次韵诗《仲春九日牧仲堂中大合乐走笔，次昌黎赠崔立之评事韵》中，诗人陈维崧同样是以一种非同凡响的情调描写众宾欢聚的场面，给人以震撼的气势。请看：

时余恶卧类虫蛰，忍冻苦吟杂蝼蚓。君言何惫子且起，今者不乐古所哂。尽纠十队酿笙箫，酿抵六宫斗邢尹。曲部方冲恨垒坚，花奴又破愁城窘。此时壁带晃帘户，此夜地衣羃栏楯。翩翩侠客脱褊袓，衮衮狂夫联鞿靷。嘲诙宁顾邓艾吃，跳踉谁甘孙武膑。就中贱子最飞扬，颇怪年来只悲闵。忆违越峤与吴溠，不听高吟并漫引。空遣蛮歌佐竹烟，那取娇歈侑樱笋。何期仙籁发人寰，恰似天风啸虚牝。舞衣轧轧蔡阿锡，歌管嘈嘈折籐筤。此乐轰轰天下无，纵死悠悠会当忍。揭来万事悉秋毫，不然千岁同朝菌。歌阕西倾走月兔，筵散南飞指霜隼。本师拍板尚喧豗，弟子腰肢岂粗蠢。嗟余只欲沥心血，作诗便拟钬肝肾。余子休嗔我辈狂，后期未必他年准。盘空硬句何足奇，雅会聊图垂不泯。②

---

① （清）陈维崧：《陈维崧集》，上海古籍出版社 2010 年版，第 784—785 页。
② （清）陈维崧：《陈维崧集》，上海古籍出版社 2010 年版，第 787 页。

宋荦，字牧仲，河南商丘人。为这次歌舞聚会的组织者。诗歌的开篇陈维崧不厌其详地从自身写起，其时的处境是"恶卧类虫蛰，忍冻苦吟杂蟪蚓"。诗人说自己睡觉的样子就像虫蛰，不难想象，彼时诗人居住环境不仅恶劣，并且寒冷不堪，以致"苦吟"难耐。"苦吟"二字使我们想象到，诗人在恶劣的环境下，身心受到影响，以致于才思枯竭。而就在此时，友人宋子偏偏组织了一次春日歌舞聚会，并邀请诗人参加。接下来，诗篇的大部分笔墨便用来描述该次大合乐的场面，"尽纠十队醵笙箫，醵抵六宫斗邢尹。曲部方冲恨垒坚，花奴又破愁城窘。此时壁带晃帘户，此夜地衣羃栏楯。翩翩侠客脱裲裆，衮衮狂夫联韂鞴"，歌舞笙箫，饮食美妓，自是不必说了。诗人多使用晦涩的语词进行描述，加上典故的使用，尤其将这种欢乐场面展现得华丽却又极度陌生，读来仿佛有一种急促之感。之所以如此，正如陈维崧自己所言"嗟余只欲沥心血，作诗便拟铢肝肾"。他是怀着一种狂傲不羁的心态来聚会的，眼前的歌舞宴饮，让他想起的是曾经的自己。两相对比中，诗人的落寞、不堪、可怜等心绪，便一股脑化为诗笔，倾泻而出。但诗人又是很清醒的，"盘空硬句何足奇，雅会聊图垂不泯"，他就是有意地使用这样非质朴晓畅的言辞来表达自己的内心，以期达到长久。

这里引起我们注意的便是陈维崧"盘空硬句"的自述。我们知道，韩愈有一种导源于杜甫而发展成为奇崛险怪的追求陌生化的诗风特点。对此，赵翼《瓯北诗话》卷三中说："韩昌黎生平，所心摹力追者，惟李、杜二公。至昌黎时，李、杜已在前，纵极力变化，终不能再辟一径。惟少陵奇险处，尚有可推扩，故一眼觑定，欲从此劈山开道，自成一家。此昌黎注意所在也。"[①] 如此看来，陈维崧诗思就存在有意向韩愈学习的倾向，尤其在遣词用韵以及营造格调等方面，陈诗颇似韩愈诗风的险（峭）怪一类。陈维崧不仅实践创作次韵诗，还数次表明自己对杜、韩诗体的态度。如康熙十七年

---

① 郭绍虞编选，富寿荪校点：《清诗话续编》，上海古籍出版社1983年版，第1164页。

(1678)腊月,陈维崧在京师收到友人们索诗的书信。他在复诗中便有"近来笔力苦奇钝,复有尘氛来萦牵"(《李屺瞻以素茧诗走笔为作长句》)、"龙香蛇跗百不见,出语那得清而圆"(《张晴峰水部索雷琴诗漫赋长句》)这样的句子。因为有往来应酬的牵累,加之生活的困顿,晚年的陈维崧才力大减,诗思深受影响。用他自己的说法似乎是创作不出以往那样清丽温润风格的好诗来了。"公缘桑梓情偏惬,我困泥途句类俳",尤其在这种与友人对比的情形下,诗人身心内外受到的打击更大,以致于写出俳谐一类的诗句来。

康熙十八年(1679)春,三月,清廷举行博学宏词科考试。五月榜发,陈维崧中一等第十名,被授予检讨官,参修《明史》。九月,他曾特意把自己家乡的一套茶叶茗器赠送给王士禛。《阮亭先生有谢愚山侍读赠绿雪茶诗,翼日余亦赠先生岕茗壹器侑以此作并索先生再和》诗中云:"先生下傺直,兀若栖穷岩。朝来肯一吟,骨力韩杜兼。频年固诗垒,坚卧任鼓儳。"[①] 陈维崧这样做的目的很明显,他就是要仿照施闰章的做法,也以送家乡特产为由,索要王士禛的和诗。以当时的身份来讲,王士禛正处于京师诗坛的领袖地位。而他一度倡导的便是宋诗,俞兆晟《渔洋诗话序》载其自言:"中岁越三唐而事两宋,良由物情厌故,笔意喜生,耳目为之顿新,心思于焉避熟。……当其燕市逢人,争相提倡,远近翕然宗之。"[②] 这从一个侧面印证了其时宋诗风对京师文人的浸染,陈维崧亦不出其外。由此,以上几句话即是他对王士禛诗歌风格的一种揄扬,也恰恰表明王诗"骨力韩杜兼"的诗风特点。与此诗相呼应,在终于等到王士禛的回复后,陈维崧迫不及待又作诗一首,表露了自己"馈茶冀得诗,持以诧流辈"的心声。他说"讵止侧弁哦,还思略沾溉",所以他事先在心里猜测,王诗定是"遥知定吟圆,百颗落珠琲",接着描述了自己盼诗不来的焦急心理及接到答诗的喜悦心情:"瑶华卒未贻,兀兀守茶焙。譬如倾城人,含情惜娥黛。清晨陡然

---

① (清)陈维崧:《陈维崧集》,上海古籍出版社2010年版,第838页。
② (清)王夫之等撰:《清诗话》,上海古籍出版社2015年版,第163页。

示，快若破积块。狂斟翠瑳干，起舞珊鞭碎。"(《送茶次日阮亭先生语我又得一诗，乃迟迟不遽出，昨始见示仍叠来韵》)① 一前一后，由静到狂，真是判若两人。最后则再次点明王诗极具"险更工"的特点，表达了对王士禛的钦佩之情，间接地表露了自己的诗学倾向。

在本年的最后一首诗里，陈维崧再次有所申述。《益都夫子次君冒闻将膺国子学正之命，长歌奉赠次汪舍人韵》云：

> 岐阳石鼓器怪伟，迹留太学世则无。我未手抄兼目击，空盘硬句追韩苏。羡君皋比拥此地，十万胄子桥门趋。鼓也膨脖屹虡下，守闉安用铜驼乎。凤毛犀角相门种，才调岂止堪师儒。沙堤代筑韦平拜，今人料与前贤俱。只愁揽镜白如瓠，褒衣不称君形模。入春花发上丁日，定有胾肉膰吾徒。②

诗歌的缘起是相国兼师傅冯溥之子即将任职国子学。由此，陈维崧便联想到前朝国子监文事，遂以此起笔。关于"岐阳石鼓"，清人崔东壁《丰镐考信别录》记载云："岐阳石鼓十枚，上皆刻四言诗。唐韩退之以为周宣王时所作。宋欧阳永叔云：'自汉以来，博古好奇之士皆略而不道。隋氏藏书最多，其志所录，《秦始皇刻石》、《婆罗门》、《外国书》皆有，而独无《石鼓文》。遗近录远，不宜如此。况传记不载，不知二君何据而知为文、宣之鼓也？'"③ 石鼓文，是我国现存最早的石刻文字，以大篆体记叙游猎之事。据近代学者考证，石鼓文实为秦代刻石。唐代的韩愈和宋代的苏轼都曾依此作《石鼓歌》。上述引文中，欧阳修所言"二君"即指韩、苏两人。如韩愈《石鼓歌》中说"少陵无人谪仙死，才薄将奈石鼓何。……嗟余好古生苦晚，对此涕泪双滂沱"，表达了自己对先贤杜甫、李白二

---

① （清）陈维崧：《陈维崧集》，上海古籍出版社 2010 年版，第 838—839 页。
② （清）陈维崧：《陈维崧集》，上海古籍出版社 2010 年版，第 864 页。
③ （清）崔东壁：《崔东壁遗书》，上海古籍出版社 1983 年版，第 348 页。

人的追念，以及对石鼓文化的喜爱。诗中除了叙写石鼓的来历、体式及其不幸遭遇，韩愈尤其表达了自己"圣恩若许留太学，诸生讲解得切磋"的愿望，希望研究刻文内容，以昌明儒学。韩愈石鼓诗作于元和六年（811），苏轼同题诗作于嘉佑六年（1061）十二月，该月苏轼上任凤翔签判，拜谒孔庙时得见石鼓，因作此诗，为其组诗《凤翔八观》之一。苏轼师古好学之心与韩愈几类，他也是见鼓而思先贤，并且仔细辨认石头上的刻文。苏轼《石鼓歌》记载："细观初以指画肚，欲读嗟如箝在口。韩公好古生已迟，我今况又百年后。强寻偏傍推点画，时得一二遗八九。"① 可见，韩愈、苏轼的同题诗作，从内容到字词章法等皆有学杜的痕迹，一脉相承但又具有自己鲜明的特点。对此，时人多有评论。如清代汪师韩《苏诗选评笺释》卷一评苏轼《石鼓歌》云："雄文健笔，气魄与韩退之作相埒，而研炼过之。……澜翻无竭，笔力驰骤，而章法乃极谨严，自是少陵嗣响。"就很准确地指出了韩、苏诗作的特点，并且指出苏诗与杜甫诗作的承继关系。二者都是笔力雄健，章法严谨，气势壮阔，代表了一种苍茫雄健的诗风特点。也正是基于这样的认识，陈维崧在诗中说"我未手掣兼目击，空盘硬句追韩苏"，本意是说，自己虽然没有机会亲自观摩石鼓，但是从先贤留下来的诗作可以想象，并由此进行创作。关键句在于"空盘硬句追韩苏"，陈维崧表示要以同样的作法来追随韩愈、苏轼的创作，"空盘硬句"四字再次说明了陈维崧所体认的韩、苏一脉的诗作特点。

关于韩愈诗文的风格，清代朱彝尊《石洲诗话》卷四就曾说"奇者极于韩"②。韩愈好用奇字新语，如清代袁枚《随园诗话》卷三所说："昌黎尤好生造字句，正难其自我作古，吐词为经，他人学之便觉不妥耳。"③ 韩愈自己也说过"横空盘硬语，妥帖力排奡"

---

① （清）王文诰辑注，孔凡礼点校：《苏轼诗集》，中华书局2012年版，第101—102页。
② 郭绍虞编选，富寿荪校点：《清诗话续编》，上海古籍出版社1983年版，第1435页。
③ （清）袁枚：《随园诗话》，江苏古籍出版社2000年版，第73—74页。

(《荐士》),力求把精心结撰的奇词硬语平稳妥帖地运用到作品中。关于"盘空硬语",清人赵翼指出:

> 盘空硬语,须有精思结撰。若徒搏撦奇字,诘曲其词,务为不可读而骇人耳目,此非真警策也……其实《石鼓歌》等杰作,何尝有一语奥涩,而磊落豪横,自然挫笼万有。(《瓯北诗话》卷三)①

这也正如方东树释读"妥帖力排奡"所说,"其肠胃绕万象,精神驱五岳,奇崛战斗鬼神,而又无不文从字顺,各识其职"②,用语奇崛而无晦涩之感。想来陈维崧在自己的创作中也注意到这一点,如前首《咏雪》诗,并非晦涩不堪,也能做到"文从字顺"。在清初诗坛风向转变的过程中,陈维崧尤其关注韩愈这种奇崛高古的诗风特点并有意向其学习,追根溯源,是因为韩愈的诗歌创作对宋诗有极大的影响。从诗歌史的发展角度看,"唐之少陵、昌黎、香山、东野,实唐人之开宋调者"③。吉川幸次郎在《中国诗史》中说:"在旧中国最后一个时代——清代,往往祖述与现实生活关系更密切的宋诗。但是,即使是在那样的时候,认为必须把唐诗作为祖述的对象,唐诗是诗歌黄金时代的看法,也没有动摇过。而且,这种看法在今日的中国,仍无变易。"④ 清人对此已有清醒的认识,如田雯《古欢堂集杂着》卷一云:"今之谈风雅者,率分唐宋而二之。不知唐之杜、韩,海内俎豆之矣。宋梅欧王苏黄陆诸家,亦无不登少陵之堂,入昌黎之室。"⑤ 作为宗宋诗风的清人来说,他们师法的对象

---

① 郭绍虞编选,富寿荪校点:《清诗话续编》,上海古籍出版社1983年版,第1165页。
② (清)方东树:《昭昧詹言》,人民文学出版社1961年版,第219页。
③ 钱锺书:《谈艺录》,商务印书馆2013年版,第7页。
④ [日]吉川幸次郎:《中国诗史》,安徽文艺出版社1986年版,第204页。
⑤ 郭绍虞编选,富寿荪校点:《清诗话续编》,上海古籍出版社1983年版,第695页。

自然首先就包括杜甫、韩愈，其次还有苏轼、陆游等人。

　　陈维崧晚年对于宋诗风的靠拢，也是多种因素造成的。从外因来讲，京师诗坛的风向使然。作为京师文人圈的一分子，诗人不可避免地受到影响。从内因来讲，诗人晚年处境尤其惨烈。他僦居于寺庙旁的一个小屋，地位低下，俸禄低微，数次高喊"金门索米苦饥饿"。这样的地表生存环境严重影响了诗人的文学创作，以致于"豪情苦受寒饥减"（《李屺瞻以素茧索诗走笔为作长句》）①，"出语那得清而圆"（《张晴峰水部索雷琴诗漫赋长句》）②。综观韩愈创作风格的演变，其雄奇变怪的诗风追求是在被贬谪阳山之后才明显起来的；而到了晚年，诗风又趋于平缓，这正说明了诗人心境和处境的遭遇对创作风格所产生的影响。晚年陈维崧穷居京城的不堪窘态，无处可泻的愤懑之气，加上与生俱来"我生大言好志怪"而不入流俗的个性，必然造成他对于韩愈诗风的一再重复，并获得了"一从杜韩不在世，识君笔阵森开张"（《黄秋水新婚索诗辄题长句赠之》）的殊誉。这种诗坛宗尚在他对友人的文学评论中也有显著体现。如《送惠元龙南归》诗中，他对僚友惠周惕有一段描述：

　　君身虽短小，志略绝魁梧。虫鱼辨毫芒，亥豕正迷误。居恒陋儒师，鲜见徇笺注。役使千古人，毋乃类佣雇。独抒雅健思，拗作攫挐句。迩又愤时艰，触口肝胆露。抚摸韩杜体，飞动论世务。激为危苦词，刺彼闾阎蠹。③

又如在送别田雯的诗中，诗人回忆登高赋诗的情景：

　　黑龙潭上架小阁，夜夜龙吼安能牢。白杨离披不晓事，晚更助以声飕飕。我辈渴笔写长句，兀臬欲与天风麈。君诗跌宕

---

① （清）陈维崧：《陈维崧集》，上海古籍出版社2010年版，第807页。
② （清）陈维崧：《陈维崧集》，上海古籍出版社2010年版，第817页。
③ （清）陈维崧：《陈维崧诗》，广陵书社2006年版，第883页。

倍深警,陵轹韩杜驱雄褒。(《送田纶霞督学江南》)①

首先,这些送别对象都是与陈维崧同朝为官的僚友,彼此熟识。在繁琐的史馆工作之余,众人结伴出游,行文雅之事。其次,从上述诗句的描写中可以看出,这又是一群意气相投之人。他们在一起从事诗文创作的场景颇为壮烈。而如此豪放之人创作出的文学作品自然是"文如其人":"抚摸韩杜体,飞动论世务","我辈渴笔写长句,兀鼙欲与天风鏖。君诗跌宕倍深警,陵轹韩杜驱雄褒",他们创作的诗风特点很明显都是以韩、杜体为模范的。

除了对宋诗有直接影响的杜甫、韩愈外,清初士人当然也要以宋代诗人作为师法的对象了,公认的大家首推苏轼、陆游。我们首先须廓清清初诗人对宋诗风的崇尚到底经历了一个怎样的过程。如本节开始所提到,清初因为矫正明末的"假唐诗"之弊而趋好宋元诗,但清人对宋诗风的真正态度又是什么呢?蒋寅先生曾经指出:"只要我们仔细研究当时的诗歌创作和批评,而不是率尔轻信一两条关于明清之交流行宋元诗风的记载,就会发现:在宋元诗的旗号下,人们实际接受的诗歌未必是真正代表宋元诗精神的作家和作品。"②如清人贺裳《载酒园诗话》中所述:"余读前辈遗言,尤薄宋人,然宋人之诗实亦数变,非可一概视之。至如近人之称许宋诗,不过喜其尖新僄浅,乃南宋中陆务观一家,亦未能深窥宋人本末也。"③"尖新僄浅"是取宋诗易解易学的方面,追求新奇,轻巧浅薄,浮于表面,而容易流于竞赛。对于此种弊风,贺裳注目颇多,曾数次论及。蒋景祁在述及陈维崧晚年创作的背景时也讲:"(维崧)戊午被诏命,应博学宏词之选,辇上诸巨卿竞讲诗格,而又唾弃陈言,争取新异。"(《陈检讨诗钞序》)④ "竞讲诗格""争取新异"的做法,只关

---

① (清)陈维崧:《陈维崧诗》,广陵书社2006年版,第887页。
② 蒋寅:《陆游诗歌在明末清初的流行》,《中国韵文学刊》,2006年,第17页。
③ 郭绍虞编选,富寿荪校点:《清诗话续编》,上海古籍出版社1983年版,第453页。
④ (清)陈维崧:《陈维崧集》,上海古籍出版社2010年版,第1822页。

注形式，而忽略了诗人真实情性的抒发。

明清诗坛对苏轼、陆游诗歌的注目，最早可追溯到明天启、崇祯年间。据清人贺裳《载酒园诗话》记载："天启、崇祯中，忽崇尚宋诗，迄今未已。究未知宋人三百年间本末也，仅见陆务观一人耳。"① 他严厉地指出，当时宋诗风的流行仅仅是过于关注南宋诗人陆游，却不曾深究宋诗的本真面貌。"实则务观胜处，亦未能知，止爱其读之易解，学之易成耳。遂无复体格，亦不复锻炼深思，仅于中联作一二姿态语，余尽不顾，起结尤极草草，方言俗谚，信婉直书。"② 对苏轼、陆游诗风的体认，又是存在诗人个体的主观能动性的差异的。比如，对于陆游，清代人有着较高的评价，如清人汪琬《尧峰文钞》卷二十九《蓬步诗集序》云："唐诗以杜子美为大家，宋诗以苏子瞻、陆务观为大家。"蒋寅先生评论道："清初诗人对陆游的推崇亦不在少数，甚至整个康熙朝，诗坛对陆游的兴趣长盛不衰。"③ 在这种氛围下，陈维崧不可避免地会注意到苏、陆诗风在诗坛上的吹刮盛况，他的晚而学宋便顺势而行了。从陈维崧三弟陈维岳与乡人后辈蒋景祁所作诗序来看，陈维崧对于以苏、陆为主的宋诗风的鉴习，主要是"一写其性情之所寄托"，并且达到了"前无仿，后无待，论之者比于苏陆，而要其神似，非形似，欲摘其片语支韵，谓古人已为之，无有也"的地步。取其精神气格的相似，而非拘泥于字句的学习，晚清徐嘉有一组论诗绝句，他在第九首中说道："风流跌宕数陈髯，湖海楼高揖子瞻；山鸟山花吟旧句，鬓丝禅榻一轻缣。"（《论诗绝句五十七首》）④ 在晚年，陈维崧无疑也是熟读过苏轼诗集的。他在古体诗创作中，多次以苏轼诗韵作次韵诗。如次苏轼《清虚堂》韵作《恭和掌院叶讱庵先生题翰林院壁》，用苏轼《渼陂鱼》韵作

---

① 郭绍虞编选，富寿荪校点：《清诗话续编》，上海古籍出版社1983年版，第453页。
② 郭绍虞编选，富寿荪校点：《清诗话续编》，上海古籍出版社1983年版，第453页。
③ 蒋寅：《陆游诗歌在明末清初的流行》，《中国韵文学刊》，2006年，第17页。
④ 林东海、宋红：《万首论诗绝句》，人民文学出版社1991年版，第1587页。

《雨窗书允大册子》等。须明确的是,囿于晚年心态和境况的不佳,作为书写心声的主要载体,陈维崧的诗歌偏向于对其时生活状况与心境的展露,诗歌在艺术格调与表现程度上偏于缓淡。这与当时京师诗坛"竞讲诗格""标新立异"的激烈做法是有所不同的。

第 六 章

陈维崧的诗学理论与批评

陈维崧继承了儒家正统诗歌理论。从"温柔敦厚"的诗学诗教观出发,陈维崧尤其重视抒发诗歌的真性情。在此基础上,他对"诗言志"这一古老而常新的观点作了更加深入地二难辩论,由此提出创作实践中多种风格兼容并蓄的观点,他身体力行,尤其对拟乐府创作提出了不同于时人的新见解。在诗歌批评方面,陈维崧能够突破局限,指出明末清初诗坛的弊端,并大胆进行辩说。可以说,在明末清初时代风会的大背景下,陈维崧在传统诗教的基础上,守源正基,加入一己之思,完善了诗歌指导理论,从而在诗歌创作实践活动中呈现出独特的本我色彩。

第一节 坚持儒家传统的诗学、诗教观

儒家思想是中国古代社会长期以来占据统治地位的思想,对中国文化产生了全面而深刻的影响。历代文人的文学创作所表现出的思想倾向或美学原则,或多或少都受到儒家传统诗学思想的影响,李剑波将其称之为"儒家诗学话语"[1]。到了清代,诗人在承继明代诗学的基础上,更好地发扬了这种传统儒家诗学的重要命题。如陈维崧的业师陈子龙,就是极力倡导儒家诗学的。他在

---

[1] 李剑波:《清代诗学话语》,岳麓书社2007年版,第93页。

《皇明诗选序》说:"诗之为经也,时由人心生也。发于哀乐,而止于礼仪,故王者以观风俗,知得失,自考正也。世之盛也,君子忠爱以事上,敦厚以取友,是以温柔之音作,而长育之气油然于中,文章足以动耳,音节足以竦神,王者乘之以致其治。"① 陈子龙从政教功用的角度,认识到诗歌在王治方面的重要作用。有清一代,论者益多。如毛先舒《诗辨坻》卷三云:"诗者,温柔敦厚之善物也。"② 王士禛《池北偶谈·摘句图》谈及他对施闰章诗歌的态度,云:"爱其温柔敦厚,一唱三叹,有风人之旨。"③ 欣赏的正是那些具有"雅人深致"特点的作品。

陈维崧深谙传统,也阐述了自己对于诗歌"温柔敦厚"的看法。他对温柔敦厚含义的理解是传统的。方式是将诗教的兴亡与时代的盛衰结合起来,以此展现了诗教由盛而衰的一个历史发展过程。如陈维崧《王阮亭诗集序》云:"平王以后,其民流而多思,悲愁俭啬而不逾乎礼。身虽告哀乎幽岐,景亳之情,未尝一日离于怀也,则犹未尝一日离乎诗教也。板荡之世,乃重伤之矣。山崩川竭,雷电烨烨,配天之业不祀,而明堂之位忽诸。君子谓此其世可以史而不可以诗。"④ 诗人在今昔对比论述的行文结构中,将盛世与乱世两种社会环境中的人情与诗情进行了描述。从陈维崧的理解看来,平王东迁后,流民依然怀有"景亳之情",这种情怀是流民所恪守的旧朝道德情操,是斯时"温柔敦厚"诗教的体现。人情在,所以诗教无恙。而到了"板荡之世",政局动乱,人人自危,"景亳之情"难显于心。就连可以为诗者,也是"身经丧乱",以致"政教束湿","不得已而以编年纪事之体,没其出风入雅之才"⑤。

---

① 上海文献丛书编委会编:《陈子龙文集》,华东师范大学出版社1988年版,第358—359页。
② 郭绍虞编选,富寿荪校点:《清诗话续编》,上海古籍出版社1983年版,第68页。
③ (清)王士禛:《池北偶谈》,山东画报出版社2004年版,第206页。
④ (清)陈维崧:《陈维崧集》,上海古籍出版社2010年版,第8页。
⑤ (清)陈维崧:《陈维崧集》,上海古籍出版社2010年版,第8页。

这种流弊直到今日，以致"先民之比兴尽矣。幼渺者调既杂于商角，而亢戾者声直中夫鞞铎，淫哇噍杀，弹之而不成声"①。陈维崧强烈感慨道："夫青丝白马之祸，岂侯景任约诸人为之乎，抑王褒庾信之徒兆之矣。"②他认识到，一国政治的兴亡与斯时文学创作的性质是紧密相关的。而正统的温柔敦厚的诗教与人的为人、性情又紧相联系，"温的感情是相对于热烈和冰冷而言，所以具有柔的性格。诗虽然是以情为主，但情仍然需要理智的反省和控制。控制是使情不至于流荡，反省是使情不至于浮薄，其结果便是富有融合性、凝聚性的既深且厚的'敦厚'的感情"③。重性情、重道德涵养，本是理学对诗学的要求。在此，它已纳入儒学之中，与传统儒家诗学的温柔敦厚特性联系在一起。可见，诗歌所要求的温柔敦厚面貌正是人的中正和平性情的表现，而教人培养中正和平的性情，正是温柔敦厚诗教的本旨，两者是相辅相成的关系。

正是在这种认识的基础上，陈维崧认为，王士禛就是将这两者融合极好的例子。王士禛之所以能"振兴诗教于上"，使得"变风变雅之音渐以不作"，正是源自于他自身所具有的"性情柔淡，被服典茂"的品行。所以，"其为诗歌也，温而能丽，娴雅而多则；览其义者，冲融懿美，如在成周极盛之时焉"④。王士禛确为清初康熙诗坛的领袖，清纪昀《四库全书总目·精华录提要》称："当康熙中，其声望奔走天下。凡刊刻诗集，无不称'渔洋山人评点'者，无不冠以'渔洋山人序'者。下至巷委小说，如《聊斋志异》之类，士禛偶批数语于行间，亦大书'王阮亭先生鉴定'一行，弁于卷首，刊诸梨枣以为荣。"⑤陈维崧对王士禛的揄扬透露出清

---

① （清）陈维崧：《陈维崧集》，上海古籍出版社2010年版，第9页。
② （清）陈维崧：《陈维崧集》，上海古籍出版社2010年版，第9页。
③ 张伯伟：《诗词曲志》，人民出版社1998年版，第42页。
④ （清）陈维崧：《陈维崧集》，上海古籍出版社2010年版，第9页。
⑤ （清）纪昀、（清）陆锡熊、（清）孙士毅等原著总纂，四库全书研究所整理：《钦定四库全书总目》整理本，中华书局1997年版，第4527页。

初诗坛时风的信息。从诗歌发展流变的角度看,王士禛的神韵诗风之所以能够盛行于清初,是有其特定原因的。清代初期,明末以来所谓"瞎盛唐"的模拟复古之风仍未从诗坛上消失。王士禛《燃灯记闻》就指出:"吾盖疾夫世之依附盛唐者,但知学为'九天阊阖'、'万国衣冠'之语,而自命高华,自矜为壮丽,按之其中,毫无生气。"① 他力倡神韵诗风,以矫其弊。标举清思淡远,在诗歌艺术审美方面开创了新的境界。清人郑方坤《国朝名家诗钞小传》云:"先生(王士禛)于书无所不窥,盖自来论诗者或尚风格,或矜才调,或崇法律,而先生独标神韵。……本朝以文治天下,风雅道兴,巨人接踵,至先生出,而始断然为一代之宗。天下之士尊之如泰山、北斗,至于家有其书,户习其说,盖自韩苏二公以后,求其才足以包孕余子,其学足以贯穿古今,其识足以别裁伪体,六百年来,未有盛于先生者也。"王士禛在清初诗坛的地位和影响于此可见。从国家政治统治的角度看,统治者出于维稳一统的大局,在文化领域采取了符合政治统治的文治措施。清康熙帝《御选唐诗序》中云:

> 孔子曰:温柔敦厚,诗教也。是编所取,虽风格不一,而皆以温柔敦厚为宗。其幽思感愤,倩丽纤巧之作,虽工不录。使览者得宣志达情,以范于和平。盖亦用古人以正声感人之义。②

用诗歌"宣志达情""范于和平","以正声感人之义",正是体现了统治者对文学创作中温柔敦厚诗风的重视。而王士禛本人的神采及其所倡导的神韵诗风恰恰是这种温柔敦厚诗教的典型性再现,自然适应了统治者的文治理想,并为其赢得了统治者的赏

---

① (清)王夫之等撰:《清诗话》,上海古籍出版社2015年版,第124页。
② 陈伯海主编,查清华等编撰:《历代唐诗论评选》,河北大学出版社2003年版,第957页。

费。从这个角度看,陈维崧等人的认识也跟上了时风导向。既保持了中国传统儒学的核心思想,又赋予了其新的时代内涵,为当朝所用,有益于自身的生存与发展。

为了让诗歌发挥良好的社会作用,儒家诗学明确强调诗歌的社会政治功能,如礼仪、纲常、教化等方面。早在《诗大序》中即明确要求作为诗人情感表达的诗歌应"止乎礼义",它讲"经夫妇,成孝敬,厚人伦,美教化,移风俗","上以风化下,下以风刺上,主文而谲谏"等,都是着眼于规范诗人的情感表达,使之具有性情之正,以便自觉遵守和维护封建纲常秩序。如开清诗风气之先的钱谦益在《十峰诗序》说:"夫诗本以正纲常、扶世运,岂区区雕绘声律、剽剥字句云尔乎?"又说:"诗道大矣,非端人正士不能为,非有关忠孝节义、纲常名教之大者亦不必为。"(《有学集》卷十九)① 抛开诗歌抒情言志的文体本质不论,像这样的言说正是对儒家诗学在政治思想方面所起作用的维护,而这也是正直的文人学士修养心性从而进行正义创作的必然结果。

陈维崧对此也有深刻的认识。早在顺治九年(1652)的《与宋尚木论诗书》中他就说:"诗者,先民所以致其忠厚,感君父而向鬼神也。"② 他后来在《冒青若诗序》中又说:"夫诗者,先王所以剖治忽、鉴兴废、厚风俗、鸣郁结而养性情也。故情欲其正,气欲其达,声欲其含蓄而不滥,温栗而不杂。"③ 皆是着眼于对诗歌在国家政教统治方面所起到的政治功用的阐述。在此基础上,陈维崧尤其重视诗歌中的"人情""物理"的表达。他在《杜辍耕哭弟诗序》中云:

尝读乐府上留田行,见其缠绵恺恻,恳挚沉吟,未尝不临文浩叹,莫能去怀。……甚矣,友于同气之际深矣哉!自古文

---

① (清)钱谦益:《钱牧斋全集》,上海古籍出版社2003年版,第831页。
② (清)陈维崧:《陈维崧集》,上海古籍出版社2010年版,第89页。
③ (清)陈维崧:《陈维崧集》,上海古籍出版社2010年版,第1639页。

人，弥耽词赋，风骚一道，踵事增华。然而旨不外夫飞沉，义惟关于月露。艺文载之，君子无取焉。无他，越人关弓，壮士不为之变色；日中掉臂，贞夫宁以之输怀。强笑者不欢，而假寐者恒觉也。然则格神祇，飨天祖，感顽艳，察贞淫，舍伦物吾谁与归！①

陈维崧首先谈到自己读汉代乐府诗的体会。他感慨于文章传达出的缠绵悱恻之哀情，感动于古人诗中寄托比兴之手法，甚至更表达了自己"友于同气之际深矣"的心灵感悟。他批判纯以"踵事增华"为目的的词赋创作，认为其"旨不外夫飞沉，义惟关于月露。艺文载之，君子无取焉"。"无取"即无用。由此出发，陈维崧从诗歌的功利性和社会的功用性两方面，强调"伦物"的重要。"舍伦物吾谁与归"，伦物，即人伦物理，指人之常情，事物的常理。清人沈德潜在《说诗晬语》卷上云："诗之为道，可以理性情，善伦物，感鬼神。设教邦国，应对诸侯，用如此其重也。"②诗之所以成为"设教邦国，应对诸侯"的政治外交手段，首先倚仗的便是其自身所蕴含的道德性情与人伦规范的属性。陈维崧也正是从诗歌寄托性情的功用角度提出批判，强调诗歌应抒写真情。如，他对杜辍耕的哭弟诗给予了"善"的评价。"善伦物"，着眼点即在于诗歌中"苍浑深长，往而多复"的缠绵情意，是符合儒家传统伦理道德规范的真情抒写。

第二节 重视真性情的风格兼容论

诗歌的创作往往注重思想情感的表达。对此，南朝刘勰《文心雕龙·情采篇》云："夫铅黛所以饰容，而盼倩生于淑姿；文采

---

① （清）陈维崧：《陈维崧集》，上海古籍出版社2010年版，第35页。
② （清）叶燮、薛雪、沈德潜著，霍松林、杜维沫校注：《原诗·一瓢诗话·说诗晬语》，人民文学出版社2006年版，第186页。

所以饰言,而辩丽本于情性。故情者文之经,辞者理之纬;经正而后纬成,情定而后辞畅。此立文之本源也。"① 所谓"文质附乎性情",文采可以美化语言,但精巧华丽之美则本源于作者的性情。于诗亦然。无论叙事还是抒情,字里行间总会表现出作者的喜恶爱憎情感的一种,而各种真实情感的触发恰恰是诗歌创作的根基所在。时至明清,诗论中也反复强调诗歌中须表现真实性情。如陈维崧业师陈子龙强调诗歌真情的表达,他在《佩月堂诗稿序》提出"情以独至为真,文以范古为美"的观点。"独至"之情才为真情,强调个体的真实性。至于"贵意者率直而抒写,则近于鄙朴;工词者黾勉而雕绘,则苦于繁缛"②,则都是离情的表现,"均不可用"。在陈子龙的诗学体系中,真情与"志"是密不可分的。缘情即言志,他将"情志"与家国之念强烈地联系在一起,认为"诗之本不在是,盖忧时托志者之所作也"。而只要"比兴道备而褒刺义合","虽途歌巷语亦有取焉"。陈子龙这种对诗歌充实之美的追求,已经超越了个体的真情表白,直至扩大到时代氛围里去了。清初钱谦益也强调诗应有感而发,《冯定远诗序》云:"古之为诗者,必有独至之性,旁出之情,偏诣之学。轮囷逼塞,偃蹇排奡,人不能解,而己不能自喻者,然后其人始能为诗,而为之必工。"③ 关于性情的表述,清人宋征璧《抱真堂诗话》则明确提出:"诗家首重性情,此所谓美心也。不然即美言美貌,何益乎?"④ 作品如果不能表现作者真挚而美好的情感,那么,即使"美言美貌",也是毫无益处的。这一点与陈子龙所言"贵意""工词"而无"真情"的评判是一致的。再如,清人朱庭珍《筱园诗话》卷四云:"诗所以言志,又道性情之具也。"⑤ 将诗的情感

---

① (梁)刘勰:《文心雕龙》,中华书局2012年版,第368页。
② 上海文献丛书编委会编:《陈子龙文集》,华东师范大学出版社1988年版,第380页。
③ 王运熙、顾易生主编:《清代文论选》,人民文学出版社1999年版,第13页。
④ 郭绍虞编选,富寿荪校点:《清诗话续编》,上海古籍出版社1983年版,第68页。
⑤ 郭绍虞编选,富寿荪校点:《清诗话续编》,上海古籍出版社1983年版,第2404页。

表达与志向怀抱并举，都是强调诗歌抒发真情的重要性。

诗歌中情感的表达，一方面出于诗人抒发主观情志的需要，一方面又受到外在因素的影响。其表现方式也会随着主体外在境遇的不同而产生变化。明末清初的社会动乱冲击了人们的正常生活，改变了许多人的生活道路。如清人毛奇龄《王鸿资客中杂咏序》开篇云："今之为诗者，大率兵兴之后，挈去制举，无所挟施，而后乃寄之于诗。"① 蕉余道者《南车草序》云："自变故以来，诗书之气，无所附丽，天下之才人，往往化为诗人。"② 关于作诗，济慈论云："如其诗之来，不像叶子长在树上一般自然，还是不来好。""叶子要经过相当的孕育和培养，到了适当的时期，适当的季候，才能够萌芽擢秀的。"③ 诗人创作诗歌的过程就应如此。只有发自内心的真情实感的流露，诗笔才会流畅，内容才不会空泛寡味。而要达到"像叶子长在树上一般自然"的程度，又必须经过时代和个人两方面因素的促成。明末清初的鼎革背景已然不能为当时人们的意志所左右，那么，创作者的主观能动性的发挥便具有了极为关键的作用。创作者可以选择叙述社会的客观现实，也可以选择描写个体的主观情志。而后者往往是打上了特定的时代烙印的，是客观现实限定下的主观能动性的发挥。

身为明臣子弟，陈维崧的生活道路也必然受到当时政治局势变化的影响，进而引起心态的转变。特别是陈子龙等人牺牲后，陈维崧"狂态殊沾沾。自除博士籍，不受文章箸"，俨然是一幅浪荡公子哥的形象了。但是，陈维崧并没有长时期地徒然停留在逆境之中，反而对时局与文学创作之间的关系逐渐形成了一种清晰的认识。以好朋友宋荦的诗文为例，陈维崧从个体"性情"的角度出发提出，诗歌对于境遇的表现是"人为之也"。《和松庵稿

---

① （清）毛奇龄：《西河集》，《文津阁四库全书》第440册，商务印书馆2005年版，第662页。
② 赵永纪：《清初诗歌》，光明日报出版社1993年版，第4页。
③ 梁宗岱：《诗与真·诗与真二集》，外国文学出版社1984年版，第92页。

序》云：

> 作诗有性情，有境遇。境遇者，人所不能意计者也；性情者，天之莫可限量者也，人为之也。……夫宋子之诗，宋子之性情为之也。……其恻恻焉不自得也，悲天命而闵人穷也，宋子之志也。吾固曰性情为之也。①

"宋子之诗"，"宋子之性情为之"，亦"宋子之志"——实际强调的正是创作主体的主观能动性的发挥。"人的能动性足以泯灭'经'、'史'、'诗'、'词'之间由于艺术的或社会的功能造成的价值高低大小的差异；作家的艺术个性则是一切艺术风格都可取得共存的先决前提。"② 同样，诗歌的创作不能以外在境遇就简单地确定它的呈现面貌。所谓"言为心声"，内心情感的真实抒写凭借着诗人顽强的意志和高超的文艺才能而表现得淋漓尽致。

以家国之变为界限，陈维崧的诗歌创作呈现出前后不同的风貌。而无论是青年时代的雄丽宕逸还是年长之后的慷慨沉郁，皆是其"性情"之显。姜宸英为其作序云：

> 其年起，谓予曰：'余所裒辑，自十六七岁时更今，几二十余年，然后得诗凡若干首。'然则其年之性情见于此矣。予特取其命诗之意所谓湖海楼者思之，知其意不在诗，将无大拯横流、宏济时艰者其人耶？……及天下太平，干戈不用，……然陈子则年始强立，精力方锐，使其目击太平，以咏歌一代之盛，吾知又将变其慷慨激昂者，比之朱弦疏越，以奏清庙而肃鬼神。世常谓诗人少达而多穷，其非今之谓哉！（《陈维崧集附录》）③

---

① （清）陈维崧：《陈维崧集》，上海古籍出版社 2010 年版，第 37—38 页。
② 严迪昌：《阳羡词派研究》，齐鲁书社 1993 年版，第 108 页。
③ （清）陈维崧：《陈维崧集》，上海古籍出版社 2010 年版，第 1825 页。

结合自身的经历，陈维崧更强调个人遭遇与性情的辩证关系。《和松庵稿序》云："余之境遇穷矣。流离困顿，濒于危殆者数矣。然而丝奋肉飞，辄不自禁，犹能铺扬盛丽，形容声色，以奉卜夜之欢，终不自知其惫也。"①"以余之境遇，犹能为和乐之言"，足见陈维崧坚强的意志力和生活中以苦为乐的旷达胸怀。再如，《王怿民北游草序》云：

> 吾虽不遇矣，而往来所见，山水奇变，云霞灿丽，与夫都邑城郭，关梁宫阙，一切瑰奇雄伟可喜之物，犹足供俯仰，资凭吊焉。吾虽不遇矣，譬如象犀珠玉，虽暂困尘壤，而久必为世所贵用。是故于其所至也，见漕艘之络绎，黄河之奔放，凡有关于国计民生也，尤必咨嗟而三叹焉。②

由此可见，陈维崧的真性情的底蕴集中表现为一种胸怀天下的儒者之志。"凡有关于国计民生也，尤必咨嗟而三叹"，所以诗人能够心怀坚毅的信念，以豁达的心态对待自己的穷通遭遇。这种情怀在他中年开始创作的民生关怀诗中大有体现，是其君子之用心所在。

在明确人的主观真性情的重要意义后，陈维崧进一步指出人的性情与文学创作风格的密切关系，对于"言为心声"作了更加细致的剖析。《董文友文集序》云：

> 夫言者，心之声也。其心慷慨者，其言必磊落而英多；其心窭爱者，其言必和平而忠厚。偏狭之人其言狷，跌荡之人其言靡，诞逸之人其言乐，沉郁之人其言哀。要而论之，性情之际微矣。③

---

① （清）陈维崧：《陈维崧集》，上海古籍出版社2010年版，第38页。
② （清）陈维崧：《陈维崧集》，上海古籍出版社2010年版，第36页。
③ （清）陈维崧：《陈维崧集》，上海古籍出版社2010年版，第42页。

"性情之际微矣",诗人首先认识到心声的表达是存在差异的。而造成这种差异的原因就在于创作主体的心性是有差别的,那就是"不同的人具有不同的性情,其性情的差异性也必然导致了作品风格的不同和差异"。如严迪昌先生所指出的,这种差异的"重要意义在于充分认识和估衡到作家这个创作主体的自觉创造性"[1]。

"在心为志,发言为诗",诗歌是人们内心思想情志的宣泄载体。诗与乐自古一体。如《礼记·乐记》卷四十七记载云:

> 乐者,音之所由生也,其本在人心之感于物也。是故其哀心感者,其声噍以杀;其乐心感者,其声啴以缓;其喜心感者,其声发以散;其怒心感者,其声粗以厉;其敬心感者,其声直以廉;其爱心感者,其声和以柔。六者非性也,感于物而后动。[2]

"凡音之起,由人心生也。人心之动,物使之然也。感于物而动,故形于声",心思外化,便发而为诗。在这个过程中,受到外物触发所形成的"喜、怒、哀、乐"等不同的主观情绪,表现在诗歌中就能够形成不同的作品风貌。作为人类普遍存在的情感形式,这类主观情绪在初始阶段表现出先天性的特点。刘若愚在《中国的文学理论》中论及中国古代的"表现理论"时指出:"我们可以发现表现的对象是多种多样的:可以是普遍的人类情感,也可以是个人的性格;可以是个人的天赋或感受性,也可以是道德品质。"[3] 直到魏晋时期,创作主体的个性因素与文学风格之间的关系才得到了前所未有的重视。如三国魏曹丕首先提出"文以气为主","气之清浊有体,不可力强而致"等一系列命题。在这

---

[1] 严迪昌:《阳羡词派研究》,齐鲁书社1993年版,第108页。
[2] (汉)郑玄注,(唐)孔颖达疏:《礼记正义》,上海古籍出版社2008年版,第1456页。
[3] [美]刘若愚:《中国的文学理论》,四川人民出版社1987年版,第99页。

里,所谓"气"是指人先天的禀赋、气质、个性。而如陈维崧所讲,"慷慨""诞逸""沉郁"等都已不同于先天禀赋的"气",而是经过后天培养所形成的人的性情特点。如此一来,主体情性差异的复杂性,势必会导致主体创作面貌的多样性,从而形成多种文学风格共存的面貌。这让我们极易联想到"文如其人"的风格学说。"文如其人"究竟是怎么一回事呢?它又可以追溯到"心画心声"的说法。汉代扬雄《法言·问神篇》中云:"故言,心声也;书,心画也。声画形,君子小人见矣。"①"声发成言,画纸成书。书有文质,言有史野,二者之来皆由于心。""察言观书"便可判别君子、小人。进一步,书言成文,画心为书,皆可由文字反观其人。钱锺书先生对此有着精彩的述说,他认为:"心画心声,本为成事之说,实尟先见之明。然所言之物,可以饰伪:巨奸为忧国语,热中人作冰雪文,是也。其言之格调,则往往流露本相;狷急人之作风,不能尽变为澄澹,豪迈人之笔性,不能尽变为谨严。文如其人,在此不在彼也。"②"吾国论者言及'文如其人',辄引 Buffon 语为比附,亦不免耳食途说。Buffon 初无是意,其 Discours 仅谓学问乃身外物,遣词成章,炉锤各具,则本诸其人。"③ 所以钱先生认为:"'文如其人',乃读者由文以知人;'文本诸人',乃作者取诸己以成文。若人之在文中,不必肖其处世上、居聚中也。罗马 Seneca 尝云:'如此生涯,即亦如此文词',则庶几'文如其人'之旨矣。"④ 在辨析扬雄"心画心声"观点的基础上,钱先生指引我们应从"文本诸人"与"文如其人"两方面去理解"文"的面貌与"人"的施为之间的关系。而从天生秉性的决定作用出发,"文如其人"实为确论。

由此,文学作品创作中就应重视人的主观性情即主观能动性的

---

① (唐)柳宗元:《扬子法言》,《文津阁四库全书》第 231 册,商务印书馆 2005 年版,第 361 页。
② 钱锺书:《谈艺录》,商务印书馆 2013 年版,第 418 页。
③ 钱锺书:《谈艺录》,商务印书馆 2013 年版,第 422 页。
④ 钱锺书:《谈艺录》,商务印书馆 2013 年版,第 422—423 页。

发挥。前文提到，陈维崧在论及拟乐府创作时，曾表达了不袭前人、自出新意的观点。清初人对古乐府多持有批判态度，如侯方域《与陈定生论诗书》："今人往往好为乐府。仆谓如《郊庙》、《铙歌》诸题，皆古人身在其间，铺张赓歌，今无其事而辄摹拟之，即工亦优孟衣冠而已。"① 宋荦《漫堂说诗》："古乐府音节久亡，不可模拟。王（世贞）、李（攀龙）及云间陈（子龙）、李（雯）诸子，数十年坠入云雾，如禹碑石鼓，妄欲执笔效之，良可轩渠。"② 与此不同，陈维崧的态度则是"至于拟古乐府，仆以为才情之士，不妨模范，用见倩昒耳"（《与宋尚木论诗书》）。从"别裁伪体"的鉴习角度出发，陈维崧认为古乐府诗可作。他特别指出是"模范"而不是"模拟"，正在于强调作者才情的主观效用。"模范"即意味着脱于窠臼，意味着创新。就陈维崧自身而言，其创作实践与其所倡文学主张是一致的。

不仅如此，陈维崧还明确提出了对于古乐府创作的具体看法。《胡二斋拟古乐府序》云：

> 且所云古乐府者，别歌行趋艳之名，岐晋魏齐梁之体。企喻读曲，是不同声；子夜欢闻，羌无定制。夫使聱牙拗颡，调必妃豨；袭谬沿伪，字多帝虎。则作文仲羊裘之隐语，听者咍台；学庄姬龙尾之庾词，闻而嗢喙。
>
> 幡绰衹效犛之技，郭郎为借面之妆，何如别裁伪体，直举天怀。纬昔事以今情，传新声于古意，绝无依傍，略少抚摹。此高人老铁，于焉矜能事于元朝；而相国茶陵，所以负大名于明代也。籍甚吾贤，不图为乐。掣丹鲸于碧海，此是古人；骑黄鹤于青天，谁为作者。③

---

① 王运熙、顾易生主编：《清代文论选》，人民文学出版社1999年版，第169页。
② （清）王夫之等撰：《清诗话》，上海古籍出版社2015年版，第429页。
③ （清）陈维崧：《陈维崧集》，上海古籍出版社2010年版，第399—400页。

古乐府与歌行在内容、体制方面都是不同的。陈维崧首先从反面举例，从"文从字顺"的角度论述："夫使聱牙拗颡，调必妃豨；袭谬沿伪，字多帝虎。则作文仲羊裘之隐语，听者哈台；学庄姬龙尾之廋词，闻而嗢咪。"①"妃豨"一词出自王士禛《论诗绝句》："草堂乐府擅惊奇，杜老哀时托兴微。元白张王皆古意，不曾辛苦学妃豨。"据《然镫记闻》记载，王士禛此诗是有感于现实而发，目的是批评当时人对古乐府"附会穿凿至于攀拟剿窃"的做法。陈维崧在此取用，意在强调模拟之弊。"帝虎"是指文字在书写过程中因形体相似而产生的讹误。这两句是说：假使文字读起来让人觉得晦涩难懂，文意不通畅，其调制必定是模拟至极；而一味地袭用旧语，不顾真假正误，字义必然产生讹误。这样的"文不从字不顺"必然导致恶果。那么像文仲所讲的隐语，大家因为听不懂，必定是对此大笑了之罢了。而如"效颦之技""借面之妆"的做法也极为不可取了。

在反面论证的基础上，陈维崧进一步提出自己的观点。他认为，对待古乐府应该持有"别裁伪体，直举天怀"的创作态度。杜甫曾言"别裁伪体亲风雅"，即对前人的诗歌要经过一番鉴别比较，才能决定取舍之用。"天怀"是出自天性的心怀，强调本真，不假修饰，直接内心。陈维崧意在说明，乐府创作不应该专拟古人、一味拟窃，而应该取舍有度，从自己内在的真情出发。具体做法便是："纬昔事以今情，传新声于古意，绝无依傍，略少抚摹。"② 古乐府创作虽为拟古，但经此努力，便能于拟古中见出创新，从而达到表达作者真情实意的目的了。

综合以上分析，可以看出，陈维崧主要是从创作主体的主观能动性发挥的角度，对诗歌的表"情"内涵进行了梳理。与此同时，在"言为心声"的诗学理论引导下，陈维崧深入论述人的主观性情与作品的风格面貌之间的密切关系，最终得出重视真性情而又

---

① （清）陈维崧：《陈维崧集》，上海古籍出版社2010年版，第399页。
② （清）陈维崧：《陈维崧集》，上海古籍出版社2010年版，第400页。

倡导多样创作风格的诗文理论。

第三节 "穷而后工"论

"穷而后工"，语出北宋欧阳修《梅圣俞诗集序》："予闻世谓诗人少达而多穷，夫岂然哉！盖世所传诗者，多出于古穷人之辞也。凡士之蕴其所有而不得施于世者，多喜自放于山巅水涯，外见虫鱼草木风云鸟兽之状类，往往探其奇怪，内有忧思感愤之郁积，其兴于怨刺，以道羁臣寡妇之所叹，而写人情之难言，盖愈穷则愈工。然则非诗之能穷人，殆穷者而后工也。"①"穷"尤指仕途坎坷。由此而引发的内心怨愤之情，书之于笔端，往往能见出诗歌创作的工致所在。"穷而后工"说渊源久远，最早可追溯到汉代司马迁"发愤著书"说。他在《太史公自序》中把作家所经历的怨愤化作创作的原动力，以此成为昭示后世的精神力量。唐代韩愈进而提出"穷苦之言易好"的判断，他在《荆潭唱和诗序》云："夫和平之音淡薄，而愁思之声要眇；欢愉之辞难工，而穷苦之言易好也。是故文章之作，恒发于羁旅草野。至若王公贵人，气满志得，非性能而好之，则不暇以为。"韩愈是把文章创作效果的好坏与作者的身世际遇直接联系起来，认为诗歌内容的抒写取决于人的主观情志的实际遭遇。北宋欧阳修在诸前人的基础上，进一步明确提出"穷而后工"的诗学观点。直至有清一代，由于对时代因素与个人情感的强调，清初的文学批评中十分重视"发愤著书""穷而后工"的文学理论传统。现实是一个战乱频仍、灾祸叠起的社会，文人往往都有相当艰辛和动荡的经历②。如清人贺贻孙说："时值国变，三灾并起，百忧咸集，饥寒流离。逼出性灵，方能自立堂奥。永叔所谓'穷而后工'者，其在此时乎！"

---

① （宋）欧阳修著，陈蒲清注译：《欧阳修文选读》，岳麓书社1984年版，第190页。
② 王运熙、顾易生主编：《清代文论选》，人民文学出版社1999年版，第3页。

(《示儿一》)① 此时的文人大多也都承认世事乱离对自身文学创作的促进作用。关于时代因素对于文学作品形成的影响作用，清人钱谦益有一段精彩的描述。《虞山诗约序》云："古之为诗者，必有深情畜积于内，奇遇薄射于外。轮囷结轖，朦胧萌折，如所谓惊澜奔湍，郁闭而不得流；长鲸苍虬，偃蹇而不得伸。浑金璞玉，泥沙掩匿而不得用；明星皓月，云阴蔽蒙而不得出。于是乎不能不发之为诗，而其诗亦不得不工。"② "深情畜积于内，奇遇薄射于外"，"不能不发之为诗，而其诗亦不得不工"，准确地揭示出清初动乱的社会现实对文学创作的激发与推动作用。

陈维崧在自己的创作中也曾明确提到诗词"穷而后工"的观点。如《王西樵炊闻卮语序》云："王先生之穷，王先生之词之所由工也。……若甲辰三月王先生之穷则何如？拘挛困苦于圜扉间，前后际俱断，彼思前日之事与后日之事，俱如乞儿过朱门，意所不期，魂梦都绝。盖已视此身兀然若枯木，而块然类异物矣。故其所遇最穷，而为词愈工。"③《炊闻卮语》是王士禄的一部词集，系因科场事系狱时所作。上文中，"穷"正是指王士禄身世遭遇的不幸程度而言。王士禄宦海沉浮的处境可谓穷困到了极点，但词也写得极好。陈维崧是有意作对比的，他说自己"不过旦夕不得志，及弃坟墓，去妻子，以糊口四方耳，未尝对狱吏则头抢地也"，"盖维崧者，愁矣而未穷，故维崧之词，将老而愈不能工"④。"愁而未穷"，是说自己所经历的穷困程度还不够，所以，自己所作的诗词也就不能愈发地精工，以致无法与前者相提并论。在另一篇序文中，陈维崧则反笔而论。《陈石书姜子制艺合刻序》云：

---

① 王运熙、顾易生主编：《清代文论选》，人民文学出版社1999年版，第49页。
② 王运熙、顾易生主编：《清代文论选》，人民文学出版社1999年版，第10页。
③ （清）陈维崧：《陈维崧集》，上海古籍出版社2010年版，第47—48页。
④ （清）陈维崧：《陈维崧集》，上海古籍出版社2010年版，第48页。

昔人云：穷愁之言易工。穷愁而言工，吾以为穷愁犹未甚耳。洵穷愁，奚能工也？以吾观友人石书陈氏、子嘉姜氏不然。……余病矣，年齿壮盛，忧患纠缠。鲜民之生，禽喙苟活，犹不自愧悔，而腆涊脂韦于当世，三尺童子皆羞称之。然则所云穷愁益甚而言亦不工，莫有如陈生者。富贵则顾盼英妙，贫贱则颜色阒茸，是惟达人为能感慨以自奋耳。①

读完这段话，我们极易联想到陈寅恪先生一事。1942年，处于颠沛流离状态中的陈寅恪，曾给傅斯年写信。信中云："弟之生性非得安眠饱食（弟患不消化病，能饱而消化亦是难事）不能作文，非是既富且乐，不能作诗。平生偶有安眠饱食之时，故偶可为文。而一生从无既富且乐之日，故总做不好诗。古人云诗穷而后工，此精神胜过物质之说，弟有志而未逮者也。"（《陈寅恪集·书信集》）②先生的意思是说，因为没有"既富且乐之日，故总做不好诗"，明白地道出自己对舒适的生活条件和安逸的创作研究环境之向往。回到陈维崧的序文来看，陈、姜两人并非是穷愁而后工。如陈石书自谓"富贵吾所自有"，"窥其意不恨"；而姜子"生平温厚淳谨，才锋内敛"，"发为文章，窈然而深，爽然而秀，按部就族，若输班之荟其指端，而不敢少溢于尺幅也，诚有当世所不可及者"。③由此而观，两人都不是因为处境极度困穷才作出极好的诗文。反倒是陈维崧自己，与两人相比，竟是"年齿壮盛，忧患纠缠"，"所云穷愁益甚而言亦不工，莫有如陈生者"。

可以看出，陈维崧的"穷而后工"论大抵是对传统命题的辩证的认知。其思辨路径则是立足于自身的穷通实践。从历史事实和切身感受出发，但并非一穷到底。陈维崧以乐观的心态对待自己的"不遇"，认为这只是暂时的。如《王怪民北游草序》云：

---

① （清）陈维崧：《陈维崧集》，上海古籍出版社2010年版，第60页。
② 岳南：《陈寅恪与傅斯年》，陕西师范大学出版社2008年版，第154页。
③ （清）陈维崧：《陈维崧集》，上海古籍出版社2010年版，第61页。

……而达者非之,以为穷达命也。吾虽不遇矣,而往来所见,山水奇变,云霞灿丽,与夫都邑城郭,关梁宫阙,一切瑰奇雄伟可喜之物,犹足供俯仰,资凭吊焉,何至为旅客之先咷乎。而上者则又非之,以为吟颂风物,留恋光景,此特山林不得志、无意于世者志所为也。吾虽不遇矣,譬如象犀珠玉,虽暂困尘壤,而久必为世所用。是故于其所至也,见漕艘之络绎,黄河之奔放,凡有关于国计民生也,尤必咨嗟而三叹焉。……①

　　陈维崧有着强烈的入世精神,自信"虽暂困尘壤,而久必为世所用"。面对暂时的沉沦下僚,他不仅不弃于世,反而对自己充满了信心。

　　关于"穷""工"之论,清人吴兆骞也有自己的论断。吴兆骞是陈维崧的同辈好友,以旷代才识而获无端奇祸,贬谪塞外二十余年,其内心的愤懑哀苦是不难想象的。由此,他对诗歌创作别有一番深刻理解。如《答徐健庵司寇书》,"古人之文自工,非以穷也","文莫工于古人,而穷莫甚于仆。惟其工,故不穷而能言穷;惟其穷,故当工而不能工也"。②吴兆骞认为,"文之工非以穷","穷则文不能工";陈维崧也曾说"所云穷愁益甚而言亦不工,莫有如陈生者"。两者皆为亲历之言。可见,在对待穷通问题上,陈、吴两人都是从切身的遭际出发。不同的是,陈维崧超越了现实物质生活的穷乏,超脱于精神的诗文写作,表现出一种积极豁达、乐观向上的精神面貌。

　　对于陈维崧的穷通遭遇以及诗才,清人尤侗曾将其提到与李白、杜甫齐名的高度。《陈检讨诗钞序》云:

---

① (清)陈维崧:《陈维崧集》,上海古籍出版社2010年版,第36页。
② (清)陈维崧:《陈维崧集》,上海古籍出版社2010年版,第1823—1824页。

> 天既予斯人以才矣，则必靳其富贵，减其寿考，以示盈虚之理，是人固无如天何也。然斯人者，又不肯稍贬其才以求富贵寿考，而必飞扬跋扈，以与天争，乃其著作穷而益工，没而益显，是造物者能厄其百年，而不能夺其千秋万岁之名，天亦无如人何也。呜呼！吾于吾友陈子其年而知其然也。
>
> 陈子生于高门，自其少时，即以文章纵横走世。然屡困场屋，至为有司所唾弃。及垂暮之年，天子乃以博学鸿儒召入翰林，橐笔史馆，仅三载余，卒以家贫不能谋食，又遭妇亡，哀怨伤怀，郁郁成疾以死。……
>
> 夫古之诗人，至李杜止矣，然二子皆不第。李以贺知章荐，供奉翰林；杜献三大礼赋，赴行在，授拾遗，幸已！终不免于夜郎之流，岳庙之饿，世共惜之。然其遭际，比之浩然放废、长吉短命，已为愈矣。至于笔精墨妙，独步横行，虽二十四考之中书、百三十六岁之遗老，不能得其支字。若以陈子生平本末，与之较长系短，仿佛似之。千载而下，读其诗，感其遇，虽与李杜齐名可也。

尤侗认为，陈维崧"不肯稍贬其才以求富贵寿考，而必飞扬跋扈，以与天争，乃其著作穷而益工，没而益显"。以李白与杜甫的生平遭际，比附其年，得出"千载而下，读其诗，感其遇，虽与李杜齐名可也"之至论。总之，陈维崧对"穷而后工"的创作主张的辩证理解，深深地融入了自己的身世思考，而其身世经历所演绎出的折射于文学创作上的理论思想无疑也得到了时人的中肯评价。

第四节 "诗以代降"，重视文学与时代之间的关系

所谓"文变染乎世情，兴废系乎时序"（《文心雕龙·时序》），明清鼎革的动荡时代促使文人将目光专注于文学与现实之

间的关系上。现实是一个战乱频仍、灾祸迭起的社会，文人往往都有相当艰辛和动荡的经历。陈维崧的诗歌风貌也因明清鼎革而呈现出前后期的不同。特别是中年伊始，其诗风尤为"遭时之变以然也"。早在如皋读书期间，陈维崧自己就明确而强烈地认识到这一点。他在与冒襄子冒青若论诗过程中曾专门涉及此问题。两人围绕诗风面貌的不同展开对话。青若对陈维崧说："黄门论诗，谊尚正声，温柔敦厚，情理不迫；今子新诗，率多怼激，宫音不张，恐沦商角，将无贤者不免欤！"陈维崧回答道："亦时为之也。仆生世不谐，遘会兵马，自伤蜷局，志行无补，比益芜谢，怀抱纬繣，偶所吟弄，率中鞾铎焉。夫云间陈李，分路扬镳。黄门早达，则整炼之作兴；舍人晚困，则颓细之音作。君子觇其志也。"（《冒青若诗序》）① 陈维崧非常明晰地指出诗坛风向的转变现状，并且强调时事对士人心志的决定作用，进而影响到诗歌呈现的风貌变化。冒氏所言陈维崧"新诗怼激"的特点实则揭示出陈维崧惨遭家国事变后的诗歌面貌的一角。歌德《李白与歌德》曾说过："世界是那么大，那么丰富，生命献给我们的景物又那么纷纭，诗料是永不会缺乏的。不过那必定要是'即兴诗'，换言之，要由事物提供给题材与机缘……我底诗永远是即兴诗，它们都是由现实所兴发，它们只建树在现实上面。我真用不着那些从空中抓来的诗。"② 这段话是歌德对于抒情诗的基本观念，和我国旧诗是再接近不过的。而其中对"即兴诗"的阐述，则正可以用来阐释古诗创作中现实与文学的关系，即诗歌应有感而发，因时而变。结合自己的创作实践，陈维崧明确地意识到，诗人的创作心态及呈现方式必定受到社会时代等条件的影响。反之，诗歌面貌正是诗人社会生活境遇的反映。所谓"文如其人"，亦可从中窥见诗人的主观意志所在。

---

① （清）陈维崧：《陈维崧集》，上海古籍出版社2010年版，第1640页。
② 梁宗岱：《诗与真·诗与真二集》，外国文学出版社1984年版，第109—110页。

陈维崧不仅意识到个体时运与文学创作的关系，还明确指出"诗以代降"，从历时性宏观的角度正确地揭示出时代与文学之间的影响关系。《冒青若诗序》云："夫河梁之不得不变为建安也，太康之不得不变为天监也。杜夔调音，律奏舒雅；荀勖改弦，声节哀急。吴筠鲍照，创为新体；北宋南唐，弥扇小令。邢魏工剽窃之作，温李盛闺襜之言。时为之也，非人也。"① 后来的顾炎武《日知录》亦有"诗以代降"一条记："三百篇之不能不降而楚辞，楚辞之不能不降而汉、魏，汉、魏之不能不降而六朝，六朝之不能不降而唐也，势也。"② "势"即时代。陈维崧在诗文创作中还将"时代"内涵加以具体化，《王西樵十笏草堂辛甲集序》曾云：

> 凡诗之有编年也，讵不尚哉！夫人之年境不同时，而遭遇亦不一辙。论世者考其年境，以悉其遭遇，而因以见其人之生平，则百不一失。卫叔宝正始名士，渡江以后辄复百端交集。谢太傅云中年伤于哀乐，正赖丝竹陶写。杜少陵迁徙白盐赤甲间，而瀼西东屯之作，亦复沉郁顿挫。子瞻动遭口语，黄州儋耳诗歌，笔势冠绝平生。俯仰年境，正复关人笔墨事。……③

陈维崧在此提出"年境"的概念。年境，即是指人所处的具体年代和生活处境。人们所处的时代环境不同，经历亦有不同。所以，要熟知一个人，就不能脱离其所生长（经历）的特定的时代环境。通过列举谢朓、杜甫、苏轼的真实遭遇，诗人来说明"论世者考其年境，以悉其遭遇，而因以见其人之生平，则百不一失"。所谓"俯仰年境，正复关人笔墨事"，"笔墨事"正是文字之显。言为心声，发而为文，掇笔为诗，那么透过诗文，就可以

---

① （清）陈维崧：《陈维崧集》，上海古籍出版社2010年版，第1640页。
② 王运熙、顾易生主编：《清代文论选》，人民文学出版社1999年版，第130页。
③ （清）陈维崧：《陈维崧集》，上海古籍出版社2010年版，第7页。

从中了解作者的生平遭遇及情感态度等。陈维崧早期在为王士禄诗集作序之际,便联系自己的身世,表白心迹。《王西樵十笏草堂辛甲集序》云:"睠言节物,岂独先生。即以余之不肖,自坠地以来,中间自少而壮,屈指畴昔,感慨为多。怀岁月以悲来,怅流光之不再,知不独先生辛甲集为然也。"① 年境是创作主体生活的社会关系的总和,而作为"年境"的载体,诗歌又是对这一关系的体现。这与前人"知人论世"说有相通之处,而又扩充之。

陈维崧中年开始的诗歌创作之所以能够呈现出慷慨激昂的沉郁面貌,正是生活的困顿、仕途的不顺等种种身世之感融注其中而促成的。诗歌于陈维崧而言,是其表达心声的最佳工具。《孙豹人诗集序》云:

> 夫声音之际,抑扬抗坠之间,其关人性术者,岂微妙哉!故余与都人相见,则必称诗;遇博徒卖浆屠狗贩缯诸目不认识五字七字、口不娴平上去入者,亦必强之使歌。歌犹诗也,歌焉而其人之生平悲愉可喜、饮食格斗、嬉笑怒骂、不平有慨于中,一切于歌焉见之。人顾可以不歌乎哉!②

"性术"指的是人类性情的表现形式。诗是语言的艺术,陈维崧强调,声音之外在必以诗表现。诗歌有着"关人性术"的重大作用,由此成为性情的最佳表现形式。陈维崧认为歌诗的重要性还在于:诗是人的一切喜怒哀乐、生平际遇的体现载体。生平际遇不同,作品所呈现的艺术性当然也是有所不同的。在诗歌创作中,陈维崧不仅与友朋歌诗流连,并且将自己的生活经历、感受态度一一写入诗中,极大地扩充了诗歌的表现内容。陈维崧少年时期即对诗歌产生了浓厚的兴趣,自称"始余十四五,称诗里中"。"后五年为甲申,余粗涉世事,益日夜发愤为诗"。他后期的

---

① (清)陈维崧:《陈维崧集》,上海古籍出版社 2010 年版,第 8 页。
② (清)陈维崧:《陈维崧集》,上海古籍出版社 2010 年版,第 10 页。

创作，正如徐乾学所言，"其沉思怫郁，尤一往全注于诗"。随着时局的变换，陈维崧的诗歌创作也经历了前后期的变化。康熙七年（1668）秋天离开京都后，陈维崧只身前往中州，从事文书工作。人到中年的他，依旧落魄不已。康熙九年（1670），陈维崧途经覃怀故地。浩浩荡荡的黄河水在耳畔激荡回旋，置身其间，诗人不禁感慨万千："我生蕴风义，自命为魁雄。四十百无成，乞食繁吹台。敝车类鸡栖，拨幔令之开。"① 陈维崧才高，但拙于营生，自叹"萧萧老客谋生拙，茫茫中原对酒哀"（《风雪中柬西村侯六丈》）②。日常生活往往要靠友人供给，才能维持。所谓"赖有数公将食器，不然一老困泥途"③ 是也。而洒脱的陈维崧对此并不避讳，他将自己的穷愁哀乐等一一寄托于诗笔，诗艺化地呈现在众人面前，"一切于歌焉见之"。

第五节 对清初诗风的批评

晚明诗坛的凋敝气象已是不争的事实存在。顺治九年（1652），侯方域在写给陈维崧的书信中曾述及。侯方域《陈其年诗序》云："子知明诗之所以盛与所以衰乎？当其盛也，北地信阳为之宗；而郎耶（琅琊）历下之辈，相与鼓吹而羽翼之，夫人之所知也。其衰也，则公安竟陵无所逃罪。吴趋诸君，即数十年来更变迭出，而犹存乎蓬艾之间。"④ "北地"指李梦阳，"信阳"指何景明，二人是明前七子之代表；"郎耶"指王世贞，"历下"指李攀龙，二人是明后七子之代表。"公安竟陵"指袁宗道兄弟及钟惺、谭元春。明末，前后七子所倡导的复古诗风在后起之辈的手中变了味道。侯方域的言语中即透露出对袁、钟、谭等人的责备

---

① （清）陈维崧：《陈维崧集》，上海古籍出版社2010年版，第775页。
② （清）陈维崧：《陈维崧集》，上海古籍出版社2010年版，第769页。
③ （清）陈维崧：《陈维崧集》，上海古籍出版社2010年版，第778页。
④ （清）侯方域著，王云五主编，朱凤起选注：《侯方域文》，商务印书馆1930年版，第14页。

之意。就在下一年，陈维崧曾写信给好友吴兆骞，就当时的诗坛弊处进行讨论。兹引《与吴汉槎书》如下：

> 夫风骚递降，厥有渊源；雅颂以还，非无堂奥。吴歈越艳，匪拟古不为功；汉乐唐谣，惟谐声乃为妙。今有苦寒大谬明远之篇，游仙尽失景纯之步。李陵河上之作，未极缠绵；崔颢房中之诗，实乖轻薄。虽工倩盼，不嗣风人；总骋宫商，奚关才子。仆怀此恨，积有岁年，何图今日，遂见作者。上下数千年，屈宋以来，徐庾而后，虽鸿文丽制，不绝于时，而亮节惊才，罕闻于世。
>
> 仆既幽忧惑溺，浮沉芜秽，久歇性灵，长辞篇翰。而一二海内名贤，黄门兰摧，舍人玉折，方检讨吹箫而乞食，吴祭酒挟瑟以阳狂。纵有音容，几于星散；其他姓氏，靡不蓬飘。吁其悲矣！然而德邻不孤，伊人尚在。魏交让发藻于海隅，侯武功蛮声于江表。华亭年少，大有才情；西陵诸子，都饶风格。方今戎马蹂躏，人物散失，每遇一贤，何尝不叹。况我足下，素爱王充之论，极怜庾信之哀，仆所以愿同深诣，共扶绝业者矣。①

这封书信写于顺治十年（1653）。斯时，陈维崧对诗歌已经有了切身的实践与体会。他尖锐地指出时风"虽工倩盼，不嗣风人；总骋宫商，奚关才子"，作品徒有精巧的形式和美妙的音韵，唯独缺乏了传统诗学中的"风人"之旨。所谓"鸿文丽制，不绝于时，而亮节惊才，罕闻于世"，也是让人感到十分遗憾的。在陈维崧看来，时弊已久，但幸有弥补。虽然自己的业师辈陈子龙、吴应箕等人已经消亡，但仍有魏交让、侯檠等伊人承接后学，而自己也已抱定誓要与友人"共扶绝业"、振兴诗教的决心。

---

① （清）陈维崧：《陈维崧集》，上海古籍出版社2010年版，第199页。

顺治九年（1652）侯方域写给陈维崧的那封书信，实际是为其诗集所作的一篇序文。序文中还述及另一重要信息，"中原风气朴邀，人多逡巡不敢为诗，惟其不为诗，诗之所以存也"，尤其值得注意。一是说明了当时士人对待作诗的态度，大多数人不敢从事作诗这一行为；二是说明了正是因为人们不去作诗，诗歌的真谛才得以保存下来。细想这番话，似乎隐藏着更深的含义。也就是说，作诗反而不称之为真诗，实则影射了明末诗坛芜杂凋敝的事实。从后文侯方域对陈子龙、李雯及陈维崧"才情横绝一世"的称扬中，可以看到，这种芜杂凋敝之处正在于丢失了为诗的"风""雅"之道。关于当时人不为诗的情况，陈维崧也深有体会。他在《徐唐山诗序》借徐唐山之口道：

> 昔予之为诗也，里中父老辄谯让之，其见仇者则大喜曰："夫诗者，固能贫人贱人者也；若人而诗，吾知其长贫且贱矣。及遇亲厚者则又痛惜之。以故吾之为诗也，非惟不令人知也，并不令妇知。旦日，妇从门屏窥见余之侧弁而哦，若有类于为诗也，则诟厉随焉，甚且至于涕泣。盖举平生之偃蹇不第、幽忧愁苦而不免于饥寒，而皆归咎于诗之为也。日者，国家罢制举艺不用，余因得以曼声大叫而从事于诗也，今而后莫予毒也已。①

针对当时的浮华不实之风，钱谦益曾提出"诗有本"的美学思想。他指出，诗应以真诚、悲愤的具有时代意义的性情抒发为本。而有无之标准则在于诗歌是否具备"本"，"本"即真性情。《周元亮赖古堂合刻序》云：

> 古之为诗者有本焉，国风之好色，小雅之怨诽，离骚之疾

---

① （清）陈维崧：《陈维崧集》，上海古籍出版社2010年版，第28—29页。

痛叫呼，结轖于君臣夫妇朋友之间，而发作于身世侷侧、时命连蹇之会，梦而噩，病而吟，春歌而溺笑，皆是物也。故曰有本。

在此基础上，钱氏严肃地批评了当下诗坛"无诗"的创作倾向，以至走向末路的必然：

今之为诗，本之则无，徒以词章声病，比量于尺幅之间，如春花之烂发，如秋水之时至，风怒霜杀，索然不见其所有，而举世咸以此相夸相命，岂不末哉！（《周元亮赖古堂合刻序》）①

陈维崧对于明末清初诗坛流于浮华、不重真情的判断与此一致。陈维崧认识到，在振兴复古诗学的道路上，应摒弃"为赋新诗强说愁"的无病呻吟的行为，要努力做到"为情作文"，而非"为文造情"。为了契合这种理路，陈维崧当时所思索的方向就在于重视诗歌的"兴会"。他在顺治十四年（1657）写给龚鼎孳的书信中，记叙了自己与诸位友人在诗歌领域做的努力探索。《上龚芝麓先生书》云：

崧窃不自量，有所撰述矣。以为庶女标甓，长城摧颓；贱臣抚筝，谗疑涣释。声音之际，穷高极微，从乎同同也。是以失职以来，间与钱塘陆圻、毛先舒，华亭彭师度、周积贤，嘉兴计东，长州宋实颖辈，扬搉雅颂，撰为一集。……屡颂阁下尊拙斋集，玩之不置，均于玉枕。过高唐而近绵驹，亦欲一效其音声也。辞赋一道，古诗之流，远溯汉魏，近迄开天，尚矣。然八风既殊，五音迭异。江表轻浮，贻讥吴语；伧楚沉

---

① （清）钱谦益：《钱牧斋全集》，上海古籍出版社2003年版，第767页。

雄，亦类老革。夫"青青河畔草"，并非造设；"明月照高楼"，了无拟议。刘越石绕指之语，曹颜远合离之篇。景宗武夫，悲歌竞病；斛律北将，制曲牛羊。意者，干之以风骨，不如标之以兴会也。然乎？否乎？幸赐发覆焉。①

"干之以风骨""标之以兴会"，实为作诗的两种情形。那么，究竟是该以顽强而突出个性的风格或风度追求诗"意"，还是以灵感来临时的兴趣或情致引发诗"意"呢？为此，陈维崧向龚鼎孳提出了自己的疑问，希望得到对方的解答。从这封书信可以看出，陈维崧对于当时诗歌的一些思考。结合前述所引材料，显然，对于晚明诗坛弊处，陈维崧也早已注意，所以他在看到陈子龙、吴梅村等人为诗学复古做出的努力的同时，并不忘诗学传统恢复之后的诗坛弊端。

顺治十七年（1660）八月，陈维崧与友人许九日同在金陵参加乡试，得以论诗。《许九日诗集序》云：

夫诗莫盛于今日，亦莫衰于今日。惟极盛所以为极衰也。数十年来，陈黄门虎踞于前，吴祭酒鹰扬于后，诗学复兴，天下骎骎盛言诗矣。然上者饰冠剑，美车骑，遨游王侯间；次者单门穷巷之子，窃声誉，博酒食，沈约、江淹，割裂几尽。甚者铜丁花合，刺刺不休焉，求其涵咏乎性情，神系乎治术，缠绵婉笃，鼓动飞潜，何未之概见也！②

"陈黄门"指陈子龙，"吴祭酒"指吴伟业。二者最初都是诗学明七子，后又有所创新发展的。如清人沈德潜《说诗晬语》云："诗至钟、谭诸人，衰极矣。陈大樽垦辟榛芜，上窥正始，可云枇

---

① （清）陈维崧：《陈维崧集》，上海古籍出版社2010年版，第88页。
② （清）陈维崧：《陈维崧集》，上海古籍出版社2010年版，第20页。

杷晚翠。"① 沈氏指出，明末诗坛重兴的局面得力于陈子龙奋力"垦辟榛芜"的努力。在以陈子龙为首的云间派的汲汲努力下，复古诗学得以重入士人手笔。而斯时的明末诗坛面貌已然混杂不一。关于斯时风气，邓汉仪《与孙豹人》云："竟陵诗派诚为乱雅，所不必言。然近日宗华亭者，流于肤廓，无一字真切；学娄上者，习为轻靡，无一字朴落。矫之者阳夺两家之帜，而阴坚竟陵之垒；其诗面目稍换，而胎气逼真，是仍钟谭之嫡派真传也。""华亭"指陈子龙，"娄上"指吴伟业。邓氏指出，士人虽以陈、吴两人为新学榜样，但流于表面，徒具形式，实质未变，终究还是"钟谭之嫡派真传"，令人痛心。诚如陈维崧所言"求其涵咏乎性情，裨系乎治术，缠绵婉笃，鼓动飞潜，何未之概见也"②。他从诗歌本体功能论出发，从个体与国家的角度进行诗意的评判："涵咏乎性情"是针对个体而言，诗歌应当是作者主观情志的产物；"裨系乎治术"是就国家而言，诗歌应该提供引导治理国家的有效方法。陈维崧在此批评了后人不务求真实，流于浮华表面的缺点，这种做法既不能深入表现人的真情实感，更无助于辅佐国治。

第六节 探源别流，转益多师

陈维崧十四五岁便开始接触诗歌领域，对于诗歌，经历了一个由浅入深的认识过程。他自言"幼好玉台、西昆、长吉诸体"，直至青年时期，突遭家国事变，后"常涉历于人情世故之间，因之浸淫于性命述作之事，益知诗者，先民所以致其忠厚，感君父而向鬼神也"③。诗歌创作从来都不是高高在上脱离生活的，只有在亲身经历了人生的种种之后，诗人才获得了对于诗歌"致忠厚"

---

① （清）叶燮、薛雪、沈德潜著，霍松林、杜维沫校注：《原诗·一瓢诗话·说诗晬语》，人民文学出版社2006年版，第241页。
② （清）陈维崧：《陈维崧集》，上海古籍出版社2010年版，第20页。
③ （清）陈维崧：《陈维崧集》，上海古籍出版社2010年版，第89页。

"感君父""向鬼神"等的本质职能的认识。

顺治九年（1652），陈维崧作《与宋尚木论诗书》一文。文中对各体诗歌源流作了一番探索与总结：

> 五言必首河梁、建安，七言必首垂拱四子，以及高岑李杜。五律贵宗王孟，七律善学维颀，排律沈宋最擅其长，绝句王李独臻其胜。要期深造，务协天然，而又益之以风力，极之以含蕴。①

可见，陈维崧早期的诗论，主要是以唐代诸家为标的。陈维崧对唐代诗人的取法态度，与业师陈子龙为首的云间诗派有着密切的联系。作为云间派之首，陈子龙以宗汉崇唐的明前后七子为"正"，主张以复古为旗帜。对于诗文创作，陈子龙《壬申文选凡例》云："文当规摹两汉，诗必宗趣开元，吾辈所怀以兹为正。"②此番持论与明七子"文必秦汉，诗必盛唐"③的格调如出一辙。在这种背景下，陈维崧早期的诗歌实践多模拟复古倾向，尤其是他早期的乐府诗创作颇为典型。但与陈子龙尊奉七子、"独尊盛唐"的复古做法不同，陈维崧在后期还广泛汲取汉魏、三唐的诗歌经验。这种态度在他中年时期所作的七律组诗《钞唐人七言律竟，辄取数断句楮尾十首》中有所表露。组诗中不仅表达了陈维崧对初唐、盛唐诸位诗人的推崇之情，而且对中晚唐诗人的评价也颇高。如他称赞大历十才子之首的刘长卿，说他的律诗"净如秋水滑如莺"，呈现出明净境界与宛转圆润的韵味。又如第九首云："大能感慨许丁卯，别有心情赵倚楼。谁说晚唐无妙诣，二公才调也风流。"④"许丁卯"是指许浑，著有《丁卯集》，他的主要成就

---

① （清）陈维崧：《陈维崧集》，上海古籍出版社2010年版，第89页。
② 上海文献丛书编委会编：《陈子龙文集》，华东师范大学出版社1988年版，第667页。
③ （清）张廷玉：《明史》，中华书局2000年版，第4910页。
④ （清）陈维崧：《陈维崧集》，上海古籍出版社2010年版，第615页。

在律诗,多有怀古之作,如《咸阳城东楼》《金陵怀古》《登洛阳故城》等,颇具思想意义。"赵倚楼"是指赵嘏,"倚楼"出自他的《长安晚秋》,有"残星几点雁横塞,长笛一声人倚楼"之句。当时的杜牧特别喜爱他的这句诗,因此直接称呼其为"赵倚楼",该雅号自此流传。赵嘏的这首诗不仅写出了高楼上的笛声,还写出了吹笛人的姿态,将景与情完美地融合在一起,表达出诗人内心深厚的思乡之情。陈维崧借赞许晚唐诗人许浑、赵嘏的风流才华,有力地驳斥了明前后七子所谓"诗必盛唐"的专论。

  陈维崧正确地认识到了诗歌真正所可楷模而效法的必定是唐代诗歌,他自己也是这么做的。对于陈维崧在书中的精彩论述,同时代人给予了很高的评价,友人陆丽京评价:"近年诗学,人握灵蛇,论其指归,颇为不乏。至如其年之穷源探赜,要于大醇,堪为诸家所折衷,则不仅以树帜见也。"[①] 吴弘人则更为直接地说:"向读西陵陆丽京、柴虎臣二书,叹为风雅功臣。得其年掀髯肆言之,可以并垂不朽。"[②] "要于大醇""风雅功臣"的雅赞正透露出陈维崧诗论中表达的旨趣所在。不仅如此,陈维崧在晚年总结自己的诗歌创作时说:"吾诗在唐、宋、元、明之间,不拘一格"[③],可见其转益多师、兼收并包的学习态度。

[①] (清)陈维崧:《陈维崧集》,上海古籍出版社2010年版,第91页。
[②] (清)陈维崧:《陈维崧集》,上海古籍出版社2010年版,第92页。
[③] (清)陈维崧:《陈维崧集》,上海古籍出版社2010年版,第1821页。

结　　语

　　本书以陈维崧现存约 1730 首诗歌为研究对象。本书前两章，阐述地域人文因素及师友交游活动对陈维崧诗歌创作的具体影响。作为陈维崧"生于斯长于斯"的地方，古阳羡有着深厚的历史人文传统，是历代文人作家倾心向往之地；从自然环境而言，它又有"山川秀杰之致"的自然风景怡其情致，由此孕育出陈氏族群的兴旺繁盛，陈维崧的文学创作实践即深受阳羡地域传统与浓厚的家族文化的影响。陈维崧一生交友广泛，其所交对象有明朝遗民、新朝贵人、清廷重臣等多种身份的人物。陈维崧的一生是湖海飘荡的一生，文章通过考察陈维崧与冒襄、王士禛、龚鼎孳、冯溥四人的交往，展示了陈维崧的历时生命状态，并在此基础上分析其诗歌创作表现出的具体面貌，表现在水绘园时期的诗风转变、扬州唱和的清丽含蓄诗风、中州漫游时期的雄浑诗风及晚期京都倡游的唐宋诗风的融合。

　　第三、四章，分别从思想内容与体裁审视陈维崧诗歌。陈维崧对家乡有着深沉的热爱之情，家乡的山水风物人情等成为其诗歌创作的重要来源，情感浓郁，真挚感人。陈维崧大半生漂泊湖海，眼目所接，足迹所踏，碰触心灵，皆成为他笔下歌咏抒怀的对象。他将自身的沉浮经历与历史兴会相结合，抒怀感叹，落于真情，表现了一颗真正的"仁人君子之用心"。陈维崧晚年任职京城的生涯，是其绚烂至极的悲剧生命的最后阶段。他恪守儒家入世济世的传统道德，忠实为官，诚恳做人，尤其在题画交游等活动中，结交了大量志同道合者，于诗歌创作中寄托自己的真性情。从体裁而言，陈维崧的七言诗数量最多，成就高于五言。陈维崧的七言古体学习"梅村体"，并有所发展，兼融唐宋诗风；陈维崧尤其谙熟七言律诗，有着较为成熟的诗歌理论，而且所作七律颇有艺术特色，如工于对仗，比喻巧妙、拟人新颖，炼字酌句，自出新意，时有佳作。清代人曾给以较高的评价。陈维崧的五七言绝句，情感缠绵，温婉含蓄，清丽可诵，时常带有民歌风味。

　　第五章研究陈维崧诗歌的唐风宋调。在清初唐宋诗风交融的时代背景下，陈维崧的诗歌呈现出唐宋诗风融合的面貌。研读陈维崧的诗歌，可以发现，陈维崧尤其诗学唐代的杜甫、韩愈与宋代的苏轼，并形成了历时性的轨迹。陈维崧喜欢杜甫，对杜甫有着很高的评价，他说"三唐作者细如毛，杜老波澜一代豪。吟到安时殊细腻，体当拗处更风骚"（《钞唐人七言律竟辄题数断句楮尾》其四）①。与同时代人一样，陈维崧是有意识地以杜甫为学习榜样的；他对杜甫具体的诗歌创作风格又是用心去了解的。作为集大成之人，杜甫的诗歌特色是多样的，既有深沉慷慨的古体诗，又有细腻妥帖的近体诗，而他自创的拗体也不失风趣骚雅的特点。陈维崧不仅以杜诗作为次（和）韵的对象，而且将杜甫诗歌有意引用或化用到自己的诗歌中，这种融化无迹的艺术手法更是为表达自己悲沉激昂的诗情增色了不少，成为其诗歌的主要面貌。陈维崧对韩愈的关注始于50岁左右，正是自己贫病交加的时候，诗坛上也刮起了宋诗风。陈维崧尤其关注于韩苏"空盘硬语"的怪奇一面，但取"其神似，非形似"，所以他在晚年任职京城期间的诗歌创作，多是自己生活状况与心境的展露，在诗歌的艺术形式与表现程度上偏于平和、缓淡，与当时京师诗坛"竞讲诗格""标新立异"的激烈做法是有所不同的。

　　第六章集中论述了陈维崧的诗学观点与批评。随着清朝的承明

---

① （清）陈维崧：《陈维崧集》，上海古籍出版社2010年版，第614页。

教化，作为集大成的有清一代文学，在诗歌理论上，回归并坚定地发扬儒家为首的正统诗歌思想，陈维崧亦积极拥护"温柔敦厚"的儒家诗教，归正自己的文学创作。陈维崧一生创作不断，但境遇极为窘困，他从自身及友人的典型例子出发，阐述"穷而后工"这一传统而又常新的理论命题。陈维崧虽物质生活贫困，政治上失意，但精神上始终是饱满的，所以从这一点而言，他主张辩证地对待"穷""工"关系。陈维崧对前代诗人及当代诗风皆有述评，他充分发掘出中晚唐诗歌的光辉所在，比如他赞扬刘长卿诗"净如秋水滑如莺"，赞扬晚唐许浑、赵嘏"二公才调也风流"，突破了明末清初"文必秦汉，诗必盛唐"的狭窄视角。

陈维崧的诗名虽不及他的词名，但如本书所论，陈维崧在诗歌创作上也用力极深，做到了广师前人而自成一家，出入于唐、宋诸大家而独具面貌。正如杨伦在《湖海楼集序》中说："集中诸体，涵今茹古，奄有众长，观其摇笔散珠，动墨横锦，洵可为惊才绝艳。至于慷慨悲歌，唾壶欲碎，又使人流连往复，感喟欷歔，而不能自已也。"[①] 杨伦高度赞扬了陈维崧各体诗歌创作取得的成就，而这也是我们深入探讨其诗歌创作情况的出发点所在，其成就最终是值得肯定的。

---

① （清）陈维崧：《湖海楼诗集》卷首，清刻本。

主要参考文献

一　古籍

经

（汉）郑玄注，（唐）孔颖达疏：《礼记正义》，上海古籍出版社2008年版。

（宋）朱熹：《四书章句集注》，中华书局2011年版。

史

（唐）房玄龄等撰：《晋书》，中华书局1974年版。

（唐）令狐德棻：《周书》，中华书局1971年版。

（宋）乐史：《太平寰宇记》，《文津阁四库全书》第160册，商务印书馆2005年版。

（宋）祝穆、（宋）祝洙增订，施和金点校：《方舆胜览》，中华书局2003年版。

（清）赵弘恩等监修：《江南通志》，《文津阁四库全书》第173册，商务印书馆2005年版。

（清）曾筠：《浙江通志》，《文津阁四库全书》第176册，商务印书馆2005年版。

（清）李先荣等原本，（清）阮升基修，（清）宁楷纂：《重刊宜兴县旧志》，清嘉庆二年补康熙刻本。

（清）赵尔巽等：《清史稿》，中华书局1976年版。

王钟翰点校：《清史列传》，中华书局1987年版。

子

（唐）范摅：《云溪友议》，古典文学出版社1957年版。

（清）王士禛：《池北偶谈》，山东画报出版社2004年版。

（清）王士禛：《香祖笔记》，商务印书馆 1934 年版。
（清）王士禛：《古夫于亭杂录》，中华书局 1988 年版。
（清）余怀：《板桥杂记》，南京出版社 2006 年版。
（清）缪荃孙：《云自在龛随笔》，商务印书馆 1959 年版。
（清）沈德潜：《说诗晬语》，上海古籍出版社 1999 年版。
（清）邓之诚：《骨董琐记全编》，中华书局 2008 年版。
（清）陈康祺：《郎潜纪闻四笔》，中华书局 1990 年版。
（清）袁枚：《随园诗话》，江苏古籍出版社 2000 年版。
（清）赵翼：《瓯北诗话》，凤凰出版社 2009 年版。

集

（南朝梁）刘勰：《文心雕龙》，中华书局 2012 年版。
（唐）杜牧：《樊川文集》，上海古籍出版社 1978 年版。
（唐）王维著，（清）赵殿成注：《王右丞集笺注》，上海古籍出版社 2014 年版。
（宋）洪兴祖撰，白化文等点校：《楚辞补注》，中华书局 1983 年版。
（宋）苏轼：《苏轼诗集》，中华书局 2012 年版。
（宋）郭茂倩：《乐府诗集》，中华书局 1979 年版。
（宋）洪迈：《万首唐人绝句》，文学古辑刊行社 1955 年版。
（明）李东阳撰，周寅宾、钱振民校点：《李东阳集》，岳麓书社 2008 年版。
（明）张岱著，夏咸淳校点：《张岱诗文集》，上海古籍出版社 1991 年版。
（明）陈子龙：《陈子龙诗集》，上海古籍出版社 1983 年版。
（明）陈子龙：《陈子龙文集》，华东师范大学出版社 1988 年版。
（清）朱彝尊：《曝书亭集》，国学整理社 1937 年版。
（清）朱鹤龄：《愚庵小集》，上海古籍出版社 1978 年版。
（清）钱谦益：《钱注杜诗》，上海古籍出版社 2009 年版。
（清）任源祥：《鸣鹤堂诗文集》，清光绪 15 年（1889）刻本，国图藏本。

（清）冒襄：《同人集》，清咸丰九年（1859）水绘庵藏版，国图藏本。

（清）冯溥：《佳山堂诗集》，《清代诗文集汇编》第29册，上海古籍出版社2010年版。

（清）顾景星：《白茅堂集》，《清代诗文集汇编》第76册，上海古籍出版社2010年版。

（清）李良年：《秋锦山房集秋锦山房外集》，《清代诗文集汇编》第137册，上海古籍出版社2010年版。

（清）储掌文：《储越渔先生文集》（《云溪文集》），《清代诗文集汇编》第263册，上海古籍出版社2010年版。

（清）彭定求等：《全唐诗》，中华书局2008年版。

（清）侯方域著，何法周主编，王树林注笺：《侯方域集校笺》，中州古籍出版社1992年版。

（清）黄宗羲：《黄梨洲诗集》，山东画报出版社2004年版。

（清）黄宗羲：《黄梨洲文集》，中华书局1959年版。

（清）钱仪吉：《碑传集》，中华书局1993年版。

（清）徐世昌：《晚晴簃诗汇》，中国书店1988年版。

（清）沈德潜：《清诗别裁集》，中华书局1975年版。

（清）邓之诚：《清诗纪事初编》，上海古籍出版社1984年版。

（清）陈维崧著，江庆柏点校：《陈维崧诗》，广陵书社2006年版。

（清）陈维崧著，陈振鹏标点，李学颖校补：《陈维崧集》，上海古籍出版社2010年版。

（清）陈维崧：《湖海楼诗集》，台湾商务印书馆股份有限公司2011年版。

（清）王士禛著，惠栋、金荣注，宫晓卫等点校：《渔洋精华录集注》，齐鲁书社2009年版。

（清）王夫之等撰：《清诗话》，上海古籍出版社2015年版。

二 现代文献

［法］丹纳著，傅雷译：《艺术哲学》，人民文学出版社1983年版。

［美］刘若愚：《中国的文学理论》，四川人民出版社 1987 年版。
［美］梅尔清著，朱修春译：《清初扬州文化》，复旦大学出版社 2004 年版。
［日］吉川幸次郎：《中国诗史》，安徽文艺出版社 1986 年版。
曹慕樊：《杜诗杂说全编》，生活·读书·新知三联书店 2009 年版。
陈乃干：《清名家词》复印本，上海书店 1982 年版。
陈友琴选注：《元明清诗一百首》，上海古籍出版社 1982 年版。
戴逸、李文海：《清通鉴》，山西人民出版社 2000 年版。
冯其庸、叶君远：《吴梅村年谱》，文化艺术出版社 2007 年版。
郭绍虞：《中国文学批评史》，商务印书馆 2015 年版。
郭绍虞编选，富寿荪校点：《清诗话续编》，上海古籍出版社 1983 年版。
郭绍虞主编：《中国历代文论选》，上海古籍出版社 2001 年版。
胡适：《白话文学史》，岳麓书社 1986 年版。
胡淑娟：《历代诗评视野下的李贺批评》，学林出版社 2009 年版。
蒋寅：《王渔洋事迹征略》，人民文学出版社 2001 年版。
蒋寅：《王渔洋与康熙诗坛》，中国社会科学出版社 2001 年版。
柯愈春：《清人诗文集总目提要》，北京古籍出版社 2001 年版。
李灵年、杨忠：《清人别集总目》，安徽教育出版社 2000 年版。
李泽厚：《美学三书》，安徽文艺出版社 1999 年版。
梁宗岱：《诗与真·诗与真二集》，外国文学出版社 1984 年版。
刘汝醴、吴山：《宜兴紫砂文化史》，浙江摄影出版社 2000 年版。
刘世南：《清诗流派史》，人民文学出版社 2004 年版。
罗时进：《地域·家族·文学：清代江南诗文研究》，上海古籍出版社 2010 年版。
马祖熙：《陈维崧年谱》，上海古籍出版社 2007 年版。
米彦青：《清代李商隐诗歌接受史稿》，中华书局 2007 年版。
钱锺书：《管锥编》，生活·读者·新知三联书店 2001 年版。
钱仲联：《中国文学家大辞典·清代卷》，中华书局 1996 年版。

钱仲联主编:《清诗纪事》,江苏古籍出版社1987年版。
申骏:《中国历代诗话词话选粹》,光明日报出版社1999年版。
申远初:《元明清文选》,太白文艺出版社2004年版。
孙琴安:《唐代律诗探索》,西南交通大学出版社1998年版。
唐圭璋编:《词话丛编》,中华书局1986年版。
陶文鹏:《王维孟浩然诗选评》,三秦出版社2004年版。
王运熙、顾易生主编:《清代文论选》,人民文学出版社1999年版。
吴调公:《李商隐研究》,中华书局2010年版。
严迪昌:《清诗史》,浙江古籍出版社2002年版。
严迪昌:《严迪昌自选论文集》,中国书店2005年版。
严迪昌:《阳羡词派研究》,齐鲁书社1993年版。
羊春秋、张式铭:《历代论诗绝句选》,湖南人民出版社1981年版。
叶嘉莹、陈邦炎:《清词名家论集》,中国文哲研究所1996年版。
衣学领:《苏州园林历代文钞》,三联书店2008年版。
王士禛著,袁世硕主编:《王士禛全集》,齐鲁书社2007年版。
岳南:《陈寅恪与傅斯年》,陕西师范大学出版社2008年版。
张伯伟:《诗词曲志》,人民出版社1998年版。
张慧剑:《明清江苏文人年表》,上海古籍出版社2006年版。
赵永纪:《清初诗歌》,光明日报出版社1993年版。
赵园:《明清之际士大夫研究》,北京师范大学出版社1999年版。
周韶九选注:《陈维崧选集》,上海古籍出版社1994年版。
周绚隆:《陈维崧年谱》,人民出版社2011年版。
朱光潜:《谈美·文艺心理学》(新编增订本),中华书局2013年版。
朱则杰:《清诗史》,江苏古籍出版社1992年版。
朱自清:《中国歌谣》,金城出版社2005年版。

三 期刊论文

承剑芬:《陈维崧的师友交游与其词风分期》,《学术交流》2012

年第 12 期。

丁惠英：《陈维崧的交游》，《文藻学报》1992 年第 6 期。

黄语：《论清初丁酉世盟高会》，《深圳大学学报》（人文社会科学版）2010 年第 2 期。

蒋寅：《陆游诗歌在明末清初的流行》，《中国韵文学刊》2006 年第 1 期。

李剑波：《陈维崧诗歌对词与散文手法的融汇》，《湖南科技大学学报》（社会科学版）2013 年第 4 期。

刘东海：《顺康词坛王士禛首倡扬州多人步韵唱和考述》，《中华文史论丛》2013 年第 2 期。

刘世南：《陈维崧及其诗》，《江西师范大学学报》（哲学社会科学版）1990 年第 4 期。

陆勇强：《陈维崧家世考述》，《暨南学报》（哲学社会科学版）2002 年第 1 期。

叶嘉莹：《陈维崧词平议》，《南开学报》（哲学社会科学版）2015 年第 6 期。

赵永纪：《清初诗坛上的宗唐与宗宋》，《社会科学战线》1989 年第 1 期。

诸文进：《李良年〈灌园图〉》，《万象》2006 年第 7 期。

四　学位论文

姜鹏：《如皋八年与陈维崧文风转变》，吉林大学，硕士学位论文，2009 年。

刘飞：《陈维崧诗歌研究》，湘潭大学，硕士学位论文，2010 年。

王亚峰：《陈维崧诗歌艺术论》，湘潭大学，硕士学位论文，2011 年。

邢蕊杰：《清代阳羡文化家族文学活动研究》，苏州大学，博士学位论文，2008 年。